LES MENTEUSES

Tome 6 · Dangers

Déjà parus

1. *Confidences*
2. *Secrets*
3. *Rumeurs*
4. *Révélations*
5. *Vengeances*
6. *Dangers*
7. *Représailles*
8. *Aveux*

Les Menteuses

Tome 6
DANGERS

SARA SHEPARD

*Traduit de l'anglais (États-Unis)
par Isabelle Troin*

Fleuve Noir

Titre original :

Killer

Le Code de la propriété intellectuelle n'autorisant, aux termes de l'article L-122-5 (2ᵉ et 3ᵉ a), d'une part, que « les copies ou reproductions strictement réservées à l'usage privé du copiste et non destinées à une utilisation collective » et, d'autre part, que les analyses et les courtes citations dans un but d'exemple ou d'illustration, « toute représentation ou reproduction intégrale ou partielle, faite sans le consentement de l'auteur ou de ses ayants droit ou ayants cause, est illicite » (art. L.122-4).
Cette représentation ou reproduction, par quelque procédé que ce soit, constituerait donc une contrefaçon sanctionnée par les articles L.335-2 et suivants du Code de la propriété intellectuelle.

© 2009 by Alloy Entertainment **and** Sara Shepard. All rights reserved.
© 2009 Fleuve Noir, département d'Univers Poche,
pour la traduction française.

Photographie : Ali Smith
ISBN : 978-2-265-08855-9

À Riley

Les menteurs se doivent d'avoir une bonne mémoire.
— Algernon Sydney

Si ma mémoire est bonne...

Que se passerait-il si, brusquement, vous pouviez vous rappeler chaque seconde de votre vie ? Et pas seulement les événements majeurs dont tout le monde se souvient – les petites choses, aussi. Par exemple : ce qui vous a rapprochée de votre meilleure amie. À la base, c'est que vous détestiez toutes les deux : l'odeur de la colle blanche utilisée en cours d'arts plastiques, l'année de votre CE2. Ou encore : la première fois que vous avez vu le garçon sur lequel vous craquiez en 4e, il traversait la cour du collège avec un ballon de foot dans une main et un MP3 dans l'autre.

Mais toute médaille a son revers. Grâce à votre mémoire infaillible toute neuve, vous devriez également vous souvenir de chaque dispute avec votre meilleure amie. Vous revivriez perpétuellement la fois où le garçon au ballon de foot s'est assis à côté de quelqu'un d'autre à la cantine. Avec une mémoire de 20/20, le passé deviendrait soudain beaucoup moins agréable. Cette personne qui semble de votre côté aujourd'hui ? Réfléchissez mieux : elle n'a pas toujours été aussi sympa avec vous. Cette amie sur qui vous pouvez toujours compter ? Hum. En fait, pas vraiment.

Si quatre jolies filles de Rosewood recevaient tout à coup une mémoire infaillible, elles sauraient peut-être mieux faire la différence entre les gens en lesquels elles peuvent avoir confiance et ceux qu'elles devraient éviter. D'un autre côté, leur passé leur paraîtrait peut-être encore plus incompréhensible.

La mémoire est capricieuse. Et parfois, nous sommes condamnés à répéter ce que nous avons oublié.

Elle était là. La grande maison victorienne à l'angle de l'impasse, celle avec des treillis couverts de roses le long de la palissade et une terrasse en teck à plusieurs niveaux sur l'arrière. Seuls quelques privilégiés avaient pu y entrer, mais tout le monde savait qui habitait là. La fille la plus populaire du bahut. Celle qui lançait les modes, inspirait des sentiments passionnés et faisait ou défaisait les réputations. Celle avec qui tous les garçons voulaient sortir et que toutes les autres filles rêvaient d'être.

Alison DiLaurentis, évidemment.

C'était un paisible samedi matin de début septembre à Rosewood, Pennsylvanie, une petite ville située à environ trente kilomètres de Philadelphie le long de la grande ligne de chemin de fer. M. Cavanaugh, qui vivait dans la maison face à celle des DiLaurentis, venait de sortir dans son jardin pour ramasser le journal. Le golden retriever fauve des Vanderwaal courait autour de la palissade en aboyant après les écureuils. Tout était bien à sa place, jusqu'à la moindre feuille et la plus petite fleur... À l'exception des quatre filles de 6ᵉ qui s'introduisaient toutes en douce dans la propriété des DiLaurentis au même moment.

Cachée parmi les plants de tomates, Emily Fields tirait nerveusement sur les cordons de son sweat-shirt de l'équipe de natation de Rosewood. Jamais encore elle n'était entrée quelque part par effraction – encore moins dans le jardin de la plus jolie fille de l'Externat. Tapie derrière un chêne,

Aria Montgomery triturait machinalement les broderies de la tunique que son père lui avait rapportée d'une X^e conférence d'histoire de l'art en Allemagne. Hanna Marin avait abandonné son vélo derrière la cabane à outils sur le devant de la maison ; à présent, elle réfléchissait à son plan d'attaque. Après s'être faufilée à travers la haie qui séparait la propriété de sa famille de celle des DiLaurentis, Spencer Hastings s'était accroupie derrière un framboisier soigneusement taillé dont elle respirait à pleins poumons le parfum sucré un peu piquant.

Sans faire de bruit, chacune des quatre filles scrutait la baie vitrée à l'arrière de la maison des DiLaurentis. Des ombres traversèrent la cuisine. Un cri résonna dans la salle de bains de l'étage. Une branche craqua. Quelqu'un toussa.

Au même moment, les filles réalisèrent qu'elles n'étaient pas seules. Spencer remarqua Emily du côté des bois. Emily aperçut Hanna derrière un rocher. Hanna repéra Aria plaquée contre le tronc du chêne. Toutes quatre sortirent de leur cachette et se rejoignirent au milieu du jardin.

— Que faites-vous ici ? demanda Spencer.

Elle connaissait Emily, Aria et Hanna depuis le concours de lecture organisé par la bibliothèque municipale quand elles étaient en CP – bien entendu, elle avait gagné, mais toutes les autres avaient participé. Cependant, elles n'étaient pas amies. Emily était du genre à rougir quand un professeur l'interrogeait en classe. Hanna, qui tirait sur les passants de son jean Paper Denim noir un peu trop petit pour elle, paraissait toujours empotée. Et Aria... Aria semblait déguisée en Tyrolienne ce jour-là. Spencer était à peu près sûre que ses seuls amis sortaient tout droit de son imagination.

— Euh, rien, bredouilla Hanna.

— Ouais, rien, renchérit Aria en jetant un coup d'œil soupçonneux aux autres.

Emily se contenta de hausser les épaules.

— Et toi, qu'est-ce que tu fais ? demanda Hanna à Spencer.

Spencer soupira. Il était évident qu'elles se trouvaient toutes là pour la même raison.

Deux jours plus tôt, l'Externat de Rosewood, l'établissement huppé qu'elles fréquentaient, avait annoncé le début du très attendu jeu de la Capsule temporelle. Chaque année, le proviseur Appleton découpait un drapeau bleu vif de l'Externat en de nombreux morceaux que les élèves des classes supérieures cachaient à travers la ville, et les professeurs affichaient des indices du genre « chasse au trésor » dans le hall du collège et du lycée. L'élève qui découvrait un morceau avait le droit de le décorer à sa guise. Quand tous les morceaux avaient été récupérés, l'administration reconstituait le drapeau et, après une grande assemblée, durant laquelle les gagnants du jeu étaient mis à l'honneur, l'enfouissait dans une capsule temporelle derrière le terrain de foot. Les élèves qui retrouvaient des morceaux de drapeau devenaient des légendes – leur nom demeurait à jamais dans l'histoire de l'Externat.

C'était difficile de se démarquer dans un établissement comme l'Externat de Rosewood, et plus difficile encore de mettre la main sur un morceau du drapeau. Une seule clause dans le règlement donnait une lueur d'espoir à tous les élèves : celle qui stipulait que, tant que le drapeau n'avait pas été reconstitué, il était permis de subtiliser le morceau de quelqu'un d'autre. Deux jours auparavant, une certaine adolescente blonde et populaire s'était vantée qu'elle n'aurait aucun mal à mettre la main sur l'un d'eux. Ce jour-là, quatre pauvres filles espéraient tirer parti de la clause de vol au moment où elle s'y attendrait le moins.

L'idée de dérober le morceau d'Alison avait quelque chose d'étourdissant. D'un côté, c'était une occasion de se rapprocher d'elle. De l'autre, c'était une opportunité de prouver à la plus jolie fille du bahut qu'elle ne pourrait pas toujours obtenir tout ce qu'elle voulait. Alison DiLaurentis avait bien besoin qu'on la remette à sa place.

Spencer foudroya les trois autres du regard.

— J'étais ici la première. Le morceau de drapeau m'appartient.

— Je suis arrivée avant, chuchota Hanna. Je t'ai vue sortir de chez toi il y a quelques minutes à peine.

Aria tapa de son pied chaussé d'une bottine en daim mauve.

— Toi aussi, tu viens juste d'arriver, dit-elle à Hanna sur un ton accusateur. J'étais là avant vous deux.

Carrant les épaules, Hanna détailla les tresses à moitié défaites d'Aria et l'entassement de gros colliers que sa camarade portait autour du cou.

— Et qui va te croire ?

— Les filles...

De son menton pointu, Emily désigna la maison des DiLaurentis et porta un doigt à ses lèvres. Des voix émanaient de la cuisine.

— Ne fais pas ça.

On aurait dit la voix d'Ali. Les quatre intruses se raidirent.

— Ne fais pas ça, répéta une deuxième voix haut perchée.

— Arrête ! glapit Ali.

— Arrête ! lui fit écho l'autre voix.

Emily frémit. Sa sœur aînée, Carolyn, aimait l'imiter de la même façon, et elle détestait ça. Elle se demanda si la deuxième voix appartenait à Jason, le grand frère d'Ali qui était en 1ʳᵉ à l'Externat.

— Ça suffit ! s'exclama une voix plus grave.

Il y eut un choc sourd à faire trembler les murs, suivi d'un bruit de verre brisé. Quelques secondes plus tard, la porte du patio s'ouvrit, et Jason sortit en trombe, son sweat-shirt zippé grand ouvert, ses lacets défaits et les joues rouges.

— Merde, chuchota Spencer.

Les filles se réfugièrent précipitamment derrière les buissons. Jason traversa le jardin en diagonale, en direction des bois. Puis il remarqua quelque chose sur sa gauche et s'arrêta. Une expression enragée passa lentement sur son visage.

Les filles suivirent son regard. Jason regardait dans la propriété des Hastings. La sœur de Spencer, Melissa, et son nouveau petit ami, Ian Thomas, étaient assis sur le bord du Jacuzzi en plein air. Lorsqu'ils aperçurent Jason, ils se lâchèrent la main. Quelques secondes s'écoulèrent lourdement. Deux jours plus tôt, juste après qu'Ali s'était vantée de pouvoir trouver facilement un des morceaux du drapeau, Jason et Ian s'étaient disputés devant tous les élèves de 6ᵉ. Peut-être y avait-il toujours de l'animosité dans l'air...

Jason pivota avec raideur et s'enfonça dans les bois. La porte du patio claqua de nouveau, et les filles baissèrent très vite la tête pour ne pas se faire voir. Debout sur la terrasse, Ali regarda autour d'elle. Ses longs cheveux blonds ondulaient sur ses épaules, et son T-shirt fuchsia faisait paraître son teint encore plus frais et plus lumineux que d'habitude.

— Vous pouvez sortir, cria-t-elle.

Emily écarquilla ses yeux bruns. Aria se recroquevilla sur elle-même. Spencer et Hanna se plaquèrent une main sur la bouche.

— Sérieusement.

Ali descendit les marches de la terrasse, en équilibre parfait sur ses sandales vertigineuses. Elle était la seule fille de 6e assez culottée pour porter des talons hauts au bahut – techniquement, l'Externat de Rosewood ne les autorisait pas avant l'entrée au lycée.

— Je sais qu'il y a quelqu'un. Mais si vous êtes venu chercher mon bout de drapeau, il est trop tard. Quelqu'un l'a déjà volé.

Incapable de contenir sa curiosité, Spencer se fraya un chemin à travers les buissons.

— Quoi? Qui ça?

Aria fut la suivante à émerger. Emily et Hanna suivirent timidement. Quelqu'un d'autre les avait prises de vitesse?

Ali soupira et se laissa tomber sur le banc en pierre près du petit bassin plein de carpes japonaises. Les filles hésitèrent, mais elle leur fit signe d'approcher. De près, elle sentait le savon à la vanille et avait des cils extraordinairement longs. Ôtant ses sandales, elle enfouit ses pieds menus dans l'herbe tendre. Les ongles de ses orteils étaient peints en rouge vif.

— Je ne sais pas qui, répondit-elle. Le morceau était dans mon sac, et tout à coup, il n'y était plus. Je l'avais décoré et tout. J'avais dessiné une grenouille de manga hyper cool, le logo Chanel, et une fille en train de jouer au hockey sur gazon. Et j'avais passé un temps dingue à recopier les initiales de Louis Vuitton à partir d'un des sacs de ma mère. C'était parfait. (Elle fit la moue, arrondissant ses yeux bleu saphir.) Le naze qui l'a volé va tout massacrer, je le sais.

Les filles murmurèrent leurs condoléances, chacune d'elles se réjouissant tout à coup de ne pas être l'auteur du vol.

— Ali?

Elles firent volte-face. Mme DiLaurentis sortit sur la terrasse. Avec sa robe portefeuille Diane von Fürstenberg grise et ses escarpins assortis, elle semblait en route pour un brunch très chic. Son regard s'attarda un moment sur les intruses, et elle fronça les sourcils, perplexe. C'était la première fois qu'elle voyait ces filles chez elle.

— On y va, d'accord ?

— D'accord, répondit Ali en souriant et en agitant la main. Bye !

Mme DiLaurentis hésita comme si elle voulait ajouter quelque chose. Mais Ali lui tourna délibérément le dos et tendit un doigt vers sa voisine.

— Tu t'appelles Spencer, c'est bien ça ?

L'intéressée acquiesça, penaude. Ali dévisagea les autres.

— Aria, lui rappela celle-ci.

Hanna et Emily se présentèrent à leur tour, et Ali hocha la tête d'un air entendu. C'était tout à fait son genre. Elle connaissait forcément leurs noms, mais en prétendant le contraire, elle leur signifiait qu'elles n'étaient rien ni personne dans la hiérarchie de la classe de 6ᵉ de l'Externat de Rosewood. Les filles ne surent pas si elles devaient se sentir insultées ou flattées – après tout, Ali leur avait demandé leur nom.

— Où étais-tu quand ton morceau de drapeau a été volé ? interrogea Spencer, cherchant un moyen de retenir l'attention d'Ali.

Celle-ci cligna des yeux comme si elle avait du mal à comprendre la question.

— Euh… Au centre commercial, répondit-elle.

Elle porta son petit doigt à sa bouche et se mit à le mordiller.

— Où exactement ? s'enquit Hanna sur un ton pressant. Chez Tiffany ? Sephora ?

Ali serait peut-être impressionnée qu'elle connaisse le nom des boutiques les plus cool.

— Possible, murmura Ali.

Son regard dériva vers les bois. On aurait dit qu'elle cherchait quelque chose – ou quelqu'un. Derrière elles, la porte du patio claqua. Mme DiLaurentis était rentrée dans la maison.

— La clause de vol ne devrait même pas exister, affirma Aria en levant les yeux au ciel. C'est tellement... mesquin.

Ali haussa les épaules et repoussa ses cheveux derrière ses oreilles. Une lumière s'éteignit à l'étage.

— Au fait, où Jason avait-il caché son morceau ? voulut savoir Emily.

Ali s'arracha à sa torpeur et se raidit.

— Hein ?

Emily frémit, craignant d'avoir dit quelque chose qu'il ne fallait pas.

— L'autre jour, tu as dit que Jason t'avait révélé l'emplacement de son morceau. C'est bien celui-là que tu as trouvé, pas vrai ?

En fait, Emily était plus intéressée par le grand bruit qu'elle avait entendu dans la maison quelques minutes auparavant. Ali et Jason s'étaient-ils disputés ? Jason imitait-il souvent la voix de sa sœur ? Mais elle n'osa pas poser la question.

— Oh. (Ali fit tourner la bague en argent qu'elle portait toujours à l'index droit.) Oui, c'est ça. C'est le morceau que j'ai trouvé.

Elle pivota en direction de la rue. La Mercedes champagne qui venait souvent la chercher après les cours sortit lentement de l'allée et roula vers le coin de la rue. Elle s'arrêta au STOP, mit son clignotant et tourna à droite.

Alors, Ali souffla bruyamment et regarda les filles comme si elle était surprise de les voir là.

— Bon, ben... salut.

Leur tournant le dos, elle rentra dans la maison. Quelques instants plus tard, la lumière qui venait de s'éteindre se ralluma à l'étage.

Le carillon à vent suspendu sous le porche des DiLaurentis tinta doucement. Un écureuil fila à travers la pelouse. Au début, les filles furent trop interloquées pour réagir. Lorsqu'elles comprirent qu'Ali ne reviendrait pas, elles se dirent au revoir d'un air gêné et se séparèrent.

Emily coupa à travers le jardin des Hastings et suivit le chemin jusqu'à la route, tâchant de se focaliser sur le bon côté des choses : elle se réjouissait qu'Ali ait daigné leur adresser la parole. Aria se dirigea vers les bois, agacée d'être venue. Spencer regagna sa maison, embarrassée que sa propre voisine l'ait snobée autant que les autres. Ian et Melissa étaient rentrés ; sans doute se pelotaient-ils joyeusement sur le canapé du salon – beurk.

Quant à Hanna, elle récupéra son vélo derrière la cabane à outils. Et ce faisant, elle remarqua une voiture noire qui attendait le long du trottoir, moteur allumé. Intriguée, l'adolescente plissa les yeux. Elle l'avait déjà vue, mais où ? Haussant les épaules, elle se détourna, enfourcha son vélo et se mit à pédaler pour sortir de l'impasse.

Chacune des quatre filles se sentait pareillement vaincue et humiliée. Qui étaient-elles pour avoir essayé de voler son morceau de la capsule temporelle à la fille la plus populaire de l'Externat ? Comment avaient-elles osé croire que ça pourrait marcher ? Ali avait dû rentrer chez elle et se dépêcher d'appeler ses grandes copines Naomi Zeigler et Riley Wolfe pour se moquer des grosses nazes qu'elle avait trouvées dans son jardin. L'espace d'un instant, elle avait paru vouloir donner une chance à Spencer, Aria, Emily et Hanna de devenir ses amies. Mais cet instant s'était évanoui très vite, et ne se reproduirait probablement jamais.

À moins que...

Le lundi suivant une rumeur – selon laquelle le morceau de drapeau d'Ali aurait été volé – enfla. Et une autre affirmant qu'Ali se serait violemment disputée avec Naomi et Riley. Personne ne savait pourquoi ni comment. Mais tout le monde se rendait compte que la clique la plus enviée de l'Externat comptait désormais deux membres de moins.

Quand Ali engagea la conversation avec Spencer, Aria, Emily et Hanna le samedi suivant à la vente de charité de l'Externat, les quatre filles crurent d'abord que c'était une blague. Mais Ali se souvenait de leurs prénoms. Elle complimenta Spencer pour avoir correctement orthographié le mot « chandeliers », loucha sur les bottes qu'Hanna venait d'acheter chez Anthropologie et sur les boucles d'oreilles en plumes de paon que le père d'Aria lui avait rapportées du Maroc. Elle s'extasia devant la force d'Emily, capable de soulever seule un carton rempli de gros manteaux de la saison précédente.

Avant que les filles comprennent ce qui leur arrivait, elle les avait invitées chez elle pour une soirée pyjama. Qui déboucha sur une deuxième soirée pyjama, puis une troisième. Fin septembre, lorsque le jeu de la Capsule temporelle s'acheva et que les gagnants restituèrent leurs morceaux de drapeau décorés, une nouvelle rumeur circulait dans l'Externat : Alison DiLaurentis avait quatre nouvelles meilleures amies.

Le jour de la cérémonie, assises les unes à côté des autres dans l'auditorium de l'Externat, elles regardèrent le proviseur Appleton appeler sur scène chacun des élèves qui avaient découvert un morceau du drapeau. Quand il annonça que celui d'Alison DiLaurentis avait disparu et que personne ne l'avait rapporté, les filles serrèrent très fort la main d'Ali. « Ce n'est pas juste, chuchotèrent-elles. Tu t'étais donné tant de mal pour le décorer ! »

Mais au bout de la rangée, une des nouvelles amies d'Ali tremblait si fort qu'elle devait tenir ses genoux avec ses mains pour que cela ne se voie pas trop. Aria savait où se trouvait le morceau de drapeau manquant. Le soir, après avoir longuement papoté au téléphone avec les quatre autres, son regard se posait parfois sur la boîte à chaussures perchée sur la dernière étagère de sa penderie, et une douleur sourde naissait au creux de son estomac.

Mais elle avait bien fait de ne dire à personne que le morceau d'Ali était en sa possession, et bien fait aussi de ne pas le rapporter à l'Externat. Pour une fois, sa vie était parfaite. Elle avait des amies avec qui passer sa pause déjeuner et traîner le week-end. La meilleure chose à faire était d'oublier ce qui s'était passé ce jour-là – de ne plus jamais y penser.

Aria n'aurait peut-être pas dû oublier si vite. Peut-être aurait-elle dû grimper sur une chaise pour prendre la boîte, l'ouvrir et examiner soigneusement le morceau de drapeau décoré par Ali. Parce qu'à Rosewood, toutes les choses ont leur signification et leur importance. Et que ce morceau de drapeau aurait pu lui donner un indice sur ce qui se profilait dans l'avenir pas-si-lointain d'Ali.

Un meurtre.

1

La fille qui criait au cadavre

Spencer Hastings frissonnait dans l'air glacial. Elle se pencha pour esquiver une branche d'églantier couverte d'épines.

— Par ici, lança-t-elle par-dessus son épaule, s'enfonçant dans les bois derrière la ferme que ses parents avaient reconvertie en une superbe demeure. C'est là que nous l'avons vu.

Ses anciennes meilleures amies Aria Montgomery, Emily Fields et Hanna Marin la suivaient de près. Toutes les quatre tenaient le bas de leur robe de soirée et vacillaient en équilibre précaire sur leurs talons hauts : c'était samedi soir, et avant de se mettre à crapahuter dans les bois, elles assistaient à une soirée donnée chez les Hastings au profit de l'Externat de Rosewood.

Le visage strié de larmes, Emily gémissait. Aria claquait des dents comme chaque fois qu'elle avait peur. Hanna ne faisait pas de bruit, mais ses yeux étaient grands comme des soucoupes, et elle brandissait un gros chandelier en argent pris dans la salle à manger des Hastings. L'agent

Wilden, le plus jeune des policiers de la ville, les suivait en braquant le faisceau d'une lampe torche sur la grille en fer forgé qui séparait le jardin des Hastings de l'ancien jardin des DiLaurentis.

— Il est dans la clairière, au bout de ce chemin, affirma Spencer.

Il avait commencé à neiger : des flocons d'abord impalpables, bientôt plus gros et plus mouillés. Sur la gauche de Spencer se dressait la grange de sa famille, le dernier endroit où ses amies et elle avaient vu Ali vivante trois ans et demi plus tôt. Sur sa droite béait le trou au fond duquel le corps de l'adolescente avait été retrouvé en septembre. Et devant elle s'étendait la clairière où elle venait de découvrir le cadavre de Ian Thomas, l'ancien petit ami de sa sœur, l'amour secret d'Ali et son meurtrier.

Enfin, son meurtrier présumé.

Spencer avait été tellement soulagée quand la police avait arrêté Ian ! C'était parfaitement logique. Le dernier jour de leur année de 5e, Ali avait posé un ultimatum au jeune homme : ou bien il rompait avec Melissa, ou bien elle racontait à tout le monde qu'ils sortaient ensemble en cachette. Ian l'avait rejointe le soir même ; submergé par sa colère et sa frustration, il l'avait tuée. Spencer avait même aperçu Ali et Ian dans les bois la nuit du meurtre, un souvenir traumatique qu'elle avait réprimé pendant plus de trois longues années.

Mais la veille du début de son procès, Ian avait enfreint son assignation à résidence et était apparu devant Spencer dans le patio des Hastings pour la supplier de ne pas témoigner contre lui. Il avait affirmé que quelqu'un d'autre était responsable du meurtre d'Ali, et qu'il était sur le point de mettre au jour un secret ahurissant qui prouverait son innocence.

Le problème, c'est que Ian n'avait jamais pu révéler le secret en question à Spencer : il avait disparu le vendredi précédent, avant l'audience préliminaire de son procès. Tandis que les forces de police de Rosewood se déployaient pour passer le comté au peigne fin, Spencer avait vu vaciller toutes ses certitudes. Ian était-il coupable, ou non ? Était-ce lui qu'elle avait vu dans les bois avec Ali, ou quelqu'un d'autre ? Puis, quelques minutes auparavant, quelqu'un du nom de Ian_T lui avait envoyé un texto. *Retrouve-moi dans les bois, à l'endroit où elle est morte. J'ai quelque chose à te montrer.*

Spencer s'était élancée entre les arbres, impatiente de découvrir enfin la vérité. En atteignant la clairière, elle avait baissé les yeux et hurlé. Ian gisait sur le sol, bleu et boursouflé, le regard vitreux et sans vie. Aria, Hanna et Emily étaient arrivées sur ces entrefaites, et quelques instants plus tard, elles avaient toutes reçu le même message du nouveau « A » : *Il devait disparaître.*

Elles avaient fait demi-tour en courant pour aller chercher Wilden, mais celui-ci était introuvable. Quand Spencer était sortie dans l'allée circulaire pour vérifier une dernière fois, le jeune homme était soudain apparu près des voitures garées là. En la voyant, il avait sursauté comme si Spencer l'avait surpris en train de faire quelque chose d'illicite. Avant qu'elle puisse lui demander où il était passé, les autres filles avaient fait irruption, haletantes et au bord de l'hystérie, et avaient supplié Wilden de les suivre dans les bois. À présent...

Spencer s'arrêta, reconnaissant la silhouette familière d'un arbre rabougri. Là, la vieille souche. Et là, l'herbe piétinée. L'air était étrangement électrique, comme privé d'oxygène.

— C'est ici, lança la jeune fille par-dessus son épaule.

Elle baissa les yeux, se préparant mentalement au spectacle qui l'attendait.

— Oh, mon Dieu! souffla-t-elle.

Le corps de Ian avait... disparu.

Étourdie, Spencer fit un pas en arrière et porta une main à son front. Elle cligna vivement des yeux et regarda de nouveau. À l'endroit où elle avait découvert le cadavre une demi-heure plus tôt, il ne restait qu'une fine couche de neige. Mais comment était-ce possible?

Emily plaqua ses mains sur sa bouche et émit un gargouillement.

— Spencer, chuchota-t-elle sur un ton pressant.

Aria poussa un cri étranglé.

— Où est-il passé? glapit-elle en promenant un regard frénétique à la ronde. Il était juste là!

Hanna ne dit rien. Elle était livide.

Derrière elles, s'éleva un étrange grésillement aigu. Les quatre filles sursautèrent, et la main d'Hanna se crispa sur le chandelier. Mais ce n'était que le talkie-walkie de Wilden, fixé à sa ceinture. Le jeune homme détailla les filles hagardes et consternées, puis baissa les yeux vers le sol.

— Nous ne sommes peut-être pas au bon endroit, suggéra-t-il.

Spencer secoua la tête, sentant la pression enfler dans sa poitrine.

— Si. Il était là, j'en suis sûre.

Elle descendit la petite pente en titubant et se laissa tomber à genoux dans l'herbe à demi gelée. Celle-ci était couchée et aplatie, comme si une lourde masse avait reposé dessus peu de temps auparavant. Spencer tendit une main mais se ravisa, apeurée. Elle ne pouvait se résoudre à toucher l'emplacement où reposait, un peu plus tôt, un cadavre.

— Ian était peut-être juste blessé, dit Wilden en tripotant

une des fermetures Éclair de sa veste. Il a pu s'enfuir pendant que vous veniez me chercher.

Spencer écarquilla les yeux et envisagea, un court instant, cette hypothèse. Mais Emily secoua vigoureusement la tête.

— Impossible, protesta-t-elle.
— Il était forcément mort, renchérit Hanna, tremblante. Il était tout... bleu.
— Quelqu'un a peut-être déplacé son corps, avança Aria. En une demi-heure, il aurait eu le temps.
— C'est vrai qu'il y avait quelqu'un dans les bois, chuchota Hanna. Il s'est approché de moi quand je suis tombée.

Spencer fit volte-face et dévisagea son amie.

— Quoi ?

Bien sûr, elles n'avaient pas arrêté de courir depuis une demi-heure, mais Hanna aurait dû le mentionner plus tôt !

Emily aussi fixait Hanna, bouche bée.

— Tu as vu qui c'était ?

Hanna déglutit bruyamment.

— Il portait une capuche. Je pense que c'était un homme, mais au fond, je n'en sais rien. Il a pu traîner le corps de Ian ailleurs.
— C'était peut-être « A », suggéra Spencer, le cœur battant à tout rompre.

Elle fouilla dans la poche de sa veste, en sortit son Sidekick et montra le texto menaçant de « A » à Wilden. *Il devait disparaître.*

Wilden jeta un coup d'œil au téléphone portable puis le rendit à la jeune fille, les lèvres pincées.

— Je ne sais plus sur quel ton vous le dire. Mona Vanderwaal est morte. Ce « A » n'est qu'un *copycat*. Et tout le pays sait que Ian s'est enfui.

Spencer échangea un regard gêné avec les autres. Pendant l'automne, Mona Vanderwaal, une de leurs camarades et la meilleure amie d'Hanna, les avait torturées en leur envoyant des messages signés « A ». Elle leur avait gâché la vie de tout un tas de façons, et elle avait même essayé de tuer certaines d'entre elles, percutant Hanna avec sa voiture et manquant pousser Spencer du haut d'une falaise. Après qu'elle se fut tuée en tombant elle-même dans le vide, les filles s'étaient crues en sécurité... mais la semaine précédente, elles avaient commencé à recevoir des messages sinistres d'un autre « A ». Elles avaient d'abord cru qu'ils émanaient de Ian, qui venait juste d'être libéré de prison. Mais Wilden s'était montré plus que sceptique. Il n'avait cessé de leur répéter que c'était impossible, que Ian n'avait pas accès à un téléphone portable et qu'il n'était pas en mesure de surveiller leurs moindres faits et gestes.

— « A » existe, et il ne plaisante pas, protesta Emily en secouant la tête d'un air désespéré. Et si c'était lui l'assassin de Ian ? S'il avait emporté son corps ?

— C'est peut-être également lui qui a tué Ali, ajouta Hanna sans lâcher son chandelier.

Wilden se passa la langue sur les lèvres. Il semblait ébranlé. De gros flocons de neige se posaient sur le sommet de son crâne, et il ne les essuyait pas.

— Les filles, vous devenez hystériques. L'assassin d'Ali, c'est Ian. Vous êtes bien placées pour le savoir. C'est vous qui nous avez fourni les preuves qui nous ont permis de l'arrêter.

— Et si c'était un coup monté ? insista Spencer. Si Ian avait découvert que « A » avait tué Ali, et si « A » s'était arrangé pour lui faire porter le chapeau ?

Et si les flics cachaient quelque chose ? faillit-elle ajouter. C'était une théorie que Ian avait avancée.

Du bout des doigts, Wilden suivit le contour de l'écusson du département de police de Rosewood brodé sur sa veste d'uniforme.

— C'est Ian qui t'a déballé toutes ces salades pendant votre conversation sous ton porche jeudi, Spencer?

Cette révélation fit l'effet d'une bombe à la jeune fille.

— Comment le savez-vous?

Wilden la foudroya du regard.

— Je viens de recevoir un appel du commissariat. Quelqu'un vous a vu parler tous les deux, et il nous a rencardés.

— Qui ça?

— C'était un appel anonyme.

Spencer ne se sentait pas très bien. Elle se retourna vers ses amies – les seules personnes à qui elle avait raconté la visite de Ian – mais Aria, Emily et Hanna semblaient tout aussi choquées qu'elle. Une seule autre personne était au courant de cette entrevue : « A ».

— Pourquoi n'es-tu pas venue nous voir tout de suite? (Wilden se pencha vers Spencer. Son haleine sentait le café.) Nous aurions remis Ian en prison. Il n'aurait jamais pu s'échapper.

— « A » m'a menacée, se défendit Spencer.

Fouillant dans ses messages reçus, elle montra un autre texto à Wilden. *Question : si la pauvre petite Miss Pas-Si-Parfaite disparaissait tout à coup, quelqu'un s'en soucierait-il?*

Wilden se balança d'avant en arrière sur ses talons. Il fixa longuement l'endroit où le corps de Ian s'était trouvé moins d'une heure auparavant et soupira.

— Écoutez, je vais retourner à la maison et constituer une équipe. Mais vous ne pouvez pas tout mettre sur le dos de « A ».

Spencer jeta un coup d'œil au talkie-walkie sur sa hanche.

— Pourquoi vous ne les appelez pas d'ici ? le pressa-t-elle. Vous pourriez leur dire de vous rejoindre dans les bois et commencer les recherches en attendant.

Wilden parut mal à l'aise, il n'avait visiblement pas anticipé cette question.

— Laissez-moi faire mon boulot, les filles. Je dois... suivre la procédure.

— La procédure ? répéta Emily.

— Oh, mon Dieu ! souffla Aria. Il ne nous croit pas.

— Mais si, mais si, je vous crois. (Wilden se baissa pour éviter quelques branches basses.) Mais le mieux que vous puissiez faire, c'est rentrer chez vous et vous reposer. À partir de maintenant, je prends les choses en main.

Une rafale agita les extrémités de l'écharpe de laine grise que Spencer avait enroulée autour de son cou avant de se précipiter dehors. Un croissant de lune émergeait du brouillard. En quelques secondes, Wilden avait disparu du champ de vision des filles. L'imagination de Spencer lui jouait-elle des tours, ou avait-il eu l'air pressé de s'éloigner d'elles ? Craignait-il seulement que le corps de Ian se trouve quelque part dans les bois, ou s'agissait-il de tout autre chose ?

Spencer scruta le ravin vide comme si elle pouvait faire réapparaître le cadavre par la seule force de sa concentration. Jamais elle n'oublierait cette vision. Ian avait un œil exorbité et l'autre fermé, la paupière apparemment collée. Son cou était tordu selon un angle peu naturel. Et il portait encore sa chevalière en platine de l'Externat de Rosewood à la main droite. La pierre bleue luisait doucement sous le clair de lune.

Les autres filles aussi fixaient l'emplacement vide. Puis il y eut un craquement au fond des bois. Hanna saisit le bras de Spencer. Emily poussa un petit cri. Les quatre filles se figèrent et attendirent. Spencer entendait les palpitations affolées de son pouls dans ses tempes.

— Je veux rentrer chez moi, gémit Emily.

Les autres acquiescèrent vivement – elles pensaient toutes la même chose. Jusqu'à ce que la police de Rosewood commence les recherches, elles ne seraient pas en sécurité seules dehors.

Elles rebroussèrent chemin en suivant leurs propres empreintes. Dès qu'elles furent sorties du ravin, Spencer repéra le faisceau doré de la lampe torche de Wilden loin devant, sautant d'un tronc d'arbre à l'autre. Elle s'arrêta, et son cœur lui bondit de nouveau dans la gorge.

— Les filles..., chuchota-t-elle en tendant un doigt.

Comme si Wilden s'était senti épié, sa lampe s'éteignit brusquement. Ses bruits de pas se firent de plus en plus lointains, et finirent par se taire tout à fait. Il ne retournait pas chez les Hastings pour constituer une équipe de recherche ainsi qu'il le leur avait dit. Non, il se faufilait en douce dans les bois... dans la direction diamétralement opposée.

2

ℒ'EFFET BOOMERANG

Le lendemain matin, assise devant la table de Formica jaune dans la minuscule cuisine de son père qui habitait désormais près de la fac de Hollis, Aria mangeait un bol de céréales diététiques arrosées de lait de soja et tentait de lire le *Philadelphia Sentinel*. Byron Montgomery avait déjà fini les mots croisés, et il y avait des taches d'encre plein les pages.

Meredith, ex-étudiante de Byron et son actuelle fiancée, se trouvait dans le salon voisin. Elle avait allumé quelques bâtonnets d'encens, si bien que tout l'appartement empestait le patchouli. Du poste de télévision sortaient un bruit apaisant de ressac et des cris de goélands.

— Prenez une inspiration purifiante par le nez au début de chaque contraction, conseillait une voix de femme. Et quand vous expirez, faites « hee, hee, hee ». Essayons ensemble.

— Hee, hee, hee, psalmodia Meredith.

Aria étouffa un grognement. Meredith était enceinte de cinq mois, et elle regardait des vidéos de Lamaze depuis une heure, ce qui signifiait qu'Aria avait tout appris par osmose sur les techniques de respiration, les ballons de naissance et les inconvénients de la péridurale, ce fléau entre les fléaux.

Après n'avoir quasiment pas fermé l'œil de la nuit, Aria avait appelé son père tôt le matin pour lui demander si elle pourrait loger chez eux quelque temps. Puis, avant que sa mère ne se réveille, elle avait fourré quelques affaires dans son sac de voyage à fleurs acheté en Norvège, et elle était partie.

Elle savait qu'Ella ne comprendrait pas pourquoi elle préférait vivre avec son père et la nymphette qui avait brisé leur mariage, d'autant que mère et fille avaient réussi à sauver leur relation après que Mona Vanderwaal alias « A » eut failli la détruire à jamais. Mais Aria détestait mentir, et elle ne pouvait décemment pas expliquer à sa mère la véritable raison de son départ. *Ton nouveau petit copain a un faible pour moi, et il est convaincu que c'est réciproque.* Si elle disait ça, Ella ne voudrait sans doute plus jamais lui adresser la parole.

Meredith monta le volume de la télé : apparemment, ses propres « hee, hee, hee » l'empêchaient d'entendre. Nouveau bruit de vagues s'écrasant sur la grève. Puis une note de gong.

— Votre partenaire et vous apprendrez des moyens de diminuer la douleur d'un accouchement naturel et d'accélérer la naissance. Parmi ces techniques, l'immersion dans l'eau, les exercices de visualisation et l'orgasme provoqué par votre partenaire.

— Oh, mon Dieu !

Aria se plaqua les mains sur les oreilles. C'était un miracle qu'elle ne soit pas spontanément devenue sourde.

Elle reporta son attention sur le journal. Un gros titre s'étalait en première page : OÙ EST IAN THOMAS ?

Bonne question, songea Aria.

Les événements de la nuit précédente la hantaient. Comment le corps de Ian pouvait-il avoir disparu des bois ? Son assassin avait-il profité du moment où les filles étaient parties chercher Wilden pour le traîner plus loin ? Avait-il fait taire le jeune homme à tout jamais parce que celui-ci avait découvert le fameux secret dont il avait parlé à Spencer ?

À moins que Wilden n'ait raison : Ian était juste blessé, et il avait réussi à s'éloigner pendant l'absence des filles. Mais si tel était le cas, il se trouvait toujours quelque part là-dehors. Aria frissonna. C'était à cause de Spencer, d'Hanna, d'Emily et d'elle que Ian avait été arrêté. Il devait leur en vouloir. Peut-être allait-il chercher à se venger…

Afin de se distraire, Aria alluma la petite télé posée sur le comptoir de la cuisine. Channel 6 diffusait la reconstitution du meurtre d'Ali, qu'elle avait déjà vue deux fois. Elle pressa un bouton de la télécommande. Sur la chaîne suivante, le chef de la police de Rosewood répondait aux questions de plusieurs journalistes. Il portait un gros blouson bleu marine doublé de fourrure, et on voyait des pins derrière lui. Apparemment, il donnait une interview depuis la lisière des bois se trouvant sur la propriété des Hastings. Au bas de l'écran, un bandeau indiquait : *Ian Thomas mort ?* Le cœur d'Aria accéléra. Elle se rapprocha du poste.

— Un rapport non étayé affirme que le corps de M. Thomas aurait été vu dans les bois cette nuit, dit le chef de la police. Nous avons constitué une équipe et commencé à fouiller les environs ce matin à 10 heures. Mais avec toute cette neige…

L'estomac d'Aria se mit à bouillonner comme un volcan sur le point d'entrer en éruption. Saisissant son Treo posé sur la table, la jeune fille composa le numéro d'Emily. Son amie décrocha aussitôt.

— Tu regardes les infos ? aboya Aria sans même lui dire bonjour.

— Je viens d'allumer la télé, répondit Emily sur un ton inquiet.

— À ton avis, pourquoi ont-ils attendu ce matin pour commencer les recherches? Wilden a dit qu'il allait constituer une équipe hier soir.

— Il a également fait allusion à la procédure. C'est peut-être à cause de ça.

Aria ricana.

— Wilden ne s'est jamais beaucoup soucié de la procédure jusqu'ici.

— Attends. Où veux-tu en venir? demanda Emily, incrédule.

Aria tira sur un des fils d'un set de table que Meredith avait fabriqués elle-même avec du chanvre. Presque douze heures s'étaient écoulées depuis qu'elles avaient vu le corps de Ian. Beaucoup de choses avaient pu se passer entretemps. Quelqu'un avait pu faire disparaître des preuves... ou mettre en place de faux indices.

Mais la police – ou du moins, Wilden – faisait preuve de négligence dans cette affaire depuis le début. Wilden n'avait même pas de suspect en vue pour le meurtre d'Ali jusqu'à ce que Spencer, Aria et les autres lui apportent la tête de Ian sur un plateau d'argent. Il avait également réussi à rater la fois où Ian s'était échappé pour rendre visite à Spencer, et celle où il s'était enfui le premier jour de son procès. Selon Hanna, il voulait la peau de Ian autant qu'elles; pourtant, il n'avait pas fait beaucoup d'efforts pour le garder sous clé.

— Je ne sais pas, répondit enfin Aria. Mais c'est bizarre qu'ils ne s'y mettent que maintenant.

— Tu as reçu d'autres messages de « A »? demanda Emily.

Aria se raidit.

— Non. Et toi?

— Non, mais j'ai l'impression que je vais en recevoir un d'une minute à l'autre.

— À ton avis, qui est le nouveau « A » ?

Pour sa part, Aria n'en avait pas la moindre idée. Était-ce quelqu'un qui souhaitait la mort de Ian, Ian lui-même, ou une personne totalement étrangère à cette affaire ? Wilden pensait que les messages étaient des plaisanteries douteuses, probablement envoyés par un inconnu depuis un autre État. Mais « A » avait pris des photos compromettantes d'Aria et de Xavier, ce qui signifiait qu'il (ou elle) se trouvait à Rosewood. Il savait également que le corps de Ian se trouvait dans les bois, puisque c'était lui qui avait mené les filles sur les lieux où il gisait. Pourquoi tenait-il tant à ce qu'elles le voient ? Pour leur faire peur ? À titre d'avertissement ? Et quand Hanna était tombée, elle avait vu quelqu'un au-dessus d'elle. Quelle était la probabilité pour qu'un simple promeneur se trouve dans les bois au même moment et au même endroit que le cadavre ? Il devait y avoir un rapport.

— Je n'en sais rien, soupira Emily. Et je n'ai aucune envie de le découvrir.

— Il a peut-être fini de nous embêter, dit Aria avec tout l'espoir qu'elle put invoquer.

Emily soupira et dit qu'elle devait raccrocher. Aria se leva, se servit un verre du jus de fruits que Meredith avait acheté à l'épicerie bio et se frotta les tempes. Wilden avait-il pu retarder les recherches exprès ? Si oui, dans quel but ? Il avait paru nerveux et mal à l'aise la veille, puis il était parti dans la direction opposée à celle de la maison des Hastings. Peut-être avait-il quelque chose à cacher. Ou peut-être Emily avait-elle raison, et le délai dépendait-il de la procédure. Peut-être Wilden n'était-il qu'un flic consciencieux qui se pliait aux règles.

Aria n'en revenait toujours pas que Wilden soit devenu

flic, à plus forte raison un flic consciencieux. Il était de la même année que Jason DiLaurentis et Ian Thomas, et du temps où il fréquentait l'Externat de Rosewood, il avait une sacrée réputation de fouteur de merde.

L'année où Aria était en 6e et les garçons en 1re, elle se faufilait souvent dans la cour du lycée pendant ses heures de permanence pour espionner Jason. Elle craquait complètement pour lui et ne perdait jamais une occasion d'aller le voir. L'espace de quelques secondes, elle l'observait par la fenêtre de l'atelier de menuiserie pendant qu'il polissait les serre-livres en bois qu'il venait de fabriquer, ou se pâmait en admirant ses jambes musclées tandis qu'il courait dans tous les sens sur le terrain de foot. Elle prenait toujours garde à ce que personne ne la surprenne.

Mais c'était quand même arrivé une fois.

L'année scolaire avait commencé depuis une semaine. Aria était en train de regarder Jason emprunter des livres à la bibliothèque quand elle avait entendu un cliquetis dans le couloir derrière elle. L'oreille collée contre la porte d'un casier, Darren Wilden tournait lentement les mollettes du cadenas. Le casier s'était ouvert ; Aria avait vu un miroir en forme de cœur à l'intérieur de la porte et une boîte de serviettes Always sur l'étagère du dessus. La main de Wilden s'était refermée sur un billet de vingt dollars coincé entre deux manuels scolaires. Aria avait froncé les sourcils en comprenant ce qu'il faisait.

Puis Wilden s'était redressé et l'avait vue. Il avait soutenu son regard sans la moindre gêne.

— Tu n'es pas censée être ici, avait-il grimacé. Mais je ne dirai rien... pour cette fois.

Quand Aria reporta son attention sur la télé, celle-ci diffusait une publicité pour une solderie de meubles locale appelée La Décharge. La jeune fille fixa son Treo sur la table, réalisant qu'elle devait passer un autre coup de fil. Il était presque 11 heures – Ella serait sûrement debout.

Aria composa le numéro de chez elle. Après la deuxième sonnerie, quelqu'un décrocha :

— Allô ?

La voix d'Aria s'étrangla dans sa gorge. C'était Xavier, le nouveau petit ami de sa mère. Il semblait guilleret et à son aise, pas le moins du monde gêné de répondre au téléphone des Montgomery. Avait-il passé la nuit chez eux après la soirée de bienfaisance ? *Pouaaaaah.*

— Allô ? répéta Xavier.

Aria avait l'impression que sa langue était nouée. Quand Xavier s'était approché d'elle la veille chez les Hastings et avait demandé à lui parler, Aria avait supposé qu'il allait s'excuser de l'avoir embrassée quelques jours plus tôt. Mais apparemment, dans le vocabulaire de Xavier, « parler » signifiait « peloter ».

— Aria, c'est toi ? souffla Xavier sur un ton doucereux, au bout de quelques secondes de silence.

Aria émit un couinement étranglé.

— Inutile de te cacher, la taquina-t-il. Je croyais qu'on avait conclu un accord.

Aria raccrocha très vite. Le seul accord qu'ils avaient conclu, c'est que si Aria mettait sa mère en garde contre Xavier, ce dernier raconterait à Ella que sa fille avait eu le béguin pour lui pendant une demi-seconde. Cette fois, leur relation n'y survivrait pas.

— Aria ?

Elle sursauta et leva les yeux. Son père, Byron, se tenait devant elle, vêtu d'un vieux T-shirt de Hollis, les cheveux hérissés façon « je viens juste de me lever ». Il s'assit à la table. Meredith, drapée dans une robe de maternité genre sari, entra en se dandinant comme un canard et s'adossa au comptoir.

— Nous avons quelque chose à te dire, annonça Byron.

Aria croisa les mains. Ils avaient l'air si sérieux tous les deux !

— D'abord, nous organisons une petite fête pour célébrer la grossesse de Meredith, mercredi après les cours. Ce sera juste une soirée intime avec quelques-uns de nos amis.

Aria cligna des yeux. Ils avaient des amis communs ? Ça semblait impossible. Meredith avait dans les vingt-cinq ans, et Byron... Byron était *vieux*.

— Tu peux venir avec une copine si tu veux, ajouta Meredith. Et inutile de m'apporter un cadeau ; ce n'est pas du tout nécessaire.

Aria se demanda si Meredith avait déposé sa liste de naissance au Sunshine, le magasin pour bébé écolo qui vendait des chaussons bio fabriqués à partir de bouteilles de soda recyclées pour une centaine de dollars.

— Quant à l'endroit où cette soirée aura lieu... (Byron tira sur les manches de son gilet en maille blanche.) Ce sera dans notre nouvelle maison.

Aria mit un moment à intégrer l'information. Elle ouvrit la bouche et la referma.

— Nous ne voulions rien te dire avant d'être sûrs, poursuivit Byron. Mais notre demande de crédit a été acceptée aujourd'hui, et nous signons la vente demain. Nous voulons déménager tout de suite, et nous aimerions beaucoup que tu nous suives.

— Une maison, répéta Aria, hébétée.

Elle ne savait pas si elle devait rire ou pleurer. Ici, dans ce minable petit appartement pour étudiant du Vieil Hollis, la relation de Byron et Meredith semblait... une farce. Une situation temporaire. Mais s'ils achetaient une maison... Leur couple deviendrait réel.

— Où est-elle ? demanda finalement Aria.

Meredith caressa du bout des doigts la toile d'araignée rose tatouée à l'intérieur de son poignet.

— Dans Coventry Lane. Elle est vraiment très belle, Aria – je crois que tu vas l'adorer ! Il y a un escalier en colimaçon qui monte jusqu'à une chambre sous les toits – un grenier aménagé. Tu peux t'installer là, si tu veux. La lumière est géniale pour peindre.

Aria fixa une petite tache sur le gilet de Byron. Le nom de Coventry Lane lui disait vaguement quelque chose, mais elle ne se rappelait pas quoi.

— Tu pourras commencer à déménager tes affaires quand tu voudras à partir de demain, ajouta Byron en surveillant sa fille d'un œil prudent, comme s'il n'était pas certain de la façon dont elle réagirait.

Aria se tourna distraitement vers la télé. La photo d'identité judiciaire de Ian s'affichait à l'écran. Elle céda la place à la mère du jeune homme, livide et l'air épuisée.

— Nous sommes sans nouvelles de Ian depuis jeudi soir, se lamenta Mme Thomas. Si vous savez ce qui lui est arrivé, merci de vous manifester.

— Attends, dit lentement Aria comme une pensée se précisait dans son esprit. Coventry Lane, c'est bien derrière la maison des Hastings ?

— C'est ça ! (Le visage de Byron s'éclaira.) Tu seras plus près de Spencer.

Aria secoua la tête. Son père ne comprenait pas.

— C'est l'ancienne rue de Ian Thomas.

Byron et Meredith s'entre-regardèrent et pâlirent.

— V-vraiment ? bredouilla Byron.

Le cœur d'Aria cognait douloureusement dans sa

poitrine. C'était l'une des raisons pour lesquelles elle aimait son père : il ne prêtait aucune attention aux ragots. D'un autre côté, comment pouvait-il ignorer une chose qui faisait la une de tous les journaux?

Génial. Aria allait habiter, non seulement tout près des bois où ses amies et elle avaient trouvé le corps de Ian, mais aussi tout près de l'endroit où Ali était morte. Et si Ian était toujours vivant? S'il continuait à traîner dans le coin?

Aria fit face à son père.

— Tu ne crois pas que cette rue doit avoir un sacré mauvais karma?

Byron croisa les bras sur sa poitrine.

— Je suis désolé, Aria. Mais nous avons eu la maison à un prix bien inférieur à celui du marché. C'était une affaire que nous ne pouvions pas laisser passer. Elle est immense, et je suis certain que tu t'y plairas davantage que... qu'ici.

Il agita les bras, désignant spécifiquement la minuscule salle de bains qu'Aria devait partager avec Meredith et lui.

Aria foudroya du regard le totem à l'effigie d'un oiseau que Meredith avait ramené d'un marché aux puces un mois auparavant et qui trônait désormais dans un coin de la cuisine. Ce n'était pas comme si elle pouvait retourner chez sa mère. La voix moqueuse de Xavier résonnait encore dans sa tête. « Inutile de te cacher. Je croyais qu'on avait conclu un accord. »

— D'accord. Je déménagerai mardi, marmonna Aria.

Ramassant ses livres et son portable, elle battit en retraite dans sa chambre improvisée au fond du studio de Meredith. Elle se sentait épuisée et vaincue.

Comme elle laissait tomber ses affaires sur son lit, quelque chose de l'autre côté de la fenêtre attira son attention. Le studio se trouvait au fond de l'appartement; il donnait sur une ruelle et un garage décrépit. Une ombre floue remua derrière les vitres crasseuses de ce dernier. Puis une paire d'yeux qui ne cillaient pas braqua son regard droit sur Aria.

La jeune fille poussa un cri et se plaqua contre le mur du fond, le cœur battant la chamade. Mais la seconde d'après, les yeux avaient disparu. C'était comme si elle les avait rêvés.

3

ᴇMMÈNE-MOI SUR LA LUNE

Le dimanche soir, Emily Fields, jambes repliées sous elle, se trouvait dans une des alcôves douillettes de Penelope's, un charmant *diner* situé non loin de chez elle. Son nouveau petit ami, Isaac, était assis en face d'elle, devant les deux tartines de beurre de cacahuète qu'il avait commandées. Il lui montrait comment confectionner son fameux sandwich au beurre de cacahuète, celui qui était capable de changer une vie.

— Le petit truc qui fait toute la différence, dit-il, c'est d'utiliser du miel plutôt que de la confiture.

Il saisit un flacon en plastique en forme d'ours au milieu de la table. L'ours émit un bruit de pet comme il le pressait pour faire couler le miel sur une des tranches de pain.

— Je te promets que tout ton stress va s'évanouir.

Il tendit le sandwich à Emily. Celle-ci mordit dedans, mâcha et sourit.

— Ch'est boooon, dit-elle, la bouche pleine.

Isaac lui prit la main, et Emily se sentit fondre. Il avait des yeux bleus doux et expressifs, et le dessin de ses lèvres lui donnait l'air de sourire en permanence. *Si je ne le connaissais pas, je penserais qu'il est beaucoup trop beau pour sortir avec moi,* songea la jeune fille.

Isaac désigna la télévision fixée au-dessus du comptoir.

— Hé, ça ne serait pas la maison de ta copine?

Emily tourna la tête juste à temps pour voir Mme McClellan, une des voisines des Hastings, s'arrêter devant l'entrée de leur propriété. Elle tenait en laisse un caniche blanc des plus ordinaires.

— Je n'ai pas fermé l'œil de la nuit, dit-elle. L'idée qu'il y ait un cadavre abandonné au milieu des bois derrière ma maison m'empêche de dormir. J'espère qu'ils le trouveront vite.

Emily s'affaissa sur la banquette, et de la bile lui envahit la gorge. Elle était contente que la police cherche Ian, mais elle ne voulait pas en entendre parler pour le moment.

Un agent en uniforme succéda à Mme McClellan.

— Le département de police de Rosewood a obtenu tous les mandats nécessaires et a commencé à fouiller les bois ce matin. (Une série de flashes crépita.) Nous prenons cette affaire très au sérieux, et nous nous efforçons de la résoudre le plus vite possible.

Les journalistes commencèrent à le bombarder de questions :

— Pourquoi l'agent présent sur les lieux a-t-il retardé le début des recherches?

— La police dissimule-t-elle quelque chose?

— Est-il vrai que Ian Thomas avait enfreint son assignation à résidence plus tôt dans la semaine pour rendre visite à l'une des filles qui a découvert son corps?

Emily se mordilla le petit doigt, surprise qu'ils soient au courant de l'entrevue de Ian et de Spencer. Qui leur en avait parlé? Wilden? Un de ses collègues? « A »?

Le flic leva la main pour réclamer le silence.

— Comme je viens de vous le dire, l'agent Wilden n'a pas retardé le début des recherches. Nous devions obtenir les mandats nécessaires pour accéder à ces bois, qui sont une propriété privée. Pour le reste, je n'ai pas de commentaire à faire.

La serveuse émit un « tsss » désapprobateur et changea de chaîne pour trouver un autre bulletin d'information. « La réaction de Rosewood » se détachait en grosses lettres jaunes au bas de l'écran. Au-dessus, on voyait une fille dont Emily reconnut immédiatement les cheveux de jais et les énormes lunettes de soleil Gucci. *Jenna Cavanaugh.*

Son estomac se noua. Jenna Cavanaugh, que ses amies et elle avaient accidentellement rendue aveugle l'année de leur 6e. Jenna Cavanaugh qui, deux mois plus tôt, avait révélé à Aria qu'Ali avait elle aussi des problèmes « de famille » avec son frère, Jason – des problèmes auxquels Emily ne voulait même pas penser.

Elle se leva d'un bond.

— Partons, dit-elle en détournant les yeux.

Isaac se leva aussi, l'air inquiet.

— Je vais leur demander d'éteindre la télé.

Emily secoua la tête.

— Je veux y aller.

— D'accord, d'accord.

Isaac sortit quelques billets qu'il déposa près de sa tasse à café. Emily se dirigea vers la porte d'un pas titubant. Comme elle atteignait le pupitre de l'hôtesse, elle sentit la main d'Isaac prendre une des siennes.

— Je suis désolée, dit-elle, penaude. (Ses yeux se remplirent de larmes.) Tu n'as même pas pu manger ton sandwich.

Isaac lui toucha le bras.

— Ne t'en fais pas pour ça. Je ne peux même pas imaginer ce que tu traverses.

Emily laissa aller sa tête sur l'épaule du jeune homme. Chaque fois qu'elle fermait les yeux, l'image du corps inerte et boursouflé de Ian revenait la hanter. Elle n'avait encore jamais vu de mort, ni à un enterrement, ni dans un lit d'hôpital, et encore moins dans les bois après un assassinat. Elle aurait voulu pouvoir appuyer sur un bouton pour effacer cet horrible souvenir aussi facilement que les e-mails publicitaires qu'elle recevait quotidiennement. La présence d'Isaac était la seule chose qui parvenait à la soulager partiellement de son chagrin et de sa peur.

— Je parie que tu ne t'attendais pas à ça quand tu m'as demandé de sortir avec toi, hein ? marmonna-t-elle.

— Chut, fit doucement Isaac en lui embrassant le front. Je serai là pour t'aider, aussi longtemps qu'il le faudra.

La machine à café gargouilla sur le comptoir. Par la fenêtre, Emily vit une pelleteuse à neige descendre la rue en cahotant.

Pour la millionième fois, elle songea combien elle était chanceuse d'avoir trouvé quelqu'un d'aussi merveilleux qu'Isaac. Même quand elle lui avait dit qu'elle était tombée amoureuse d'Ali en 5e et sortie avec Maya Saint-Germain à l'automne précédent, il ne l'avait pas rejetée. Il l'avait écoutée patiemment tandis qu'elle lui expliquait combien sa famille avait eu de mal à accepter ses orientations sexuelles, et comment ses parents avaient décidé de l'inscrire à la Cime des arbres pour la « soigner ». Il lui avait tenu la main quand elle lui avait avoué qu'elle pensait encore constamment à Alison, même si celle-ci avait dissimulé des tas de choses à ses amies. Et maintenant, il la soutenait dans cette nouvelle épreuve.

Dehors, la nuit tombait. Une odeur de café et d'œufs

brouillés flottait dans l'air. Main dans la main, les deux jeunes gens se dirigèrent vers la Volvo de Mme Fields qui était garée en créneau. De gros monticules de neige s'étaient formés sur le trottoir, et derrière le parking désert de l'autre côté de la rue, deux enfants dévalaient en luge le flanc d'une petite colline.

Comme Emily et Isaac atteignaient la Volvo, un homme portant une parka grise à la capuche bordée de fourrure leur fonça dessus, les yeux fulminants de colère.

— C'est votre voiture ? demanda-t-il en tendant un doigt accusateur vers la Volvo.

Surprise, Emily s'arrêta.

— Euh, oui.

— Regardez ce que vous avez fait !

Tapant du pied dans la neige, le type désigna une BMW garée devant la Volvo. Le pare-chocs présentait une légère indentation sous la plaque d'immatriculation.

— Vous êtes arrivés après moi, gronda le type. Je suis sûr que vous n'avez même pas regardé avant de faire votre créneau !

— Je... je suis désolée, bredouilla Emily.

Elle ne se souvenait pas avoir heurté quoi que ce soit en se garant, mais elle avait passé toute la journée dans le brouillard.

Isaac fit face au conducteur de la BMW.

— Peut-être que le coup était déjà là avant et que vous ne l'aviez pas remarqué.

— Sûrement pas, aboya le type.

Comme il se rapprochait d'eux, sa capuche glissa en arrière. Il avait des cheveux blonds en bataille, des yeux bleu vif et un visage familier en forme de cœur. Emily hoqueta. C'était Jason DiLaurentis, le frère d'Ali.

Elle attendit, certaine que Jason allait la reconnaître.

Après tout, elle était passée chez les DiLaurentis presque tous les jours pendant ses années de 6e et de 5e, et Jason l'avait vue au procès de Ian le vendredi. Mais le visage du jeune homme était rouge de colère, et son regard ne s'arrêtait jamais sur rien. Emily renifla l'air devant lui en se demandant s'il était soûl. Mais son haleine ne semblait pas alcoolisée.

— Vous êtes assez vieux pour conduire, au moins ? cracha Jason en faisant un pas menaçant en direction d'Emily.

Isaac s'interposa entre eux pour protéger la jeune fille.

— Du calme. Inutile de hurler.

Les narines de Jason frémirent. Il serra les poings, et un instant, Emily crut qu'il allait frapper Isaac.

Puis un couple sortit du *diner*, et Jason tourna la tête vers eux. Il lâcha un grognement frustré, tapa le coffre de sa BMW du plat de la main, fit volte-face et grimpa dans le siège conducteur. Le moteur rugit et Jason déboîta, coupant la route d'une voiture qui arrivait derrière lui. Coups de klaxon, crissement de pneus. Les mains plaquées sur les joues, Emily regarda les feux de la BMW disparaître au carrefour suivant.

— Tu vas bien ? s'inquiéta Isaac.

Trop choquée pour parler, Emily acquiesça d'un mouvement de tête.

— C'était quoi, son problème ? Ça se voyait à peine. Et je ne me souviens pas que tu aies touché sa bagnole.

Emily déglutit péniblement.

— Ce type... C'était le frère d'Alison DiLaurentis.

Le simple fait de dire ces mots à voix haute la fit éclater en sanglots. Isaac hésita un instant, puis la prit dans ses bras et la serra contre lui.

— Chuuut, souffla-t-il. Monte dans la voiture. Je vais conduire.

Emily lui tendit les clés et grimpa sur le siège passager. Isaac mit le contact et s'écarta du trottoir. Comme il accélérait, les larmes d'Emily se mirent à couler de plus belle. Elle ne savait même pas pourquoi elle pleurait : à cause de l'étrange colère de Jason, bien sûr, mais aussi du simple fait de l'avoir vu devant elle. Il ressemblait tellement à Ali...

Isaac jeta un coup d'œil à Emily et fit une grimace consternée.

— Hé, dit-il doucement.

Il tourna dans une rue bordée de bureaux aux fenêtres éteintes, entra dans un parking désert et se gara.

— Tout va bien.

Il caressa le bras d'Emily en un geste réconfortant.

Un moment, les deux jeunes gens restèrent assis sans rien dire, dans un silence que seule troublait la ventilation asthmatique de la Volvo. Puis Emily s'essuya les yeux, se pencha vers Isaac et l'embrassa. Elle était si contente qu'il soit là !

Le jeune homme lui rendit son baiser. Ils s'écartèrent l'un de l'autre et se fixèrent intensément avant de replonger pour un nouveau baiser, plus fougueux que le précédent. Les problèmes d'Emily s'envolèrent comme des cendres éparpillées par le vent.

Les vitres de la Volvo s'embuèrent très vite. Sans un mot, Isaac attrapa le bas de son T-shirt à manches longues et le tira par-dessus sa tête. Sa poitrine était imberbe et musclée, et il avait une petite cicatrice brillante à l'intérieur du bras droit. Emily l'effleura.

— Comment tu t'es fait ça ?

— En tombant d'une rampe de BMX quand j'étais en CE1, répondit le jeune homme.

Du menton, il désigna le T-shirt d'Emily. Celle-ci leva les bras, et il le lui enleva. Malgré le chauffage poussé à fond, la jeune fille avait la chair de poule. Elle baissa les yeux, embarrassée par le soutien-gorge de sport bleu marine qu'elle avait pêché au fond de son tiroir le matin même. Il était couvert de lunes, d'étoiles et de petites planètes. Si seulement elle avait enfilé quelque chose de plus féminin et de plus sexy... D'un autre côté, elle n'avait pas vraiment prévu de se déshabiller devant quelqu'un.

Isaac tendit un doigt vers son nombril.

— Oh, il sort !

Emily le couvrit d'une main.

— Tout le monde se moque de moi à cause de ça.

En fait, elle voulait surtout parler d'Ali, qui avait aperçu son nombril une fois pendant qu'elles se changeaient dans les vestiaires du country club.

— Je croyais qu'il n'y avait que les garçons gras du bide qui avaient un nombril comme ça, avait-elle ricané.

Depuis, Emily portait des maillots une pièce.

Isaac écarta la main de la jeune fille.

— Je trouve ça très mignon.

Ses doigts glissèrent sous le soutien-gorge d'Emily, et le cœur de la jeune fille se mit à battre la chamade. Il se pencha vers elle et l'embrassa dans le cou. Leurs peaux nues se touchèrent. Isaac tira sur la brassière d'Emily pour lui demander de l'enlever. La jeune fille la fit passer par-dessus sa tête, et un sourire béat illumina le visage d'Isaac. Emily ne put s'empêcher de glousser. Ce qu'ils faisaient était très sérieux, mais elle ne se sentait ni gênée ni mal à l'aise, bien au contraire.

Les deux jeunes gens s'enlacèrent, pressant leurs corps tièdes l'un contre l'autre.

— Tu es sûre que ça va ? murmura Isaac.

— Je crois que oui, répondit Emily, le nez enfoui dans son épaule. Je suis désolée que ma vie soit aussi mouvementée.

— Ne t'excuse pas. (Isaac lui caressa les cheveux.) Je t'ai dit que je t'aiderais autant qu'il le faudrait. Je... je t'aime.

Stupéfaite, Emily s'écarta de lui. Isaac avait l'air si sincère et si vulnérable ! Elle se demanda si elle était la première fille à qui il disait ça. Elle se sentait follement reconnaissante de l'avoir dans sa vie. Il était la seule personne qui lui donne un vague sentiment de sécurité.

— Moi aussi, je t'aime, décida-t-elle.

Ils s'étreignirent de nouveau, plus fort cette fois. Mais au bout de quelques secondes, le visage déformé par la rage de Jason s'imposa à l'esprit d'Emily. La jeune fille ferma les yeux tandis que son estomac gargouillait d'appréhension.

Calme-toi, dit une petite voix en elle. Il y avait sûrement une explication logique au comportement de Jason. Tout le monde était atterré par la mort d'Ali et la disparition de Ian, et il n'était pas rare que le chagrin rende fou – surtout les gens qui venaient de perdre un membre de leur famille.

Mais en Emily, une autre voix se fit entendre : *Il y a autre chose. Et tu le sais.*

4

*C*E GARÇON EST À MOI

Plus tard ce soir-là, Hanna Marin était assise à une des tables d'un blanc étincelant du Pinkberry, entourée de sa future demi-sœur Kate Randall et de leurs amies Naomi Zeigler et Riley Wolfe. Une petite coupe de yaourt glacé était posée devant chacune d'entre elles. Les haut-parleurs diffusaient un morceau de pop japonaise sautillante, et des filles de l'école St. Augustus faisaient la queue au comptoir en choisissant parmi les différents parfums.

— Vous ne trouvez pas que le Pinkberry, c'est beaucoup plus sympa que le Rive Gauche ? demanda Hanna, faisant allusion au bistrot français situé à l'autre bout du centre commercial King George. (Elle désigna la porte d'entrée.) On est juste en face d'Armani Exchange et de Cartier. Autrement dit, on peut mater des beaux gosses *et* des rivières de diamants sans avoir à se lever.

Elle plongea sa cuillère dans sa coupe et enfourna un énorme morceau de yaourt glacé dans sa bouche, poussant un petit « mmmmh » pour prouver à quel point c'était bon. Puis elle en donna un peu à Dot, son pinscher miniature qu'elle avait amené dans son nouveau panier Juicy Couture. Les employés ne cessaient de lui lancer des regards meurtriers. Une règle idiote stipulait que les chiens n'étaient pas autorisés au Pinkberry, mais elle devait s'appliquer uniquement aux chiens sales comme les labradors et les saint-bernard, ou ridicules comme les shih tzu. Dot était le chien le plus propre de tout Rosewood. Chaque semaine, Hanna lui faisait prendre un bain et le lavait avec du shampooing canin à la lavande importé de Paris.

Riley entortilla une mèche de cheveux cuivrés autour de ses doigts.

— Mais on ne peut pas apporter de vin comme au Rive Gauche.

— Oui, mais le Rive Gauche ne laisse pas entrer les chiens, dit Hanna en prenant la petite tête de Dot dans une de ses mains et en lui donnant une autre lichette de yaourt glacé.

Naomi avala une bouchée et se remit immédiatement une couche de rouge à lèvres KissKiss Guerlain.

— Et l'éclairage n'est pas franchement flatteur, dit-elle en balayant du regard les miroirs ronds qui s'alignaient sur les murs du Pinkberry. J'ai l'impression que ça grossit mes pores.

Hanna reposa brutalement sa coupe de yaourt glacé sur la table, faisant tressauter la petite cuillère de plastique.

— D'accord, je ne voulais pas en arriver là, mais avant notre rupture, Lucas m'a dit qu'il y avait des rats dans la cuisine du Rive Gauche. Vous voulez vraiment manger dans un endroit à l'hygiène aussi déplorable ? Vous pourriez trouver des crottes de rats dans vos frites.

— Moi, je pense plutôt que tu ne veux plus aller là-bas à cause de Lucas, ricana Naomi en rejetant ses cheveux blond pâle par-dessus son épaule osseuse.

Kate gloussa et leva le gobelet de thé à la menthe acheté plus tôt chez Starbucks comme pour porter un toast. En principe, le thé à la menthe était une boisson pour vieilles dames, non? *Ringarde.*

Hanna foudroya du regard sa quasi-demi-sœur qui se trouvait de profil par rapport à elle. Impossible de deviner ce que Kate avait dans la tête. La semaine d'avant, les deux filles avaient commencé à se rapprocher autour de la table du petit déjeuner. Kate avait fait allusion à un « problème gynécologique » sans expliquer de quoi il s'agissait exactement, et Hanna avait avoué qu'elle était boulimique et se faisait vomir après ses crises.

Puis « A » avait insinué que Kate n'était pas la nouvelle meilleure amie d'Hanna, mais plutôt sa méchante demi-sœur, et Hanna avait craint d'avoir commis une grosse erreur en se confiant à elle. Du coup, pendant la soirée organisée au profit de l'Externat, elle avait raconté à tout le monde que Kate avait de l'herpès. Elle était certaine que, si elle n'avait pas pris les devants, Kate aurait révélé son secret la première.

Naomi et Riley avaient aussitôt identifié l'incident comme une lutte de pouvoir. Le dimanche matin, elles avaient toutes deux appelé Hanna et Kate pour savoir si elles voulaient aller au centre commercial, comme s'il ne s'était rien passé. Kate aussi semblait avoir mis l'incident de côté. Dans la voiture, elle s'était tournée vers Hanna et lui avait dit sur un ton désinvolte :

— Oublions ce qui s'est passé hier soir, d'accord?

Malheureusement, tout le monde n'avait pas su faire preuve du même bon sens. Juste après la révélation d'Hanna, Lucas, le garçon avec qui elle sortait depuis quelque temps, avait rompu – arguant qu'il ne voulait pas être avec une fille aussi obsédée par sa popularité. Et quand M. Marin avait appris ce qui s'était passé, il avait décrété qu'Hanna passerait désormais tout son temps libre avec Kate pour apprendre à mieux la connaître.

Jusqu'ici, il prenait la punition très au sérieux. Le matin, Kate avait voulu aller au Wawa s'acheter un Coca light, et Hanna avait dû l'accompagner. Puis Hanna avait voulu prendre un cours de yoga bikram, et Kate était montée en courant pour enfiler sa tenue de gym. L'après-midi, des journalistes étaient venus sonner à la porte de la jeune fille pour l'interroger sur la rencontre entre Ian et Spencer, la semaine précédente.

— De quoi ont-ils parlé?

— Pourquoi avez-vous caché à la police que Ian avait enfreint son assignation à résidence?

— Certains pensent que vous et vos amies cachez quelque chose. C'est vrai?

Tandis qu'Hanna expliquait qu'elle n'avait eu vent de cette conversation qu'après la fuite de Ian, Kate était restée près d'elle, se remettant une couche de gloss Smashbox au cas où les journalistes auraient eu besoin de l'avis d'une autre fille de Rosewood. Et peu importait qu'elle habite ici depuis dix jours à peine. Sa mère, Isabel, et elles avaient emménagé dans la maison d'Hanna avec le père de celle-ci, après la mutation de Mme Marin à Singapour. Et Tom Marin comptait épouser Isabel – pouah!

Un sourire compatissant se forma sur les lèvres de Kate.

— Tu veux parler de Lucas? demanda-t-elle en touchant la main d'Hanna.

— Il n'y a rien à dire, aboya Hanna en retirant sa main.

Il était hors de question qu'elle se confie à Kate – la semaine précédente était bel et bien finie. Elle était triste d'avoir rompu avec Lucas, et il lui manquait déjà, mais le jeune homme avait sans doute raison : ils n'étaient pas faits l'un pour l'autre.

— Et puis, toi non plus, tu n'as pas l'air dans ton assiette, renvoya Hanna sur le même ton doucereux que Kate. Eric ne t'a pas donné de nouvelles, pas vrai ? Ma pauvre chérie. Tu as le cœur brisé ?

Kate baissa les yeux. Eric Kahn, le frère aîné de Noel, s'intéressait à elle... jusqu'à ce qu'Hanna déclare qu'elle avait de l'herpès.

— C'est sans doute mieux comme ça, dit Hanna sur un ton désinvolte. Il paraît que c'est un coureur. Et qu'il n'aime que les filles à gros nichons.

— Les nichons de Kate sont très bien, intervint Riley.

Naomi plissa le nez.

— Je n'ai jamais entendu dire qu'Eric était un coureur.

Hanna froissa sa serviette, irritée par la promptitude avec laquelle leurs amies prenaient la défense de Kate.

— Vous ne devez pas être aussi bien informées que moi.

Les quatre filles reportèrent leur attention sur leur yaourt glacé sans dire un mot.

Soudain, un éclair de cheveux blonds dans le hall du centre commercial attira le regard d'Hanna. Elle tourna vivement la tête. Un groupe de filles d'une vingtaine d'années passait devant le Pinkberry les bras chargés de paquets de chez Sacks. Elles étaient toutes brunes.

Ces derniers temps, Hanna avait souvent l'impression d'apercevoir des cheveux blonds, pas n'importe lesquels, ceux de Mona Vanderwaal, son ex-meilleure amie. Mona s'était tuée presque deux mois auparavant, mais Hanna pensait encore à elle plusieurs fois par jour : leurs soirées pyjama, leurs virées shopping, leurs nuits de beuverie chez Mona, leurs discussions sur les garçons qui craquaient pour elle...

La disparition de Mona avait laissé un trou béant dans sa

vie. Et d'un autre côté, Hanna s'en voulait de penser encore à elle. Mona n'était pas vraiment son amie : c'était « A ». Elle avait bousillé les relations d'Hanna, révélé ses plus noirs secrets et torturé la jeune fille pendant des mois. Sans compter qu'elle l'avait renversée avec la voiture de son père.

Une fois le groupe de brunettes éloigné, Hanna remarqua une silhouette familière en train de téléphoner juste devant le Pinkberry. C'était l'agent Wilden.

— Du calme, murmurait-il sur un ton à la fois pressant et désemparé. (Il se rembrunit en écoutant la réponse de son interlocuteur.) D'accord, d'accord. J'arrive tout de suite.

Hanna fronça les sourcils. Wilden avait-il découvert quelque chose au sujet du corps de Ian ? Elle voulait également l'interroger sur la personne qui lui avait fait peur dans les bois, lorsqu'elle était tombée – cette apparition menaçante qui l'avait longuement toisée avant de porter un doigt à ses lèvres et de souffler « chuuut ». Pourquoi lui aurait-elle demandé de se taire si elle n'avait rien à cacher ? Hanna se demanda si cette personne était pour quelque chose dans la mort de Ian. Peut-être s'agissait-il du nouveau « A »...

La jeune fille voulut se lever, mais avant qu'elle puisse repousser sa chaise, Wilden s'éloigna à petites foulées. Pensant qu'il était juste débordé et préoccupé, Hanna se laissa retomber sur son siège. Contrairement à Spencer, elle ne pensait pas que Wilden leur dissimulait quoi que ce soit. Il était sorti avec Mme Marin avant que celle-ci parte à Singapour; du coup, Hanna avait l'impression de le connaître plus intimement que ses amies. D'accord, le surprendre au sortir de la douche vêtu de son drap de bain Pottery Barn préféré était plus gênant qu'intime, mais à la base, Wilden était un brave type qui veillait sur elles. S'il pensait que « A » n'était qu'un *copycat*, il avait sans doute raison, pas vrai ? Pourquoi les aurait-il induites en erreur ?

Néanmoins, Hanna refusait de courir le moindre risque. Aussi sortit-elle son iPhone tout neuf de son étui en cuir Dior avant de reporter son attention sur les trois autres filles.

— Au fait. J'ai changé de numéro de portable, mais je ne compte pas donner mon nouveau numéro à n'importe qui. Vous devez me promettre de le garder pour vous, lança-t-elle très sérieusement.

— Promis, dit Riley en sortant aussitôt son BlackBerry.

Hanna envoya un texto à chacune d'entre elles. Elle aurait dû penser à changer de numéro il y a longtemps : c'était le meilleur moyen pour éjecter « A » de sa vie. Et une bonne manière de se libérer de tout ce qui s'était passé le semestre précédent. Au placard, les vilains souvenirs !

— Pour en revenir à Eric, dit Kate d'une voix forte, une fois que les filles eurent fini d'enregistrer le nouveau numéro d'Hanna dans leur répertoire, je m'en suis déjà remise. Il y a des tas d'autres beaux gosses juste sous notre nez.

Du menton, elle désigna le hall du centre commercial. Un groupe de joueurs de lacrosse de l'Externat, parmi lesquels Noel Kahn, Mason Byers et Mike Montgomery, le frère cadet d'Aria, traînait près de la fontaine. Mike racontait une histoire avec force gesticulations. Il était trop loin pour que les filles entendent ce qu'il disait, mais ses coéquipiers semblaient suspendus à ses lèvres.

— Eux ? (Hanna grimaça.) Dis-moi que tu plaisantes.

Mona et elle s'étaient jadis juré de ne jamais sortir avec un des membres de l'équipe de lacrosse. Ils faisaient tout ensemble : étudier, soulever de la fonte au Philly Sports (le club de gym pourri situé derrière le centre commercial), se goinfrer de nuggets de poulet bien gras... Hanna et Mona aimaient dire en ricanant qu'ils se faisaient des soirées pyjama secrètes pendant lesquelles ils se coiffaient mutuellement.

Kate but une autre gorgée de thé à la menthe.

— Il y en a quelques-uns de sérieusement canon dans le lot.

— Qui ça? voulut savoir Hanna.

Kate regarda les garçons passer devant M. A. C., David Yurman et Lush, la boutique qui vendait un million de bougies et de savons faits main.

— Lui, dit-elle en tendant un doigt vers la fin de la petite colonne.

— Qui ça, Noel?

Hanna haussa les épaules. Noel Kahn était acceptable dans le genre gosse de riches incapables de se taire et obsédé par les blagues sur les testicules, les troisièmes tétons ou la zoophilie.

Kate mordilla la touillette de son thé.

— Pas Noel. L'autre, celui qui a les cheveux noirs.

Hanna cligna des yeux.

— Mike?

— Il est sexy, pas vrai?

Les yeux d'Hanna faillirent lui sortir de la tête. Mike, sexy? Elle l'aurait plutôt décrit comme bruyant et grossier. D'accord, physiquement, il n'était pas mal : il avait les mêmes cheveux noir bleuté, la même silhouette élancée et les mêmes yeux bleu glacier qu'Aria. Néanmoins...

Hanna se sentit brusquement possessive à l'égard de Mike. Après tout, ça faisait des années qu'il la suivait partout comme un chiot qui a perdu sa maman. Un week-end au cours de leur année de 6e, alors qu'Ali et toute sa petite bande passaient la nuit chez les Montgomery, Hanna s'était levée en pleine nuit pour aller aux toilettes. Dans le couloir obscur, une paire de mains avait tâtonné et empoigné ses seins. Hanna avait poussé un cri, et Mike – encore en CM2, à l'époque – avait reculé vivement.

— Désolé. Je t'avais prise pour Ali.

Puis il s'était penché et avait quand même embrassé Hanna. Celle-ci l'avait laissé faire parce qu'elle se sentait secrètement flattée : à l'époque, elle était grosse et laide ; les garçons ne se bousculaient pas précisément pour sortir avec elle. D'un point de vue technique, Mike avait été son premier baiser.

Elle fit face à Kate avec l'impression d'être une cocotte-minute sur le point d'exploser.

— Désolée de casser ton délire, ma chérie, mais Mike en pince pour moi. Tu n'as pas remarqué la façon dont il me mate au Steam tous les matins ?

Kate passa les doigts dans ses cheveux châtains brillants.

— Moi aussi, je suis au Steam tous les matins, Han. C'est difficile de dire laquelle de nous il regarde.

— C'est vrai, intervint Naomi en lissant quelques-unes de ses mèches blondes très courtes qui partaient dans tous les sens. Mike nous regarde toutes.

— Ouais, acquiesça Riley.

Hanna enfonça ses ongles manucurés dans sa cuisse. Que se passait-il ? Pourquoi les deux autres étaient-elles à ce point du côté de Kate ? Ne savaient-elles pas qu'il n'y avait qu'une seule reine des abeilles et que c'était elle, Hanna Marin ?

— On verra, répliqua-t-elle en bombant le torse.

Kate pencha la tête sur le côté comme pour dire : « Ah oui ? » Puis elle se leva.

— Les filles, j'ai une brusque envie de vin rouge. Vous voulez passer au Rive Gauche ?

Les regards de Naomi et de Riley s'éclairèrent.

— Carrément, répondirent-elles à l'unisson avant de se lever elles aussi.

Hanna émit un couinement indigné, et les autres

s'arrêtèrent. Kate avança la lèvre inférieure en une moue faussement désolée.

— Oh, Han! Tu es vraiment triste à cause de Lucas? Je croyais que tu t'en fichais.

— Bien sûr que non, aboya Hanna d'une voix tremblante. Je me moque de lui. C'est juste que... je ne veux pas aller dans un endroit infesté de rats.

— Ne t'en fais pas. Si tu ne veux pas nous accompagner, je ne dirai rien à ton père, promit gentiment Kate.

Elle passa la bandoulière de son sac Michael Kors à son épaule tandis que les yeux de Naomi et de Riley faisaient la navette entre elle et Hanna. Finalement, Naomi haussa les épaules en tripotant ses cheveux blonds.

— J'ai vraiment envie de vin rouge. (Elle jeta un coup d'œil à Hanna.) Désolée.

Riley la suivit sans rien dire. *Traîtresses*, songea Hanna.

— N'oubliez pas de vérifier qu'il n'y a pas de crottes au fond de vos verres! cria Hanna dans leur dos.

Mais les trois filles sortirent sans se retourner. Une fois dans le hall, elles s'éloignèrent en riant, bras dessus bras dessous. Hanna les fixa un moment, les joues brûlantes de colère, puis reporta son attention sur Dot, prit quelques grandes inspirations afin de se calmer et s'enveloppa de son châle en cachemire.

Kate avait peut-être remporté la bataille aujourd'hui, mais la guerre était loin d'être terminée. Après tout, elle était la fabuleuse Hanna Marin. Cette stupide petite salope ne réalisait pas à qui elle avait affaire.

5

*P*ARFOIS, IL FAUT SE JETER À L'EAU

Le lundi en début de soirée, Spencer et Andrew Campbell étaient assis dans le salon des Hastings, leur cours d'économie étalé devant eux. Une mèche des cheveux blonds d'Andrew tomba devant ses yeux comme il se penchait au-dessus du manuel et désignait un portrait d'homme.

— C'est Alfred Marshall. (D'une main, il recouvrit le texte en dessous.) Vite : quelle était sa philosophie ?

Spencer pressa le bout de ses doigts sur ses tempes. Elle était très forte en calcul mental et capable de citer sept synonymes de l'adjectif « assidu », mais dès qu'il était question d'économie, son cerveau se changeait en beurre de cacahuète.

Pourtant, elle devait apprendre cette leçon. Son prof, M. McAdam, avait dit qu'il la renverrait de son cours à moins qu'elle ne réussisse son examen semestriel avec les honneurs. Il lui en voulait encore d'avoir volé un vieux devoir de sa sœur aînée et de ne l'avoir confessé qu'après avoir remporté le prestigieux concours de l'Orchidée d'or. Du coup, Andrew – qui était vraiment bon en économie, lui – aidait la jeune fille à réviser.

Soudain, le visage de Spencer s'éclaira.

— La théorie de l'offre et de la demande, récita-t-elle.

— Très bien, la félicita Andrew.

Il tourna une page du manuel, et ses doigts frôlèrent accidentellement ceux de Spencer. Le cœur de la jeune fille accéléra, mais Andrew retira aussitôt sa main.

Jamais Spencer n'avait été aussi paumée. Pour l'heure, la maison était vide : ses parents et sa sœur Melissa étaient sortis dîner et, comme d'habitude, ils ne l'avaient pas invitée. Ce qui signifiait qu'Andrew pouvait tenter quelque chose s'il le voulait. Apparemment, il avait eu envie de l'embrasser le samedi pendant la soirée au profit de l'Externat, mais depuis… rien.

Certes, Spencer avait été préoccupée par la disparition du corps de Ian toute la nuit, et le lendemain, elle avait fait un bref aller-retour en Floride pour assister aux funérailles de sa grand-mère. Andrew avait eu un comportement amical ce jour-là au lycée, mais il n'avait pas reparlé de la soirée, et il était hors de question que Spencer mette le sujet sur le tapis la première.

Avant l'arrivée d'Andrew, elle s'était sentie si anxieuse qu'elle avait épousseté chacun des trophées remportés dans des concours d'orthographe ou des tournois de hockey sur gazon, histoire de s'occuper les mains. Le baiser du samedi ne signifiait peut-être rien. Et de toute façon, Andrew était son ennemi juré depuis des années : ils se battaient pour le titre de premier de la classe depuis que leur maîtresse de maternelle avait organisé un concours pour voir qui fabriquerait la plus jolie marionnette à partir d'un sac en papier. Spencer ne pouvait pas sérieusement s'intéresser à lui.

À qui essayait-elle de faire avaler ça ?

Une vive lumière traversa les portes-fenêtres de la pièce, et Spencer sursauta. En rentrant de Floride la veille, elle avait trouvé quatre camionnettes de presse sur la pelouse devant chez elle, et une équipe de journalistes avec une caméra près de la grange convertie au fond de la propriété. À présent, un agent de police et un berger allemand de l'unité K-9 s'affairaient près des pins à l'angle du parking, examinant quelque chose à l'aide d'une énorme lampe torche. Spencer eut l'impression qu'ils avaient trouvé le sac contenant les souvenirs d'Ali que Marion, la conseillère en stress post-traumatique, leur avait fait enterrer quelques jours auparavant. Un journaliste allait sans doute sonner à sa porte d'une minute à l'autre pour l'interroger sur la signification des objets.

Une nervosité s'empara de Spencer. La nuit précédente, elle n'avait pas réussi à fermer l'œil. L'idée que non pas une, mais deux personnes soient mortes dans les bois derrière sa maison – à quelques pas de sa chambre – la terrifiait. Chaque fois qu'elle entendait souffler le vent ou craquer une brindille, elle se redressait en sursaut, persuadée que l'assassin de Ian traînait toujours dans les parages. Elle ne pouvait s'empêcher de penser que le jeune homme avait été tué parce qu'il était sur le point de découvrir la vérité. Et si elle était en mesure de la découvrir aussi à partir des vagues indications fournies par Ian durant leur conversation sous son porche ? Les flics dissimulaient quelque chose, et la mort d'Ali cachait un secret encore inconnu de tout Rosewood.

Andrew se racla la gorge et fixa les mains de Spencer, dont les ongles s'enfonçaient dans le bois de la table.

— Ça va ?

— Mais oui, aboya Spencer.

Andrew désigna le flic et son chien.

— Vois la situation sous cet angle : au moins, tu bénéficies de la protection de la police vingt-quatre heures sur vingt-quatre.

Spencer déglutit péniblement. C'était sans doute une bonne chose : elle avait besoin de toute la protection possible. Ravalant ses craintes, elle jeta un coup d'œil à ses cours d'économie.

— On s'y remet?

— Bien sûr, dit Andrew en reportant aussitôt son attention sur ses notes.

Spencer éprouva un mélange de déception et d'appréhension.

— D'un autre côté, on n'est pas obligés d'étudier, lâcha-t-elle d'une traite, espérant qu'Andrew comprendrait où elle voulait en venir.

Le jeune homme se figea.

— Je n'ai pas spécialement envie d'étudier, dit-il d'une voix enrouée.

Spencer lui toucha la main. Lentement, Andrew se rapprocha d'elle. Elle fit de même, et au bout d'un long moment, leurs lèvres se touchèrent.

Un frisson de soulagement et d'excitation parcourut Spencer. Elle passa ses bras autour du cou d'Andrew. Il sentait le poêle à bois et le désodorisant en forme d'ananas suspendu au rétroviseur de sa Mini Cooper. Ils s'écartèrent, puis s'embrassèrent de nouveau, plus longuement cette fois. Le cœur de Spencer battait la chamade.

Soudain, son téléphone émit un bip sonore. Elle tendit la main pour s'en saisir, craignant que ce ne soit un message de « A ». Mais l'e-mail qu'elle venait de recevoir était intitulé « Des nouvelles de votre mère potentielle ».

— Oh, mon Dieu! chuchota Spencer.

Andrew se pencha pour regarder.

— Je voulais justement te demander si ça avait donné quelque chose.

La semaine précédente, Nana Hastings avait légué à ses « petits-enfants naturels », Melissa et les deux cousins de Spencer, deux millions de dollars chacun. Spencer, en revanche, n'avait rien reçu. Melissa avait émis l'idée que c'était peut-être parce qu'elle avait été adoptée.

Spencer voulait vraiment croire que c'était une nouvelle trouvaille de sa sœur pour l'humilier (toutes deux se livraient une concurrence féroce, et Melissa avait généralement le dessus), mais elle ne pouvait s'empêcher de penser qu'il y avait peut-être du vrai dans cette théorie. Ça aurait expliqué pourquoi ses parents vénéraient Melissa et faisaient si peu de cas d'elle – remarquant à peine ses réussites scolaires ou sportives, revenant sur leur promesse de la laisser vivre dans la grange pendant ses deux dernières années de lycée et allant jusqu'à faire opposition sur ses cartes de crédit. Ça aurait également expliqué pourquoi Melissa était un clone de leur mère alors que Spencer ne lui ressemblait pas du tout.

Spencer s'était ouverte de sa théorie à Andrew. Le jeune homme lui avait parlé d'un site qu'une de ses amies avait utilisé, et qui se chargeait de mettre les enfants adoptés en contact avec leurs parents biologiques. Spencer avait fourni un tas de données personnelles : sa date de naissance, le nom de l'hôpital où elle était née, la couleur de ses yeux et autres caractéristiques génétiques.

Quand, le samedi pendant la soirée donnée au profit de l'Externat de Rosewood, elle avait reçu un e-mail l'informant que le site avait trouvé une femme qui correspondait à son profil, elle n'avait pas su quoi penser. Ce devait être une erreur. À tous les coups, la femme allait répondre que Spencer ne pouvait pas être sa fille.

D'une main tremblante, Spencer ouvrit l'e-mail.

Bonjour Spencer, je m'appelle Olivia Caldwell. Il me semble que nos profils correspondent, et j'en suis très heureuse. Si tu es partante, j'adorerais te rencontrer. Avec toute mon affection, O.

Spencer fixa son portable un long moment, une main plaquée sur sa bouche. Olivia Caldwell. Était-ce le nom de sa vraie mère ?

Andrew lui donna un petit coup de coude.

— Tu as l'intention de répondre ?

— Je ne sais pas, dit Spencer, mal à l'aise.

Dehors, une voiture de police alluma sa sirène stridente, et la jeune fille frémit. Elle fixait l'écran de son Sidekick si intensément que les lettres commençaient à se brouiller.

— Je... j'ai du mal à croire que tout ça soit réel. Comment mes parents auraient-ils pu me cacher une chose pareille ? Ça signifierait que toute ma vie n'a été qu'un tissu de mensonges.

Ces derniers temps, Spencer avait découvert qu'une grande partie de sa vie – celle qui était liée à Ali – était bâtie sur des faux-semblants. Elle n'était pas certaine de pouvoir en encaisser davantage.

— Pourquoi ne pas chercher de preuve ? suggéra Andrew. Il y a peut-être dans cette maison quelque chose qui dissiperait tes doutes.

Spencer y réfléchit quelques instants.

— D'accord, finit-elle par acquiescer.

C'était le moment idéal pour fouiller : ses parents et sa sœur ne rentreraient pas avant plusieurs heures. Prenant Andrew par la main, Spencer l'entraîna dans le bureau de son père. Une odeur de cognac et de cigare flottait dans la pièce – M. Hastings recevait parfois ses clients chez lui. Quand la jeune fille appuya sur l'interrupteur, quelques spots halogènes très doux s'allumèrent au-dessus de l'énorme lithographie de Warhol représentant une banane.

Spencer se laissa tomber dans le fauteuil Aeron devant le bureau en érable tigré de son père et scruta l'écran de l'ordinateur. En guise d'économiseur, M. Hastings utilisait un diaporama de photos de famille. La première montrait Melissa lors de sa cérémonie de remise des diplômes de l'université de Pennsylvanie, le gland de son chapeau dans les yeux. La deuxième montrait Melissa debout sur le seuil de l'appartement que leurs parents lui avaient acheté à Philadelphie quand elle avait été admise à l'école Wharton.

Venait ensuite une photo de Spencer, d'Ali et du reste de la bande, entassées sur un boudin géant au milieu d'un lac. Jason DiLaurentis nageait près d'elles, ses cheveux mi-longs trempés et plaqués sur son crâne. Cette photo avait été prise près de la résidence secondaire des DiLaurentis, dans les Poconos. Les filles avaient l'air terriblement jeunes dessus; sans doute datait-elle d'une des premières fois où Ali avait invité les autres en week-end, peu de temps après qu'elles étaient devenues amies.

Spencer se laissa aller contre le dossier du fauteuil, surprise de se voir figurer dans ce diaporama. Après avoir avoué sa tricherie au concours de l'Orchidée d'or, ses parents l'avaient quasiment déshéritée. Et c'était bizarre de revoir Ali à une époque où aucune tragédie n'avait encore eu lieu – ni l'affaire Jenna, ni la relation clandestine d'Ali et de Ian, ni les secrets que Spencer et les autres avaient tenté de cacher à Ali, ni les secrets qu'Ali leur avait dissimulés. Si seulement les choses étaient restées ainsi...

Spencer frissonna et tenta de chasser son brusque malaise.

— Avant, mon père rangeait tout dans des classeurs verticaux, expliqua-t-elle en remuant la souris pour faire disparaître l'économiseur d'écran. Mais ma mère est maniaque et elle déteste les piles de papier. Elle l'a forcé à tout scanner. S'il existe des documents confirmant que j'ai été adoptée, ils sont là-dedans.

Son père avait laissé plusieurs fenêtres d'Internet Explorer ouvertes. L'une d'elles montrait la une du *Philadelphia Sentinel*. « Poursuite des recherches du corps de Thomas », clamait un gros titre. Dessous, un billet d'humeur affirmait que « Le département de police de Rosewood devrait être pendu pour sa négligence ». Plus bas encore, un petit article parlait d'une ado du Kansas qui avait reçu des messages signés « A ».

Spencer se rembrunit et réduisit la fenêtre. Puis elle examina les icônes dossiers sur le côté droit du bureau.

— « Impôts », lut-elle à voix haute. « Ancien ». « Boulot ». « Divers ». (Elle grogna.) Ma mère le tuerait si elle savait comment il organise ses fichiers.

— Regarde celui-là, dit Andrew en tendant un doigt. « Spencer, université ».

Les sourcils froncés, la jeune fille cliqua dessus. Il n'y avait qu'un fichier PDF à l'intérieur du dossier. Le petit sablier entama sa rotation habituelle tandis que le PDF chargeait lentement. Spencer et Andrew se penchèrent en avant. C'était un relevé de compte épargne, assez récent.

— Wouah, souffla Andrew en désignant le total.

Il y avait un 2 et plusieurs zéros derrière. Spencer remarqua que le compte était à son nom. Elle écarquilla les yeux. Ses parents ne l'avaient peut-être pas complètement déshéritée, en fin de compte.

La jeune fille referma le PDF et continua à chercher. Elle ouvrit d'autres documents, mais la plupart d'entre eux étaient des feuilles de calcul auxquelles elle ne comprit rien. Il y avait également des dizaines de fichiers non classés. Spencer ébouriffa l'extrémité de la plume à encre que son père avait achetée à une vente aux enchères organisée par Christie's.

— Tu n'as qu'à copier le contenu du disque dur et tout passer en revue plus tard, suggéra Andrew.

Il ouvrit une grosse boîte de CD vierges sur une des étagères de M. Hastings et en glissa un dans le lecteur de l'ordinateur. Spencer le regarda faire nerveusement. Elle ne voulait pas ajouter l'effraction informatique à la longue liste des griefs que ses parents nourrissaient déjà à son encontre.

— Ton père n'en saura jamais rien, dit Andrew, percevant son appréhension. Je te le promets. (Il cliqua plusieurs fois.) Ça va prendre quelques minutes.

Spencer fixa le petit sablier qui tournait sur l'écran en frissonnant d'angoisse. Il était fort possible que la vérité sur ses origines se trouve dans cet ordinateur – qu'elle se soit trouvée là, juste sous son nez, depuis des années sans que Spencer s'en doute le moins du monde.

La jeune fille sortit son téléphone et rouvrit l'e-mail d'Olivia Caldwell. *J'adorerais te rencontrer. Avec toute mon affection.* Soudain, un déclic se fit dans sa tête. Elle se sentit lucide et sûre d'elle. Quelles étaient les probabilités pour qu'une femme aux cheveux blonds et aux yeux verts ait abandonné un bébé le jour de sa naissance, dans l'hôpital où elle était née ? Et si ce n'était pas une simple théorie, mais la vérité ?

Spencer leva les yeux vers Andrew.

— Je suppose que ça ne me tuerait pas de la rencontrer.

Un sourire surpris et exalté apparut sur le visage du jeune homme. Spencer reporta son attention sur son Sidekick et appuya sur « Répondre ». Des papillons dans l'estomac, elle pressa la main d'Andrew, prit une grande inspiration et composa son message. Puis elle appuya sur « Envoi », et pouf ! il partit vers sa destinataire.

6

LE TRAIN POUR NULLE PART

Le lendemain matin, Mike Montgomery monta le volume de la stéréo dans la Subaru Outback familiale. Aria frémit comme les haut-parleurs rugissaient « Black dog » de Led Zeppelin.

— Tu ne peux pas baisser un peu ? gémit-elle.

Mike secouait la tête en rythme.

— Led Zep, ça s'écoute à fond, répliqua-t-il. C'est comme ça qu'on fait avec Noel. Tu sais que ces types étaient de vrais fous furieux ? Jimmy Page roulait en moto dans les couloirs d'hôtel. Robert Plant jetait des télés par la fenêtre sur Sunset Strip.

— Non, je l'ignorais, répondit sèchement Aria.

Ce jour-là, elle avait hérité de la corvée de conduire Mike au bahut. En principe, son frère se faisait emmener par son gourou Noel Kahn, mais celui-ci avait emmené son Range Rover au garage pour y faire installer une stéréo encore plus puissante. Et il n'était bien entendu pas question que Mike prenne le bus.

Le jeune homme tripota distraitement le bracelet de

lacrosse en plastique jaune qu'il portait en permanence au poignet droit.

— Alors, pourquoi tu es retournée vivre avec papa ?

— Il me semble que je dois me partager équitablement entre Ella et Byron, marmonna Aria. (Elle tourna à gauche dans la longue avenue qui menait à l'Externat, manquant de peu écraser un gros écureuil qui traversait en trombe.) Et on devrait apprendre à connaître Meredith, tu ne crois pas ?

— Mais c'est une machine à vomir !

Mike grimaça.

— Elle n'est pas si terrible. Et Byron et elle emménagent dans une grande maison aujourd'hui. (Aria avait entendu son père annoncer la nouvelle à sa mère au téléphone, la veille au soir, et elle supposait qu'Ella en avait parlé à Mike et à Xavier.) J'aurais un étage entier pour moi.

Mike la dévisageait d'un air soupçonneux, mais Aria ne craqua pas.

Son portable bipa au fond de son sac en peau de yak. Elle y jeta un coup d'œil nerveux. Elle n'avait pas reçu de message du nouveau « A » depuis la découverte du corps de Ian samedi soir, mais comme Emily, elle avait l'impression tenace qu'elle était sur le point d'en recevoir un d'une minute à l'autre.

Prenant une grande inspiration, elle plongea la main dans son sac. Le texto venait justement d'Emily.

Fais demi-tour. Le bahut est encore assailli par les journalistes.

Aria grogna. Les camionnettes de presse avaient déjà bloqué l'accès au parking de l'Externat la veille. Tous les journaux et toutes les chaînes de télé de Pennsylvanie s'étaient jetés sur l'affaire du cadavre de Ian. Pour le bulletin de 7 heures, les journalistes avaient envahi le Starbucks de Rosewood, interpellé les mères qui attendaient à l'arrêt de bus avec leurs enfants et les clients qui faisaient la queue au

DMV[1] local pour leur demander si, selon eux, la police avait correctement fait son travail.

La plupart des gens avaient répondu non. Beaucoup étaient outrés à l'idée que les policiers puissent dissimuler des informations au sujet du meurtre d'Ali. Certains des journaux les moins sérieux avançaient même des théories mettant en scène une conspiration : Ian aurait utilisé une doublure dans les bois, ou Ali aurait eu un cousin perdu de vue depuis longtemps qui était responsable non seulement de sa mort, mais de toute une série de meurtres dans le Connecticut.

Aria se tordit le cou pour regarder par-dessus la file d'Audi et de BMW qui encombraient l'allée de l'Externat. De fait, cinq camionnettes de presse étaient garées dans la voie de bus, bloquant la circulation.

— Génial ! s'exclama Mike, qui les avait vues aussi. Je descends ici. Cynthia Hewley est canon. Tu crois qu'elle me laisserait la sauter ?

Cynthia Hewley était la journaliste blonde et pulpeuse qui suivait sans relâche l'affaire Ian Thomas. *Tous* les garçons de l'Externat bavaient littéralement devant elle.

Aria ne s'arrêta pas.

— Ça m'étonnerait que ça plaise à Savannah, dit-elle en enfonçant un doigt dans le bras de son frère. Tu n'as quand même pas déjà oublié que tu avais une petite amie ?

Mike donna une pichenette à l'un des boutons de son duffle-coat.

— On n'est plus ensemble.

— Quoi ?

Aria avait rencontré Savannah le samedi précédent ;

---

1. Il s'agit du Department of Motor Vehicles, organisme public présent dans chaque État, chargé de l'enregistrement des véhicules et des permis de conduire.

elle avait été ravie de la trouver normale et sympa. Elle avait toujours craint que la première petite amie de Mike ne soit une Barbie vulgaire et sans cervelle échappée du Turbulence – le club de strip-tease local.

Mike haussa les épaules.

— Si tu veux vraiment savoir, elle m'a jeté.

— Qu'est-ce que tu as fait? demanda Aria. (Puis elle se ravisa et leva une main pour le faire taire.) Non, ne me dis rien.

Mike avait sans doute suggéré à Savannah de porter des culottes fendues ou de peloter une autre fille pendant qu'il regarderait.

Aria contourna l'Externat, longeant les terrains de sport et le bâtiment d'arts plastiques. Comme elle se garait sur l'une des dernières places libres du parking, elle remarqua une affichette agitée par le vent sur l'un des grands lampadaires métalliques. Dessus, on pouvait lire : L'ÉDITION D'HIVER DE LA CAPSULE TEMPORELLE COMMENCE AUJOURD'HUI! SAISISSEZ VOTRE CHANCE D'ENTRER DANS LA LÉGENDE!

— C'est une blague? chuchota Aria.

L'Externat organisait ce jeu tous les ans, mais la jeune fille avait manqué les trois derniers parce que sa famille vivait à Reykjavik, en Islande. En principe, la Capsule temporelle avait lieu en automne, mais cette année, l'administration avait eu le tact de reporter la date de lancement suite à la découverte du cadavre d'Alison DiLaurentis dans un trou au fond de son ancien jardin. D'un autre côté, l'Externat ne pouvait pas faire l'impasse sur la plus vénérable de ses traditions. Que penseraient les généreux donateurs qui la finançaient?

Apercevant l'affichette, Mike se redressa.

— Parfait. Je sais exactement de quelle manière décorer ce drapeau, dit-il en se frottant les mains d'un air réjoui.

Aria leva les yeux au ciel.

— Tu vas dessiner des licornes? Écrire un poème à la gloire de Noel?

Mike eut un reniflement méprisant.

— Je vais faire beaucoup mieux que ça. Mais si je te racontais, je serais obligé de te tuer.

Il fit coucou à Noel, qui descendait du Hummer de James Freed, et descendit, à son tour, de voiture sans prendre la peine de dire au revoir.

Aria soupira et reporta son attention sur l'affichette. En 6e, la première année où elle avait eu le droit de participer, la Capsule temporelle lui était apparue comme la chose la plus excitante du monde. Mais quand Spencer, Emily, Hanna et elle s'étaient introduites dans le jardin des DiLaurentis pour voler le morceau de drapeau d'Ali, les choses avaient horriblement mal tourné.

Soudain, Aria pensa à la boîte à chaussures au fond de son placard. Elle n'avait pas eu le courage de regarder à l'intérieur depuis une éternité. Depuis le temps, le morceau de drapeau décoré par Ali s'était peut-être décomposé comme le corps de l'adolescente.

— Mademoiselle Montgomery?

Aria sursauta. Une femme brune armée d'un micro se tenait près de sa Subaru. Derrière elle, un type muni d'une caméra filmait la scène.

— Mademoiselle Montgomery! s'exclama la femme, les yeux brillants, en tapant à la vitre d'Aria. Puis-je vous poser quelques questions?

Aria serra les dents. Elle se sentait comme un singe dans un zoo. Elle fit signe à la femme de s'écarter, redémarra et sortit du parking en marche arrière. La journaliste courut à côté de sa voiture, et le cameraman continua à la filmer tandis qu'elle reculait en direction de la route.

Il fallait qu'elle s'éloigne d'ici. Tout de suite.

Le temps qu'Aria arrive à la gare ferroviaire de Rosewood, le parking était déjà plein des Saab, Volvo et autres BMW des gens qui, chaque jour, allaient travailler en train à Philadelphie. La jeune fille finit par trouver une place ; elle mit toute sa monnaie dans le parcmètre et se rendit sur le quai. Les rails passaient sous un pont sur chevalet rouillé. De l'autre côté des voies, une animalerie vendait de la nourriture pour chiens maison et des costumes pour chats.

Il n'y avait pas un seul train en vue. Il faut dire que, dans sa précipitation, Aria n'avait pas pensé à vérifier les horaires. Elle soupira en entrant dans la petite gare qui abritait en tout et pour tout un guichet, un distributeur de billets et un minuscule café où l'on pouvait acheter des livres sur l'histoire des chemins de fer en Pennsylvanie. Assises sur les bancs en bois, quelques personnes regardaient d'un air morne l'écran plat fixé dans un coin qui diffusait *Regis & Kelly*.

Aria se dirigea vers le panneau des départs et découvrit que le prochain train ne partirait pas avant une demi-heure. Résignée, elle se laissa tomber sur un banc. Des gens la dévisagèrent. Elle se demanda s'ils la reconnaissaient à cause de ses apparitions involontaires à la télé. Après tout, les journalistes ne la lâchaient pas depuis le dimanche.

— Hé, je te connais, lança une voix masculine.

Aria grogna, anticipant la suite. « Tu es la copine de la fille assassinée ! Celle qui recevait des messages menaçants ! Celle qui a vu le cadavre ! » Mais quand elle se pencha vers le banc d'en face, son cœur faillit s'arrêter. Un jeune homme blond la dévisageait. Aria reconnut aussitôt ses longs doigts fins, l'arc délicat de sa bouche et même le petit grain de beauté sur sa joue. Elle eut brusquement très chaud, puis très froid.

C'était Jason DiLaurentis.

— S-salut, balbutia-t-elle.

Ces derniers temps, elle avait beaucoup pensé à Jason – surtout au béguin qu'elle avait pour lui quelques années plus tôt. C'était bizarre de le voir soudain face à elle.

— Aria, c'est bien ça ? demanda le jeune homme en refermant le livre de poche qu'il était en train de parcourir.

— Oui, c'est bien ça.

Aria sentit un picotement de bonheur dans son ventre. Elle n'était pas sûre d'avoir déjà entendu Jason prononcer son prénom. À l'époque, il désignait les amies de sa sœur par le sobriquet de groupe « les Ali ».

— Tu es celle qui faisait des films, se remémora Jason en la fixant de ses yeux bleus.

— Oui.

Le rouge monta aux joues d'Aria. Ses amies et elles regardaient ses films pseudo-arty dans le salon des DiLaurentis, et parfois, Jason s'arrêtait sur le seuil de la pièce pour jeter un coup d'œil. Aria se sentait toujours gênée quand il faisait ça, et en même temps, elle brûlait d'envie qu'il commente son travail. Qu'il lui dise qu'elle était brillante, ou à tout le moins, que ses films donnaient à réfléchir.

— Tu étais la seule qui avait quelque chose dans le crâne, ajouta-t-il avec un sourire gentil... et terriblement séduisant.

L'estomac d'Aria fit un saut périlleux. Une fille intelligente, c'était toujours ça de pris, non ?

— Tu vas à Philadelphie ? bredouilla-t-elle, cherchant quelque chose à dire.

Elle se retint de se frapper le front. *Idiote*. Évidemment qu'il allait à Philadelphie. Cette ligne ne menait nulle part ailleurs.

Jason acquiesça.

— À l'université de Pennsylvanie. Je viens de me faire transférer. Avant, j'allais à Yale.

Aria faillit dire : « Je sais. » Le jour où Ali leur avait annoncé que Jason avait été accepté à Yale, la fac qu'il visait en priorité, elle avait voulu lui dessiner une carte de félicitations. Mais elle s'était ravisée de peur qu'Ali se moque d'elle.

— C'est vachement pratique, poursuivit Jason. Je n'ai de cours que le lundi, le mercredi et le jeudi, et je sors assez tôt pour prendre l'express de 15 heures et rentrer à Yarmouth.

— Yarmouth ? répéta Aria.

— Mes parents ont emménagé là-bas pour la durée du procès. (Jason haussa les épaules et feuilleta machinalement son livre de poche.) Je me suis installé dans l'appartement au-dessus du garage. Je pensais qu'ils auraient besoin de moi pour... traverser cette épreuve.

— Je vois.

Le ventre d'Aria lui faisait mal. Elle ne pouvait pas imaginer ce que Jason ressentait. D'abord, il découvrait qu'un de ses anciens camarades de classe avait tué sa petite sœur, puis l'assassin disparaissait. Aria s'humecta les lèvres en préparant ses réponses aux prochaines questions que Jason allait lui poser. *Ça t'a fait quoi de voir son cadavre ? Tu crois qu'il est passé où ? À ton avis, quelqu'un l'a déplacé ?*

Mais Jason se contenta de soupirer.

— D'habitude, je monte à Yarmouth, mais aujourd'hui, j'avais un truc à faire à Rosewood. D'où ma présence.

Dehors, un express de l'Amtrak entra dans la gare en rugissant. Les autres personnes qui attendaient se levèrent et se dirigèrent vers le quai. Une fois le train reparti, Jason vint s'asseoir à côté d'Aria.

— Et toi ? Tu n'as pas cours aujourd'hui ? demanda-t-il.

Aria ouvrit la bouche, cherchant frénétiquement une réponse. Jason était si près d'elle qu'elle sentait l'odeur épicée de son savon. Ça lui tournait la tête.

— Euh, non. Il y a réunion parents-professeurs.

— Tu portes toujours ton uniforme les jours de congé ?

Jason désigna l'ourlet de la jupe à carreaux qui dépassait de son long manteau en laine. La jeune fille sentit ses joues s'empourprer.

— Je te jure que je n'ai pas l'habitude de sécher.

— Je ne dirai rien, grimaça Jason. (Il se pencha en avant, et le banc craqua.) Tu connais le circuit de karting sur Wembley Road ? Une fois, j'y ai passé toute la journée à faire des tours dans une de ces petites bagnoles.

Aria gloussa.

— L'épouvantail était là ? Le grand type maigre qui porte uniquement des fringues NASCAR ?

Avant de se découvrir une passion pour le lacrosse et les strip-teaseuses, Mike était obsédé par le karting.

— Jimmy ? (Les yeux de Jason pétillèrent.) Évidemment.

— Et il ne t'a pas demandé pourquoi tu n'étais pas au bahut ? D'habitude, il se mêle toujours de ce qui ne le regarde pas, dit Aria en refermant sa main sur l'accoudoir du banc.

— Non. (Jason lui poussa l'épaule de l'index.) Mais j'étais assez malin pour enlever mon uniforme avant d'y aller, histoire de ne pas lui mettre la puce à l'oreille. D'un autre côté, les uniformes de fille sont beaucoup plus mignons que ceux des garçons.

Brusquement intimidée, Aria tourna la tête et fixa les sachets de chips et de bretzels dans le distributeur. Jason était-il en train de flirter avec elle ?

Les yeux du jeune homme brillaient. Il inspira comme s'il s'apprêtait à ajouter quelque chose. Aria espéra qu'il allait l'inviter à sortir avec lui, ou au moins lui demander son numéro de téléphone. Puis une voix tonitruante annonça par les haut-parleurs que le train pour Philadelphie arriverait dans trois minutes.

— Je suppose que c'est le nôtre, dit Aria en se levant. On voyage ensemble ?

Mais Jason ne répondit pas. Quand la jeune fille se tourna vers lui, il fixait la télévision. Il avait blêmi, et ses lèvres étaient pincées.

— Je, euh, je viens juste de me souvenir... Il faut que j'y aille.

Il se leva maladroitement, serrant ses affaires contre sa poitrine.

— Qu-quoi ? Pourquoi ? s'exclama Aria.

Jason l'ignora et se dirigea précipitamment vers la sortie. Au passage, il bouscula Aria, faisant tomber son sac.

— Oups, lâcha la jeune fille à la vue d'un tampon Super + et de sa vache Beanie Baby porte-bonheur roulant sur le sol de ciment crasseux.

— Désolé, marmonna Jason avant de pousser la porte et de sortir en trombe.

Aria le suivit des yeux, stupéfaite. Que diable venait-il de se passer ? Et pourquoi Jason retournait-il à sa voiture au lieu d'aller à Philadelphie ?

Le rouge lui monta aux joues. Bien sûr, Jason avait dû se rendre compte qu'elle en pinçait pour lui. Et parce qu'il ne voulait pas lui faire croire que c'était réciproque, il avait décidé de se rendre à Philadelphie en voiture plutôt qu'en train avec elle.

Comment avait-elle pu être assez stupide pour croire qu'il flirtait avec elle ? D'accord, il avait dit qu'elle en avait dans le crâne et qu'elle était mignonne en jupe. D'accord, il lui avait donné le morceau de drapeau d'Ali des années auparavant. Ça ne signifiait pas nécessairement autre chose. Au final, Aria n'était pour lui qu'une Ali parmi les autres.

Humiliée, elle reporta son attention sur l'écran plat – et fut surprise de découvrir que *Regis & Kelly* avait été interrompu par un bulletin spécial. Le gros titre attira son attention. « Le cadavre de Thomas : un simple canular ».

Le sang reflua du visage d'Aria. Livide, elle fit volte-face et scruta les rangées de voitures dans le parking. Était-ce pour ça que Jason était parti si précipitamment ?

À la télé, le chef de la police de Rosewood parlait devant un essaim de micros.

— Ça fait deux jours que nous fouillons les bois et nous n'avons trouvé aucune trace du corps de M. Thomas. Peut-être devons-nous prendre un peu de recul et envisager d'autres possibilités.

Aria fronça les sourcils. Quelles autres possibilités ?

La mère de Ian apparut à l'écran. Elle aussi était assaillie par des micros.

— Ian nous a envoyé un e-mail hier, révéla-t-elle. Il ne nous a pas dit où il se trouvait, juste qu'il était en sécurité... et qu'il n'avait rien fait. (Elle s'interrompit pour s'essuyer les yeux.) Nous sommes en train de vérifier si le message provenait bel et bien de lui. Je prie pour que ça ne soit pas quelqu'un qui nous joue un mauvais tour en utilisant son adresse mail.

Puis ce fut le tour de l'agent Wilden.

— J'ai voulu croire les filles quand elles m'ont dit qu'elles avaient vu le corps de Ian dans les bois, déclara-t-il d'un air contrit. Mais dès le début, j'avais des doutes. Je craignais que ce soit juste une ruse pour attirer notre attention.

Aria en resta bouche bée. *Quoi ?*

Finalement, la caméra se braqua sur un homme barbu portant d'épaisses lunettes et un pull gris. « Dr Henry Warren, psychiatre, hôpital de Rosewood » indiquait une mention au bas de l'écran.

— Être au centre de l'attention est quelque chose d'addictif, expliqua-t-il. Si les projecteurs sont braqués sur elles assez longtemps, certaines personnes deviennent incapables de retomber dans l'anonymat. Parfois, elles vont très loin pour continuer à faire parler d'elles, n'hésitant pas à embellir la réalité... voire à la déformer.

Le présentateur prit le relais pour dire qu'ils développeraient cette nouvelle au cours du prochain bulletin d'information. Une page de pub suivit. Aria posa ses mains à plat sur le banc et prit de grandes inspirations pour se calmer. Elle n'en revenait pas.

Dehors, l'express en direction de l'est entra en gare et s'arrêta dans un crissement de freins. Soudain, Aria n'avait plus envie d'aller à Philadelphie. Quel intérêt? Où qu'elle aille, cette histoire la poursuivrait.

Elle rebroussa chemin vers le parking, cherchant du regard la grande silhouette et les cheveux blonds de Jason. Mais il n'y avait personne en vue. La route qui passait devant la gare était déserte elle aussi; les feux de circulation se balançaient silencieusement au-dessous de la barre transversale. Un instant, Aria eut l'impression d'être seule au monde.

Elle déglutit avec difficulté tandis qu'un frisson d'angoisse parcourait son échine et descendait jusqu'à ses reins. Jason était bien là à l'instant, pas vrai? Et ses amies et elle avaient bien vu le corps de Ian dans les bois, pas vrai? L'espace d'une seconde, Aria crut vraiment qu'elle devenait folle, comme le psychiatre l'avait insinué.

Mais elle chassa rapidement cette pensée. Comme l'express repartait, elle regagna sa voiture. Et, faute de meilleur endroit où aller, elle finit par regagner l'Externat.

7

*K*ATE 1, HANNA 1

Hanna posa son *latte* écrémé sur le comptoir du Steam, le café adjacent à la cafétéria de l'Externat de Rosewood. C'était l'heure du déjeuner ce mardi, et Kate, Naomi et Riley faisaient toujours la queue. L'une après l'autre, Hanna les entendit commander un grand thé à la menthe. Apparemment, c'était la boisson du jour, même si personne n'avait daigné lui envoyer de note de service pour l'en informer.

Elle ouvrit un deuxième sachet d'édulcorant Splenda avec les dents. Si seulement elle avait un Percocet pour accompagner son *latte* – ou mieux encore, un flingue. Jusqu'ici, ce déjeuner était un désastre. D'abord, Naomi et Riley s'étaient extasiées sur les bottines Frye de Kate en ignorant totalement les escarpins à lanière Chie Mihara d'Hanna, qui étaient pourtant beaucoup plus mignons. Puis elles n'avaient cessé de répéter combien elles s'étaient marrées au Rive Gauche la veille, où un des serveurs étudiants leur avait glissé en douce des litres de pinot noir.

Après avoir bu tout leur soûl, elles étaient passées chez Sephora où Kate avait acheté aux deux autres des masques remplis de gel réfrigérant pour lutter contre la gueule de bois. Naomi et Riley les avaient apportés au bahut et mis pendant une longue pause pipi durant leur heure de permanence. La seule chose qui réconfortait un peu Hanna, c'était que le froid avait irrité et fait rougir la peau autour des yeux marron de Riley.

— Humpf, renifla-t-elle discrètement.

Elle jeta le sachet de Splenda vide dans la petite poubelle chromée, se jurant d'offrir à Naomi et à Riley des cadeaux bien mieux qu'un stupide masque. Puis elle remarqua l'écran plat au-dessus de l'énorme pichet d'eau citronnée. D'habitude, la télé était réglée sur la chaîne de l'Externat, qui diffusait des résumés des rencontres sportives, les concerts de la chorale et ce genre de choses. Mais aujourd'hui, quelqu'un avait mis les infos régionales. « Pas de cadavre dans les bois », lisait-on sur l'écran.

L'estomac d'Hanna bouillonna. Aria lui avait parlé de cette histoire le matin, pendant leur cours d'anglais renforcé. Comment les Thomas avaient-ils pu recevoir un message de Ian ? Comment pouvait-il ne subsister aucune trace du jeune homme dans les bois – pas un seul cheveu blond, pas une seule goutte de sang, rien ? Cela signifiait-il que les filles ne l'avaient pas vraiment vu ? Et qu'il était... toujours vivant ?

Et pourquoi les policiers disaient-ils qu'Hanna et les autres avaient tout inventé ? Le soir du gala, Wilden n'avait pas eu l'air de penser qu'elles fabulaient. En fait, s'il n'avait pas été si difficile à trouver, elles auraient pu retourner dans le ravin plus vite et rejoindre Ian avant qu'il s'enfuie – ou que quelqu'un emporte son corps. Mais non : le département de police de Rosewood ne pouvait pas passer pour incompétent... alors, il préférait faire passer Hanna et les autres pour folles. Et dire que pendant tout ce temps, elle avait cru que Wilden protégeait ses arrières !

Hanna se détourna très vite de la télé. Elle voulait chasser cette histoire de son esprit. Quelque chose derrière le flacon de cannelle attira son regard. On aurait dit... du tissu. Et il était exactement de la même couleur que le drapeau de l'Externat.

Déglutissant, Hanna tira sur le coin qui dépassait, étala sa trouvaille devant elle et lâcha un hoquet. C'était un carré de tissu grossièrement découpé. Dans le coin supérieur droit, la jeune fille reconnut le bord du blason de l'Externat. Et au dos était épinglé un bout de papier portant le numéro 16. L'administration numérotait toujours les morceaux du drapeau de la Capsule temporelle pour pouvoir plus facilement le reconstituer à la fin du jeu.

— Qu'est-ce que c'est ? demanda une voix.

Surprise, Hanna sursauta. Kate s'était approchée en douce. Encore préoccupée par le flash info, Hanna mit un moment à répondre.

— C'est pour ce jeu stupide, marmonna-t-elle.

Kate fit la moue.

— Celui qui a commencé aujourd'hui ? La Distorsion temporelle ?

Hanna leva les yeux au ciel.

— La *Capsule* temporelle.

Kate but une grosse gorgée de thé à la menthe.

— « Une fois les vingt morceaux du drapeau découverts, ils seront recousus ensemble et enfouis dans une capsule temporelle derrière le terrain de football », récita-t-elle d'après le texte des affichettes qui avaient fait leur apparition un peu partout dans l'Externat. (C'était bien son genre d'avoir mémorisé les règles du jeu comme si on allait l'interroger dessus plus tard.) Et ensuite, ton nom est gravé sur une plaque en bronze. C'est la classe, non ?

— Si tu le dis, marmonna Hanna.

Quelle ironie ! Au moment où la Capsule temporelle devenait le cadet de ses soucis, elle trouvait un morceau sans même consulter les indices affichés dans le hall du lycée.

En 6e, la première année où elle eut le droit de participer, Hanna avait imaginé de quelle façon elle décorerait son morceau si elle avait la chance d'en découvrir un. Certains élèves dessinaient des trucs idiots, comme une fleur, un smiley ou – pire que tout – le blason de l'Externat. Mais Hanna comprenait qu'un morceau de drapeau bien décoré était aussi important que le fait d'avoir le bon sac à main ou de faire faire ses mèches au salon Henri Flaubert au centre commercial.

Quand les filles avaient parlé avec Ali dans le jardin des DiLaurentis le lendemain du début de la Capsule temporelle, Ali leur avait décrit en détail ce qu'elle avait dessiné sur son morceau volé. Le logo Chanel, les initiales de Louis Vuitton, une grenouille de manga, une fille en train de jouer au hockey sur gazon. Ce soir-là, en arrivant chez elle, Hanna s'était empressée de le noter. Elle ne voulait pas oublier. Le choix d'Ali lui paraissait à la fois glamour et parfaitement approprié.

Puis, en 4e, Mona et elles avaient trouvé un morceau de drapeau ensemble. Hanna avait voulu incorporer certains des éléments d'Ali dans leur décoration, mais elle avait eu peur que Mona lui demande ce qu'ils signifiaient. Elle détestait parler d'Ali avec Mona, qui était l'un des souffre-douleur d'Ali avant sa disparition. En se comportant de la sorte, Hanna pensait agir en amie loyale. Elle ne pouvait pas savoir que Mona complotait déjà dans son dos pour lui gâcher la vie.

Naomi et Riley approchèrent d'un pas bondissant, et toutes deux remarquèrent aussitôt le morceau de tissu que tenait Hanna. Les yeux marron de Riley faillirent lui sortir de la tête. Elle tendit une main pâle et couverte de taches de rousseur vers le bout de drapeau, mais Hanna retira vivement ce dernier d'un geste protecteur. Une de ces salopes n'hésiterait probablement pas à lui voler son trophée pendant qu'elle avait le dos tourné. Soudain, elle comprit ce qu'Ali avait voulu dire en déclarant qu'il faudrait la tuer pour lui prendre son morceau. Et aussi la raison pour laquelle Ali avait été furieuse en découvrant que quelqu'un le lui avait volé quand même.

D'un autre côté... Ali avait été furieuse, mais pas vraiment dévastée. Ce jour-là, elle avait surtout semblé distraite. Hanna se souvenait qu'elle n'avait pas arrêté de regarder vers la maison et en direction des bois, comme si elle craignait que quelqu'un ne l'écoute. Puis, après s'être plainte un petit moment, elle était brusquement redevenue aussi froide que d'habitude, plantant Hanna et les autres sans rien ajouter comme si elle avait plus important à faire que de discuter avec quatre ringardes.

Lorsqu'elle avait réalisé qu'Ali ne reviendrait pas, Hanna était retournée sur le devant de la maison pour récupérer son vélo. La rue où habitaient les DiLaurentis paraissait si jolie! Il y avait une cabane rouge dans l'un des arbres du jardin des Cavanaugh; les pales d'un moulin tournaient joyeusement au fond de la propriété des Hastings; un peu plus bas, Hanna apercevait une maison avec un garage assez grand pour six voitures et une fontaine sur le devant. Plus tard, elle apprendrait que c'était celle des Vanderwaal.

Puis elle avait entendu un moteur ronronner. Une voiture noire ancienne, à la carrosserie rutilante et aux vitres teintées, était garée le long du trottoir devant chez les

DiLaurentis comme si son conducteur attendait... ou surveillait quelqu'un. Sans savoir pourquoi, Hanna avait senti ses cheveux se hérisser dans sa nuque. *C'est peut-être la personne qui a volé le drapeau d'Ali*, avait-elle songé. Elle n'avait jamais su si c'était vrai.

Hanna dévisagea Naomi, qui ajoutait du Splenda dans son thé à la menthe. Riley et elle étaient les plus proches amies d'Ali en 6e, mais juste après le début de la Capsule temporelle, Ali les avait laissées tomber. Jamais elle n'avait expliqué pourquoi. C'était peut-être Naomi et Riley qui avaient volé son morceau de drapeau, Naomi et Riley qui s'étaient trouvées dans la fameuse voiture noire. Ali leur avait peut-être demandé de le lui rendre, et elles avaient peut-être fait semblant de ne pas comprendre. Alors, pour les punir, Ali leur avait peut-être tourné le dos. Mais dans ce cas, pourquoi Naomi et Riley n'avaient-elles pas présenté le morceau de drapeau à l'administration de l'Externat? Le vol était autorisé. Pourquoi le morceau de drapeau n'était-il jamais réapparu?

Il y eut de l'agitation à l'entrée du Steam, et la foule s'écarta pour laisser passer huit membres de l'équipe de lacrosse – un troupeau de jeunes mâles à la démarche arrogante. Hanna aperçut Mike Montgomery entre Noel Kahn et James Freed. Riley prit le bras de Kate et le secoua, faisant tinter les bracelets en or que la jeune fille portait au poignet.

— Il est là!

— Tu devrais aller lui parler, chuchota Naomi en écarquillant ses yeux bleus.

Les trois filles se levèrent et s'approchèrent nonchalamment des garçons. Naomi dévorait Noel du regard. Riley repoussa ses longs cheveux roux en fixant Mason. À présent qu'il n'était plus interdit de s'attaquer aux joueurs de lacrosse, tous les coups étaient permis.

— L'Externat déteste que les gens fassent des dessins cochons sur le drapeau de la Capsule temporelle, disait Mike à ses amis. Mais si notre équipe retrouvait les vingt morceaux et y dessinait un seul truc en grand – une bite, par exemple –, Appleton ne pourrait rien faire. Il ne se rendrait même pas compte que c'est une bite jusqu'à ce qu'il dévoile le drapeau reconstitué pendant l'assemblée.

Noel Khan lui donna une grande claque dans le dos.

— Pas mal! J'ai hâte de voir la tête d'Appleton.

Imitant le proviseur Appleton, qui n'était plus tout jeune, Mike fit semblant de dérouler le drapeau recousu d'une main tremblante.

— Mais... mais qu'est-ce que c'est? s'exclama-t-il d'une voix chevrotante, en portant une loupe invisible à son œil. Serait-ce ce que les jeunes d'aujourd'hui appellent... un zob?

Kate éclata de rire. Hanna lui jeta un coup d'œil éberlué. Il était impossible qu'elle trouve ces crétins drôles. Mais Mike la vit s'esclaffer et sourit.

— Ton imitation d'Appleton est parfaite, roucoula Kate.

Hanna serra les dents. Kate fréquentait l'Externat depuis une semaine à peine. Elle n'avait probablement pas encore croisé le proviseur.

— Merci, dit Mike en détaillant les bottines de Kate, ses jambes minces et son blazer de l'Externat au tombé impeccable.

Hanna fut agacée qu'il ne lui jette pas même un coup d'œil.

— Je fais assez bien le prof de travaux manuels, aussi.

— J'adorerais voir ça à l'occasion, se pâma Kate.

Hanna grinçait des dents. Cette fois, la coupe était

pleine. Il était hors de question que sa future demi-sœur lui pique le type qui était censé la vénérer, elle. Fonçant vers les garçons, elle écarta Kate d'un coup de coude et caressa ostensiblement le morceau de drapeau qu'elle venait de trouver.

— Je n'ai pu m'empêcher d'entendre ta brillante idée, dit-elle d'une voix forte. Malheureusement pour toi, ton zob risque d'être incomplet.

Elle agita le carré de tissu sous le nez de Mike.

Le jeune homme écarquilla les yeux. Il tendit la main vers le morceau de drapeau, mais Hanna retira vivement celui-ci. Mike avança sa lèvre inférieure.

— Ne sois pas vache. Qu'est-ce que tu veux en échange de ce morceau?

Hanna devait reconnaître une chose : la plupart des secondes étaient tellement nerveux en sa présence qu'ils se mettaient à bégayer et à trembler. Elle pressa le carré de tissu contre sa poitrine.

— Je ne me séparerais de ce bébé pour rien au monde.

— Je dois bien pouvoir faire quelque chose pour toi, supplia Mike. Écrire tes devoirs d'histoire? Laver tes soutiens-gorge à la main? Te masser les seins?

Kate gloussa de nouveau pour tenter de ramener l'attention vers elle, mais Hanna saisit très vite le bras de Mike et l'entraîna à l'écart de la foule.

— Je peux te donner quelque chose de beaucoup mieux que ce drapeau, murmura-t-elle.

— Quoi donc? s'enquit Mike.

— Moi, idiot, susurra Hanna sur un ton enjôleur. On pourrait peut-être sortir ensemble un soir.

— D'accord, approuva vigoureusement Mike. Quand?

Hanna jeta un coup d'œil par-dessus l'épaule du jeune

homme. Kate la fixait, bouche bée. *Ha ha*, songea Hanna, triomphante. C'était presque trop facile.

— Pourquoi pas demain? suggéra-t-elle.

— Mmmh. Mon père organise une soirée pour fêter la grossesse de sa maîtresse.

Mike fourra les mains dans les poches de son blazer. Hanna frémit. Aria lui avait bien dit que son père était parti avec une de ses étudiantes, mais elle ne savait pas que les Montgomery en parlaient si librement.

— Oh, mais j'adore ce genre de soirée! s'exclama Hanna, alors qu'elle détestait ça.

— Et moi, j'adore les maîtresses, répliqua Mike en lui faisant un clin d'œil appuyé. Surtout si elles sont canon et qu'elles vont par deux.

Hanna se retint de lever les yeux au ciel. Sérieusement, qu'est-ce que Kate lui trouvait?

De nouveau, elle jeta un coup d'œil par-dessus l'épaule de Mike. À présent, Kate, Naomi et Riley chuchotaient avec Noel et Mason. Elles faisaient sans doute ça juste pour désarçonner Hanna, mais celle-ci ne tomberait pas dans le panneau.

— Mais bon, si tu as envie de venir, c'est super, dit Mike. (Hanna reporta son attention sur lui.) Donne-moi ton numéro, et je t'enverrai l'heure et l'adresse. Oh, et tu n'es pas obligée d'apporter un cadeau. Mais si tu décides de le faire, Meredith est écolo à fond. Alors, ne lui prends pas de couches jetables. Ni de tire-lait – ça, je m'en charge.

Il croisa les bras sur la poitrine comme s'il était extrêmement content de son idée.

— D'accord, dit Hanna.

Puis elle fit un pas en avant et se retrouva presque collée contre Mike. À cette distance, elle voyait de petites paillettes grises dans ses yeux bleus. Il sentait la transpiration, sans doute parce qu'il avait eu un cours de sport le matin. À sa grande surprise, Hanna trouva ça plutôt sexy.

— Alors, à demain, chuchota-t-elle en lui posant ses lèvres sur la joue.

— Carrément, souffla Mike.

Il revint vers Noel et Mason, qui avaient observé toute la scène, et leur donna un coup de poing triomphant dans l'épaule comme tous les gars de l'équipe de lacrosse aimaient à le faire.

Hanna s'épousseta les mains. *Ça, c'est fait.* Lorsqu'elle fit volte-face, Kate se tenait derrière elle.

— Oh! s'exclama-t-elle. Salut, Kate. Désolée; j'avais un truc à demander à Mike.

Kate croisa les bras sur sa poitrine.

— Hanna! Je t'avais dit que Mike m'intéressait, protesta-t-elle sur un ton chagrin.

Hanna eut envie de rire. Miss Perfection n'avait-elle encore jamais eu à se battre pour un garçon?

— Mmmh. Apparemment, je lui plais.

Les yeux clairs de Kate s'assombrirent. Puis son expression se fit sereine.

— C'est ce que nous allons voir, dit-elle.

— Pas de problème, répliqua Hanna, glaciale.

Elles se fixèrent un long moment. À la ballade emo-punk diffusée par les haut-parleurs du Steam succéda le rythme entêtant d'un morceau de dance africain. On aurait dit le chant de bataille d'une tribu s'apprêtant à partir en guerre, songea Hanna.

Que la meilleure gagne, salope, articula Hanna. Puis elle serra coquettement son sac contre sa poitrine et contourna sa presque demi-sœur pour se diriger vers le couloir de l'Externat. Au passage, elle fit coucou à Mike, à Noel et aux autres en remuant les doigts.

Comme elle longeait la cafétéria, elle entendit un rire sarcastique se réverbérer sur les murs. Elle s'arrêta. Le rire ne provenait pas du Steam, mais de la cafétéria.

Toutes les tables de la grande salle étaient occupées. Soudain, du coin de l'œil, Hanna aperçut une silhouette derrière le four à bretzels tournant. Un jeune homme grand et efflanqué, aux cheveux blonds bouclés, sortit en se faufilant par la porte de derrière. Le cœur d'Hanna manqua un battement. *Ian ?*

Mais non. Ian était mort. L'auteur du texto envoyé à ses parents ne pouvait être qu'un imposteur. Chassant cette pensée de son esprit, Hanna rajusta son blazer sur ses épaules, finit son *latte* et continua à marcher à grands pas, s'efforçant d'exsuder toute l'assurance de la fille canon et inébranlable qu'elle était.

8

*S*I LES POUPÉES POUVAIENT PARLER...

Le mardi après-midi, dès qu'Emily eut terminé son entraînement de natation, elle se rendit chez Isaac et se gara le long du trottoir. Le jeune homme lui ouvrit la porte, la serra très fort dans ses bras et prit une grande inspiration.

— Mmmmh. J'adore quand tu sens le chlore.

Emily gloussa. Même si elle se faisait toujours deux shampooings après l'entraînement, cette fichue odeur de piscine ne disparaissait jamais vraiment.

Isaac s'effaça, et Emily entra dans la maison. Une odeur de pot-pourri pomme-pêche planait dans le salon. Sur la cheminée, la jeune fille aperçut une photo d'Isaac, de sa mère et de Minnie à Disneyland. Le canapé à fleurs était couvert de coussins en dentelle brodés par Mme Colbert et portant des messages comme : « Les câlins, c'est bon pour la santé » ou « La prière est la réponse à tout ».

Isaac tira sur une des manches du manteau d'Emily, puis sur l'autre. Quand il pivota pour ouvrir la penderie du hall, un craquement se fit entendre. Emily sursauta et écarquilla les yeux. Isaac lui toucha la main.

— Ne sois pas si nerveuse. Il n'y a pas de journalistes ici, je te le promets.

Emily se passa la langue sur les lèvres. Depuis le samedi précédent, la presse pourchassait les anciennes amies d'Alison DiLaurentis en permanence. Un peu plus tôt dans la journée, Emily avait appris que la famille Thomas avait reçu un e-mail signé Ian et, du coup, la police considérait que les filles avaient inventé l'histoire du cadavre dans les bois. Ce qui était on ne peut plus faux... Mais où se trouvait le corps de Ian? Le jeune homme était-il réellement vivant ou essayait-on seulement de le faire croire?

Emily ne pouvait s'empêcher de repenser à la rencontre quelque peu houleuse avec Jason DiLaurentis, le dimanche soir. Elle ne savait pas ce qu'elle aurait fait si Isaac n'avait pas été là. Chaque fois qu'elle s'imaginait affrontant Jason seule, elle se mettait à frissonner de peur.

— Désolée, dit-elle, en s'efforçant de s'arracher à ses idées noires. Ça va.

— Tant mieux. (Isaac lui prit la main.) Puisqu'on est seuls, je pensais que je pourrais te montrer ma chambre.

— Tu es sûr?

Emily jeta un coup d'œil à la photo d'Isaac, de sa mère et de Minnie. Mme Colbert avait une règle : Isaac n'était pas autorisé à emmener de filles dans sa chambre. Sous aucun prétexte.

— Évidemment que je suis sûr, répondit le jeune homme. Ma mère n'en saura jamais rien.

Emily sourit. Elle avait vraiment envie de voir à quoi ressemblait sa chambre.

Isaac lui pressa la main et l'entraîna vers l'escalier. Une poupée était assise sur chacune des marches. Certaines étaient en chiffon avec des cheveux en laine et une robe en patchwork; d'autres en porcelaine avec des yeux qui se fermaient quand on les allongeait. Emily détourna le regard. Contrairement aux autres filles, elle n'avait jamais été du genre à jouer à la poupée. En fait, ces reproductions d'enfants la mettaient plutôt mal à l'aise.

Isaac poussa une porte au bout du couloir.

— Et voilà !

Dans le coin, un lit deux places et son couvre-lit rayé ; contre les murs, trois guitares sur leur support et un petit bureau avec un iMac flambant neuf.

— Sympa, commenta Emily. (Puis elle remarqua un gros objet blanc sur la commode.) Tu as une tête de phrénologie !

Elle se dirigea vers le crâne moulé et, du bout des doigts, caressa les mots qui y étaient écrits. « Duplicité ». « Prévoyance ». « Avarice ». À l'époque victorienne, les médecins pensaient que l'on pouvait déterminer le caractère de quelqu'un d'après la forme de son crâne. Si vous aviez une bosse à un endroit donné, vous étiez poète. Si vous en aviez une ailleurs, vous étiez profondément dévot. Emily se demanda ce que signifiaient les bosses de son propre crâne.

Elle décocha un petit sourire à Isaac.

— D'où sors-tu ça ?

Le jeune homme la rejoignit.

— Tu te souviens de cette tante dont je t'ai parlé la semaine dernière, quand on était au restaurant chinois ? Celle qui est branchée horoscopes et tout le bazar ? Elle me l'a achetée aux puces. (Il toucha un endroit sur le crâne d'Emily.) Mmmh, quelle belle bosse. (Il jeta un coup d'œil à la tête de phrénologie.) D'après ça, tu es très douée pour donner de l'affection... ou pour en inspirer aux autres. Je ne me souviens jamais.

— Très scientifique, le taquina Emily. (Elle toucha le crâne d'Isaac en quête d'une bosse.) Toi, tu...

Elle scruta la tête moulée en quête d'un terme approprié.

« Le voleur ». « Le comédien ». « L'assassin ». Le département de police de Rosewood avait besoin d'une de ces têtes. Les flics n'auraient qu'à palper le crâne de tous les habitants de la ville pour trouver le meurtrier d'Ali.

— Tu es très clairvoyant, conclut Emily.

— Et toi, tu es très belle, répliqua Isaac.

Lentement, il l'entraîna vers le lit et l'allongea sur celui-ci.

Emily avait très chaud tout à coup, et un peu de mal à respirer. Elle n'avait pas eu l'intention de se coucher sur le lit d'Isaac, mais maintenant qu'elle y était, elle n'avait plus envie de se relever. Les deux jeunes gens s'embrassèrent un long moment. Emily glissa sa main sous le T-shirt d'Isaac pour caresser son torse tiède et imberbe. Puis elle se mit à glousser, stupéfaite par son propre comportement.

— Quoi ? demanda Isaac en s'écartant d'elle. Tu veux qu'on arrête ?

Emily baissa les yeux. En vérité, chaque fois qu'elle était avec lui, une sorte de... sérénité s'emparait d'elle. Tous ses doutes, toutes ses angoisses s'envolaient comme par magie. Avec Isaac, elle se sentait protégée, en sécurité... et amoureuse.

— Non, je ne veux pas qu'on arrête, chuchota-t-elle, le cœur battant la chamade. Et toi ?

Isaac secoua la tête. Puis il ôta son T-shirt. Sa peau était blanche et douce. Lentement, il déboutonna le chemisier d'Emily. Les deux jeunes gens ne disaient rien ; Emily n'entendait que le bruit de leur respiration. Isaac toucha le bord de son soutien-gorge rose. Depuis qu'il l'avait à moitié déshabillée dans la voiture, deux jours plus tôt, Emily avait pris l'habitude de mettre ses plus jolis sous-vêtements pour aller au lycée – pas les brassières de sport et les boxers confortables qu'elle affectionnait d'habitude. Elle n'avait pas exactement prémédité son coup, mais peut-être espérait-elle secrètement qu'Isaac et elle en arriveraient là.

Quand le réveil digital posé sur la table de chevet passa de 17:59 à 18:00, Emily s'assit en plaquant le drap de flanelle sur sa poitrine. Les lampadaires s'étaient allumés dehors, et de l'autre côté de la rue, une femme appelait ses enfants qui jouaient dans le jardin pour qu'ils rentrent dîner.
— Il faut que j'y aille, dit Emily en embrassant Isaac.
Tous deux gloussèrent. Le jeune homme l'attrapa et la força à se rallonger près de lui. Après avoir encore batifolé un peu, ils finirent par se lever et par s'habiller en se jetant des coups d'œil espiègles. Il venait de se passer beaucoup de choses... mais Emily se sentait bien. Isaac avait pris tout son temps, caressant chaque centimètre carré de son corps et admettant que pour lui aussi, c'était la première fois. Ça n'aurait pu être plus parfait.

Les deux jeunes gens descendirent l'escalier en ajustant leurs vêtements. Ils étaient à mi-hauteur quand Emily entendit quelqu'un tousser. Isaac et elle se figèrent, les yeux écarquillés. Les parents du jeune homme n'étaient pas censés rentrer avant sept heures.

Il y eut un bruit de pas et un craquement de plancher dans la cuisine. Des clés de voiture tintèrent au moment où elles atterrirent dans un vide-poches. L'estomac d'Emily lui tomba dans les chaussettes. Elle jeta un coup d'œil aux poupées muettes. Malgré leurs yeux vitreux, elles semblaient grimacer et se moquer d'elle.

Emily et Isaac se dépêchèrent de descendre et se jetèrent sur le canapé. Leurs fesses n'avaient pas plus tôt touché les coussins que Mme Colbert entra dans le salon. Elle portait une longue jupe en laine rouge et un pull en laine blanc. À cause de la façon dont la lumière se reflétait sur ses lunettes, Emily ne parvenait pas à voir où elle regardait, mais son visage paraissait fermé et sévère. L'espace d'une seconde, la jeune fille craignit qu'elle n'ait tout entendu.

Puis Mme Colbert pivota en plaquant une main sur sa poitrine.

— Les enfants ! Je ne vous avais pas vus !

Isaac se leva d'un bond, bousculant les albums photos empilés sur la table basse et les faisant tomber par terre.

— Maman, tu te souviens d'Emily, n'est-ce pas ?

La jeune fille se leva elle aussi, espérant qu'elle n'était pas trop ébouriffée et qu'elle n'avait pas de suçon visible dans le cou.

— B-bonsoir, balbutia-t-elle. Ravie de vous revoir.

— Bonsoir, Emily.

Mme Colbert lui sourit, mais les battements désordonnés du cœur d'Emily ne se calmèrent pas pour autant. La mère d'Isaac était-elle vraiment surprise de les voir, ou attendait-elle seulement qu'Emily s'en aille pour pouvoir sermonner son fils en privé ?

Emily jeta un coup d'œil à Isaac, qui semblait très mal à l'aise. Il posa la main sur sa tête pour aplatir un épi.

— Euh, Emily, tu veux rester pour le dîner ? lança-t-il très vite. Ça ne te dérange pas, maman ?

Mme Colbert hésita, pinçant les lèvres jusqu'à ce qu'elles disparaissent presque.

— J-je ne peux pas, bredouilla Emily avant qu'elle ne réponde. Ma mère m'attend à la maison.

Mme Colbert poussa un soupir. Emily aurait juré qu'elle était soulagée.

— Peut-être une autre fois, suggéra-t-elle.

— Pourquoi pas demain ? insista Isaac.

Emily le regarda, gênée, souhaitant qu'il laisse tomber

cette histoire de dîner. Mais Mme Colbert frotta ses mains l'une contre l'autre et déclara :

— Demain, ce serait parfait. Nous mangeons toujours du rôti le mercredi soir.

— D'accord, acquiesça Emily. Je suppose que je pourrai me libérer. Merci.

— Tant mieux. (Mme Colbert lui adressa un sourire sans chaleur.) Et n'oublie pas d'amener ton appétit!

Elle rebroussa chemin dans la cuisine. Emily se laissa retomber sur le canapé et se couvrit le visage de ses mains.

— Pitié, achève-moi tout de suite, chuchota-t-elle.

Isaac lui toucha le bras.

— Ne t'en fais pas. Elle ignore qu'on était en haut.

En jetant un coup d'œil par la porte sans battant qui donnait sur la cuisine, Emily vit la mère d'Isaac debout devant l'évier, en train de rincer la vaisselle du petit déjeuner. Tandis que ses mains frottaient frénétiquement les bols, ses yeux sombres fixaient les deux jeunes gens. Elle avait les joues rouges, les lèvres pincées et les tendons du cou saillants de fureur.

Emily frémit. Mme Colbert réalisa que la jeune fille l'observait, mais son expression ne changea pas d'un iota. Elle continua à fixer Emily sans ciller, comme si elle savait exactement ce que la jeune fille avait fait avec son fils. Et comme si elle la tenait pour seule responsable.

9

$\mathscr{S}$URPRISE! IL EST TOUJOURS LÀ...

Tandis que le soleil s'abîmait derrière l'horizon, plongeant tout Rosewood dans l'obscurité, Spencer regardait les dernières voitures de patrouille et les camionnettes de presse s'éloigner depuis la fenêtre de sa chambre. N'ayant rien trouvé dans les bois, la police avait brusquement cessé de chercher le corps de Ian. Et beaucoup de gens avaient gobé la nouvelle théorie des flics selon laquelle les anciennes amies d'Ali avaient tout inventé, permettant ainsi au fuyard de disparaître dans la nature pour toujours.

Quelle connerie! C'était impossible que la police n'ait pas trouvé une seule preuve. Il devait bien y avoir quelque chose : une empreinte, de l'écorce grattée par des ongles...

À l'autre bout de la pièce, l'ordinateur de Spencer émit un bourdonnement furieux. La jeune fille leva les yeux vers le CD sur lequel Andrew et elles avaient copié le contenu du disque dur de son père, la veille. Il était toujours là où elle l'avait posé, dans sa pochette papier au-dessus de son sous-main Tiffany d'époque. Elle n'avait pas encore examiné son contenu, mais pourquoi remettre à demain ce qu'elle pouvait faire le jour même? Se dirigeant vers son bureau, Spencer glissa le CD dans le lecteur de son ordinateur.

Un bruit de pet s'échappa de l'ordinateur, puis toutes les icônes sur le bureau de Spencer se changèrent instantanément en points d'interrogation. La jeune fille cliqua sur l'un d'eux, sans résultat. Puis l'écran devint noir. Elle tenta de redémarrer – en vain.

— Et merde, chuchota-t-elle en éjectant le CD.

Elle avait des copies de tous les documents enregistrés sur son disque dur, notamment ses devoirs scolaires, des tas de photos et de vidéos, et le journal qu'elle avait commencé à tenir avant la disparition d'Ali. Mais sans ordinateur en état de marche, elle ne pouvait pas chercher de preuves de son adoption dans les dossiers de son père.

Une porte claqua au rez-de-chaussée. Spencer entendit la voix étouffée de son père, puis celle de sa mère. Son estomac se mit à gargouiller. Elle ne leur avait pas vraiment parlé depuis que toute la famille était revenue de l'enterrement de Nana. Elle jeta un nouveau coup d'œil à son ordinateur, se leva et descendit.

Dans l'air flottait l'odeur du brie chaud que ses parents achetaient toujours au comptoir traiteur de Fresh Fields. Les deux labradoodles Rufus et Béatrice se prélassaient sur le grand tapis rond près de l'alcôve du petit déjeuner. Melissa était là elle aussi ; elle ramassait et fourrait dans un grand sac les livres et les magazines de décoration éparpillés dans la pièce. Mme Hastings fouillait dans le tiroir contenant les annuaires et les numéros des différentes personnes qui aidaient à l'entretien de la propriété : les jardiniers paysagistes, les goudronneurs, les électriciens. M. Hastings allait et venait entre la cuisine et la salle à manger, son portable collé à l'oreille.

— Euh, mon ordinateur a un virus, annonça Spencer.

Son père s'arrêta de faire les cent pas. Melissa leva les yeux. Sa mère sursauta et fit volte-face. Les coins de sa bouche s'abaissèrent. Elle reporta son attention sur le tiroir.

— Maman? essaya de nouveau Spencer. Mon ordinateur... Il est mort.

Mme Hastings ne se retourna pas.

— Et alors?

Spencer caressa la gerbe de fleurs légèrement flétries qui était posée sur le plan de travail, puis réalisa brusquement où elle l'avait vue – sur le cercueil de Nana. Elle retira très vite sa main.

— Ben, j'en ai besoin pour faire mes devoirs. Je peux appeler le service de dépannage?

Sa mère pivota et la détailla un long moment. Comme Spencer attendait sans comprendre, Mme Hastings se mit à rire.

— Quoi? demanda la jeune fille, perplexe.

Béatrice leva la tête, puis la reposa entre ses pattes.

— Pourquoi devrais-je payer pour que quelqu'un vienne réparer ton ordinateur quand c'est toi qui devrais payer les dégâts du garage? s'esclaffa Mme Hastings.

Spencer cligna des yeux.

— Les dégâts du garage?

Sa mère ricana.

— Ne me dis pas que tu n'as rien vu.

Spencer regarda tour à tour ses deux parents sans comprendre. Puis elle se précipita vers la porte et sortit dans le jardin en chaussettes, malgré le sol gelé et boueux. La veilleuse était allumée au-dessus de la double porte du garage. Spencer plaqua une main sur sa bouche. Quelqu'un avait écrit le mot ASSASSIN avec de la peinture écarlate.

L'inscription n'était pas là quand la jeune fille était rentrée du lycée, plus tôt dans l'après-midi. Spencer regarda autour d'elle avec l'impression distincte que quelqu'un l'observait depuis les bois. Avait-elle bien vu une branche remuer ? Et une silhouette plonger derrière un buisson ? Était-ce... « A » ?

Spencer se retourna vers sa mère, qui l'avait suivie dehors.

— Tu as appelé la police ?

Mme Hastings repartit d'un rire dur.

— Tu crois vraiment que la police a envie de nous parler, là tout de suite ? Tu crois vraiment qu'elle se soucie de ce que deviennent les habitants de cette maison ?

Spencer écarquilla les yeux.

— Attends... Tu crois ce qu'ils racontent ?

Sa mère posa une main sur sa hanche.

— Nous savons toutes les deux qu'il n'y a jamais rien eu dans ces bois.

La tête de Spencer se mit à tourner. Sa bouche s'asséCha.

— Maman, j'ai vu Ian. Je te le jure. Il était là.

Sa mère se pencha vers elle, leurs nez se touchant presque.

— Tu sais combien ça va coûter pour faire nettoyer cette porte ? C'est une pièce unique – elle vient d'une vieille grange dans le Maine.

Les yeux de Spencer se remplirent de larmes.

— Je suis désolée d'être un tel fardeau.

Elle fit volte-face, rentra dans la maison et monta l'escalier à grands pas lourds et furieux, sans même se donner la peine d'essuyer ses chaussettes boueuses sur le paillasson. Les yeux pleins de larmes brûlantes, elle ouvrit la porte de sa chambre à la volée. Pourquoi était-elle surprise que sa mère prenne le parti de la police ? Pourquoi s'était-elle attendue à une réaction différente de sa part ?

— Spence ?

Melissa passa la tête dans la chambre de sa cadette. Elle

portait un twin-set en cachemire jaune pâle et un jean bootcut foncé. Ses cheveux étaient retenus par un ruban de velours. Elle avait les yeux rouges et gonflés, comme si elle avait pleuré.

— Va-t'en, marmonna Spencer.

Melissa soupira.

— Je voulais juste te dire que tu peux utiliser mon vieux portable si tu veux. Il est dans la grange. J'ai un nouvel ordinateur en ville. Je vais m'installer là-bas ce soir.

Spencer pivota légèrement, les sourcils froncés.

— Les rénovations sont terminées ?

Les travaux dans la maison de ville de Melissa semblaient ne jamais devoir se terminer, la jeune fille ne cessant d'apporter des modifications aux plans originaux.

Melissa fixa le tapis berbère crème qui recouvrait le sol de la chambre de Spencer.

— Il faut que je fiche le camp d'ici.

Sa voix se brisa.

— Tout va bien ? demanda Spencer.

Melissa tira ses manches sur ses mains.

— Oui, oui. Ça va.

Spencer se dandina. Elle avait tenté de parler à sa sœur du corps de Ian le dimanche, pendant l'enterrement de Nana, mais Melissa n'avait pas voulu l'écouter. Elle devait pourtant penser à toute cette affaire. Quand Ian avait été libéré de prison et assigné à résidence, elle avait compati à son sort, et même tenté de convaincre Spencer qu'il était innocent. Comme la police, elle pensait peut-être que le corps du jeune homme ne s'était jamais trouvé dans les bois. Ça lui ressemblerait bien de croire les flics plutôt que sa propre sœur, tout ça parce qu'elle refusait d'imaginer que son bien-aimé puisse être mort.

— Je te jure que ça va, insista Melissa comme si elle

pouvait lire dans les pensées de Spencer. Simplement, je ne veux pas rester là au milieu des journalistes et des enquêteurs.

— Mais la police a arrêté les recherches, l'informa sa sœur. Ils viennent juste de l'annoncer.

Une expression surprise passa sur le visage de Melissa. Puis la jeune fille haussa les épaules et se détourna sans répondre. Spencer l'écouta redescendre l'escalier.

La porte d'entrée claqua, et Spencer entendit Mme Hastings murmurer gentiment quelque chose à Melissa dans le hall. Melissa, sa vraie fille. Spencer frémit, saisit ses livres de classe et enfila son manteau et ses bottes.

Elle sortit par la porte de derrière et se dirigea vers la grange. Comme elle traversait le jardin, elle remarqua quelque chose sur sa gauche et s'arrêta. Quelqu'un avait bombé MENTEUSE sur le moulin, avec le même rouge vif que sur la porte du garage. Un peu de peinture coulait du bas d'une des jambes du M jusque dans l'herbe sèche. On aurait dit que l'inscription saignait.

Par-dessus son épaule, Spencer jeta un coup d'œil vers la maison, réfléchit, puis serra ses livres contre sa poitrine et poursuivit son chemin. Ses parents le verraient bien assez tôt. Elle ne tenait pas à leur annoncer personnellement la nouvelle.

Melissa avait quitté la grange précipitamment. Il restait une bouteille de vin à moitié pleine sur le comptoir de la cuisine, et un verre à eau sale que cette maniaque aurait dû rincer immédiatement après l'avoir vidé. Beaucoup de ses vêtements se trouvaient encore dans la penderie, et un gros bouquin intitulé *Principes de Fusions-Acquisitions* reposait sur le lit, un marque-page de l'université de Pennsylvanie marquant l'endroit où sa propriétaire avait interrompu sa lecture.

Spencer hissa son cabas Mulberry crème sur le canapé de cuir brun, sortit de la poche de devant la copie du disque dur de son père, s'assit au bureau de Melissa et glissa le CD dans le lecteur de l'ordinateur portable de sa sœur.

Les fichiers mirent un certain temps à charger. En attendant, Spencer consulta sa boîte mail. Le dernier message qu'elle avait reçu provenait d'Olivia Caldwell – sa mère potentielle. Portant une main à sa bouche, elle l'ouvrit. Il contenait un lien vers un billet prépayé : une place à bord de l'Acela, le train express qui assurait la liaison avec New York.

Spencer, je suis si contente que tu aies accepté de me rencontrer! disait le message. *Tu peux venir à New York demain soir? Nous avons tant de choses à nous dire! Je t'embrasse très fort, Olivia.*

Par la fenêtre de la grange, Spencer jeta un coup d'œil à la maison de ses parents. Elle ne savait pas quoi faire. Les lumières de la cuisine étaient toujours allumées. Sa mère refermait le frigo et revenait vers la table en disant quelque chose à Melissa. Tout énervement envolé, elle adressait un sourire réconfortant à sa fille aînée. Depuis combien de temps n'avait-elle pas souri ainsi à Spencer?

Des larmes montèrent aux yeux de la jeune fille. Depuis toujours, elle se donnait un mal de chien pour faire plaisir à ses parents. Et pour quel résultat? Elle reporta son attention sur l'ordinateur. L'Acela partait à 16 heures le lendemain.

C'est super, répondit-elle. *Alors, à demain.* Et elle appuya sur « Envoi ».

Presque aussitôt, un petit « blip » résonna dans la pièce. Spencer referma sa boîte mail et vérifia si le CD avait fini de charger, mais le programme tournait toujours. Puis elle remarqua la petite fenêtre de la messagerie instantanée qui clignotait. IM avait dû se connecter automatiquement quand Spencer avait allumé le portable de sa sœur.

Salut Mel. Tu es là ? demandait son correspondant.

Spencer s'apprêtait à taper : *Désolée, ce n'est pas Melissa*, quand un second message apparut à l'écran.

C'est moi, Ian.

Son estomac se révulsa. *Ben voyons.* L'auteur de ce canular avait un sens de l'humour plutôt douteux.

Il y eut un nouveau « blip ».

Tu es là ?

Spencer scruta le pseudo qui lui était inconnu. MilieudeterrainUSCroxx. Ian jouait milieu de terrain au foot, et il était allé à l'université de Californie du Sud. Mais ça ne signifiait rien, pas vrai ?

D'autres « blip » se succédèrent rapidement.

Je suis désolé d'avoir disparu sans te prévenir. Mais ils me détestent, tu le sais. Ils ont découvert que je savais. C'est pour ça que j'ai dû m'enfuir.

Les mains de Spencer se mirent à trembler. Quelqu'un jouait avec elle, comme il avait joué avec les parents de Ian. Ian ne s'était pas enfui : il était mort. Mais pourquoi ne restait-il aucune trace de lui dans les bois ? Pourquoi les flics n'avaient-ils rien trouvé ?

Les doigts de Spencer volèrent sur le clavier.

Prouve-moi que c'est bien toi, tapa-t-elle sans se donner la peine d'expliquer qu'elle n'était pas Melissa.

Elle ferma les yeux, tentant de penser à quelque chose de personnel sur Ian, quelque chose que Melissa et elle savaient, mais qui ne figurait pas dans le journal d'Ali. La presse avait diffusé tout le contenu de celui-ci. N'importe qui pouvait avoir lu qu'Ali et Ian étaient sortis ensemble après un match de foot l'automne où l'adolescente était en

5ᵉ, que Ian avait pris de la Ritaline fournie par un copain pour tenir le coup pendant qu'il révisait pour ses cours, et qu'il doutait d'avoir mérité son titre de « Meilleur Joueur de l'Équipe de Football Senior de l'Externat de Rosewood » – selon lui, Jason DiLaurentis était beaucoup plus doué que lui. La personne qui se faisait passer pour Ian savait forcément tout cela. Spencer devait trouver un détail plus personnel.

Soudain, une idée lui vint à l'esprit. Une information que même Ali ne devait pas connaître.

Quel est ton deuxième prénom ? tapa-t-elle.

Il y eut une pause. Spencer se radossa à sa chaise et attendit. Quand Melissa était en terminale, elle s'était soûlée le jour de Noël et avait raconté une anecdote selon laquelle les parents de Ian voulaient une fille. Mme Thomas ayant accouché d'un garçon, son mari et elle avaient décidé de lui donner, comme deuxième prénom, celui par lequel ils l'auraient appelé s'il avait été une fille. Ian ne l'utilisait jamais, au grand jamais. Dans les anciens livres de l'année que Spencer avait feuilletés du temps où elle dirigeait le comité de rédaction, il ne mentionnait même pas son initiale.

Il y eut un nouveau « blip ».

Elizabeth.

Spencer cligna des yeux. C'était impossible.

Dans la maison principale, la lumière de la cuisine s'éteignit, plongeant le jardin dans l'obscurité. Une voiture longea l'impasse, ses pneus chuintant sur le bitume mouillé. Puis Spencer se mit à entendre des bruits. Un soupir. Un grognement. Un gloussement. Elle se leva d'un bond et pressa son front contre l'épaisse vitre froide. Le porche était désert. Aucune ombre près de la piscine, ni près du Jacuzzi et pas non plus vers la terrasse. Personne ne contournait le moulin sur la pointe des pieds, même si l'inscription MENTEUSE semblait briller dans le noir.

Le Sidekick de Spencer vibra. La jeune fille sursauta, le cœur battant la chamade. Elle jeta un coup d'œil à l'écran d'ordinateur. Ian s'était déconnecté de la messagerie instantanée.

« 1 nouveau texto ». D'un doigt tremblant, Spencer appuya sur le bouton « Lecture ».

Chère Spence, quand je t'ai dit que Ian devait disparaître, ça ne signifiait pas qu'il devait mourir. Mais il y a quelque chose de vraiment louche dans cette affaire... et c'est à toi de découvrir quoi. Alors, tu ferais bien de te mettre au boulot si tu ne veux pas être la prochaine « disparue » sur la liste. Bye-bye !

— A

10

Quelque chose de louche, en effet

Le lendemain matin, Emily noua soigneusement les cordons de la capuche de son anorak bleu clair et traversa en courant le bitume gelé pour rejoindre les balançoires de l'école élémentaire de l'Externat, où elle avait l'habitude de retrouver ses amies.

Pour la première fois de la semaine, il n'y avait pas une seule camionnette de presse dans la longue allée. Puisque tout le monde croyait désormais qu'Emily et les autres avaient menti au sujet du corps de Ian, les journalistes n'avaient plus de raison d'interviewer les élèves.

De l'autre côté de la cour, Aria et Hanna se pressaient autour de Spencer, contemplant une feuille et le Sidekick de la jeune fille. La veille au soir, celle-ci avait appelé Emily pour lui dire que Ian venait de la contacter par MI et que « A » lui avait envoyé un texto. Après ça, Emily n'avait pas réussi à fermer l'œil. Ainsi, « A » était de retour... Et Ian n'était peut-être pas mort.

Quelque chose lui heurta l'épaule avec force, et la jeune fille fit volte-face, la gorge nouée. Mais ce n'était qu'un garçon de l'école élémentaire qui venait de la bousculer en courant vers le terrain de foot. Emily s'agrippa les mains pour les empêcher de trembler, comme elles l'avaient fait toute la matinée.

— Comment Ian a-t-il pu feindre sa propre mort? bredouilla la jeune fille en rejoignant ses amies. Nous l'avons toutes vu. Il était bleu!

Emmitouflée dans un manteau de laine blanche et une écharpe de fausse fourrure, Hanna haussa les épaules. La seule couleur dans son visage livide était le rouge qui bordait ses yeux. Elle non plus ne devait pas avoir dormi beaucoup la nuit dernière.

Aria portait un blouson en cuir gris assez fin et des mitaines vertes. Elle secoua la tête et resta muette. Exceptionnellement, elle n'avait pas pris le temps de se maquiller. Même Spencer, toujours tirée à quatre épingles, s'était contentée de relever ses cheveux gras en une queue-de-cheval approximative.

— Ça colle, balbutia-t-elle. Ian a fait semblant d'être mort, et il nous a appelées dans les bois parce qu'il savait que nous irions en parler à la police.

Aria se laissa tomber sur une des balançoires.

— Mais pourquoi ne s'est-il pas contenté de s'enfuir? Pourquoi monter ce petit numéro?

— Quand les flics ont découvert qu'il avait disparu, ils ont immédiatement lancé les recherches, expliqua Spencer. Mais après notre déclaration, ils ont concentré tous leurs efforts sur les bois. Nous les avons distraits pendant quelques jours – assez longtemps pour que Ian puisse ficher le camp d'ici. Nous avons sans doute fait exactement ce qu'il attendait de nous.

Elle leva les yeux vers les nuages avec une expression d'impuissance.

Hanna posa une main sur sa hanche gauche.

— À votre avis, que vient faire « A » dans tout ça ? C'est lui qui nous a attirées dans les bois pour qu'on voie Ian. De toute évidence, ils sont de mèche.

— Ce texto ne laisse planer aucun doute là-dessus, dit Spencer en brandissant son Sidekick sous le nez de ses amies.

Emily relut les deux premières lignes. *Quand je t'ai dit que Ian devait disparaître, ça ne signifiait pas qu'il devait mourir. Mais il y a quelque chose de vraiment louche dans cette affaire... et c'est à toi de découvrir quoi.*

Elle se mordit la lèvre, puis jeta un coup d'œil au toboggan en forme de dragon derrière elle. Quand elle était petite, si quelqu'un ou quelque chose l'avait effrayée, elle venait se cacher dans la tête du dragon jusqu'à ce qu'elle se sente mieux. Et là, elle éprouvait un besoin irrésistible de s'y réfugier de nouveau.

— Il semble que « A » ait aidé Ian à s'échapper, poursuivit Spencer. Ils travaillaient ensemble : quand Ian est venu me parler chez moi la semaine dernière, « A » a menacé de me faire du mal si je caftais aux flics. Évidemment, si je l'avais fait, ils auraient remis Ian en prison, et il n'aurait pas pu s'enfuir.

— « A » voulait toutes nous contraindre au silence, intervint Emily. Tous les messages qu'il m'a envoyés disaient que si je ne révélais pas son secret, il ne révélerait pas les miens.

Hanna leva les yeux vers Emily et eut un sourire amusé.

— « A » connaît des secrets sur toi ?

Emily haussa les épaules. Pendant un moment, « A » l'avait tourmentée à cause des choses sur sa sexualité qu'elle avait dissimulées à Isaac.

— Plus maintenant, répondit-elle.

— Et si « A », c'était Ian ? suggéra Aria. Ça expliquerait beaucoup de choses.

Emily secoua la tête.

— Les textos ne venaient pas de Ian. Les flics ont vérifié son portable.

— Ça ne prouve rien, répliqua Hanna. Il aurait pu les faire envoyer par quelqu'un d'autre. S'acheter un autre téléphone réservé à cet usage, ou se faire ouvrir une deuxième ligne sous un faux nom.

Emily porta un index à ses lèvres. Elle n'avait pas pensé à ça.

— Et tous les tours qu'il nous a joués la nuit où nous avons soi-disant découvert son cadavre sont faciles à réaliser quand on sait se servir d'un ordinateur, poursuivit Hanna. Il a dû trouver un moyen de programmer un envoi de texto de façon à ce qu'on les reçoive au moment où on découvrirait son corps. Vous vous souvenez que Mona s'était envoyé un faux e-mail de « A » pour détourner les soupçons qui pesaient sur elle ? Ça ne doit pas être si difficile.

Spencer baissa la tête vers la feuille qu'elle tenait à la main. C'était une copie de sa conversation sur la messagerie instantanée avec Ian.

— Regardez ça, dit-elle en pointant du doigt ces quelques lignes : *Ils me détestent, tu le sais. Ils ont découvert que je savais. C'est pour ça que j'ai dû m'enfuir.* Ian s'est déconnecté avant que je puisse lui demander de qui il parlait. Mais… Et si cette affaire allait beaucoup plus loin que son évasion ? Si Ian avait vraiment découvert un truc énorme au sujet du meurtre d'Ali ? Il pensait peut-être que s'il révélait ce qu'il savait pendant son procès, quelqu'un le ferait taire… définitivement. En feignant d'être mort, il se débarrassait non seulement des flics, mais aussi de la personne qui lui voulait du mal.

Aria cessa de se balancer.

— Vous croyez que cette personne risque de s'en prendre à nous si elle pense qu'on en sait trop ?

— On dirait bien, acquiesça Spencer. Mais il y a autre chose. (Elle désigna une ligne de texte au bas de la feuille : l'adresse IP de l'ordinateur depuis lequel les messages instantanés avaient été envoyés.) Apparemment, Ian m'a contactée depuis Rosewood.

— Rosewood ? glapit Aria. Tu veux dire qu'il est toujours ici ?

Hanna blêmit un peu plus encore.

— Pourquoi serait-il resté au lieu de partir le plus loin possible ?

— Il n'en a peut-être pas terminé avec nous. Il veut peut-être se venger parce qu'on l'a envoyé en prison, suggéra Aria.

Emily entendit un croassement derrière elle et sursauta. Un corbeau tournoyait lentement au-dessus du terrain de jeux. Quand la jeune fille reporta son attention sur ses amies, toutes avaient les yeux écarquillés et les mâchoires crispées.

— Aria a raison, dit Hanna, reprenant la conversation là où elle avait été interrompue. Si Ian est vivant, nous ignorons ce qu'il mijote. Il se peut qu'il soit toujours à nos trousses. Et qu'il soit coupable quand même.

— Je ne crois pas, protesta Spencer.

Emily se tourna vers elle, perplexe.

— Mais c'est toi qui as dit à la police qu'il avait assassiné Ali ! Tu te souviens bien de l'avoir vu avec elle la nuit de sa mort, n'est-ce pas ?

Spencer fourra les mains dans les poches de son manteau.

— Je ne sais pas si ce sont des souvenirs réels ou... ou juste ce que j'avais envie de croire.

L'estomac d'Emily la brûlait. Elle n'arrivait plus à distinguer le vrai du faux.

Elle regarda de l'autre côté de la cour. Un groupe d'élèves se dirigeait vers le bâtiment des 6ᵉ. D'autres longeaient les fenêtres des salles de classe en direction du placard à manteaux. Emily avait oublié que les 6ᵉ n'avaient pas de casiers fermés à clé et qu'ils devaient mettre leurs affaires dans des cubes, au fond de cette pièce minuscule qui empestait les odeurs de nourriture émanant des boîtes à déjeuner.

— Quand Ian est venu chez moi pour me parler, il m'a dit que nous nous trompions, qu'il n'avait pas tué Ali, poursuivit Spencer. Que jamais il n'aurait touché à un seul de ses cheveux. Ali et lui avaient toujours flirté ensemble, mais c'était elle qui avait voulu aller plus loin. Un moment, il a pensé qu'elle faisait ça pour mettre quelqu'un en colère. J'ai d'abord cru qu'il parlait de moi, parce que j'avais plus ou moins le béguin pour lui à l'époque. Mais il n'a pas eu l'air convaincu par cette théorie. Et la nuit où Ali est morte, il a vu deux personnes blondes dans les bois – Ali et quelqu'un d'autre. Là encore, j'ai cru qu'il s'agissait de moi. Mais il a dit que non, pas forcément.

Emily soupira, frustrée.

— Une fois de plus, on se fie à la parole de Ian.

— C'est vrai, Spence. (Hanna plissa le nez.) Ian a tué Ali. Puis il nous a dupées. On devrait montrer cette conversation à Wilden et le laisser s'en occuper.

Spencer ricana.

— Wilden ? Il a convaincu tout Rosewood que nous étions cinglées. Même si, par miracle, il nous croyait, il serait bien le seul dans tout le département de police.

— Et les parents de Ian ? suggéra Emily. Ils ont reçu un message de leur fils, eux aussi. Ils nous croiraient sûrement.

Spencer désigna la dernière ligne de la feuille.

— Oui, mais à quoi cela servirait-il ? Ils auraient une preuve supplémentaire que leur fils est bien en vie, mais ils risqueraient de dire aux flics que ses messages venaient de

Rosewood. Alors, la police retrouverait Ian et le renverrait en prison.

— Ce qui serait une bonne chose, lui rappela Emily.

Spencer lui jeta un regard impuissant.

— Et si c'était un test? Supposez qu'on en parle à la police ou à ses parents et... qu'il arrive quelque chose à l'une d'entre nous? Ou à Melissa? Après tout, c'est à elle que Ian croyait parler. (Elle frotta ses mains gantées l'une contre l'autre.) Je ne m'entends pas avec ma sœur, mais je ne veux pas la mettre en danger.

Aria se leva de la balançoire, saisit le Sidekick de Spencer et relut le message de « A ».

— Il dit que c'est à nous d'élucider cette affaire si on ne veut pas être les prochaines sur la liste.

— Donc? demanda Emily, en enfonçant le bout de sa botte dans un tas de neige.

— Donc nous devons démasquer le véritable assassin d'Ali, si on ne veut pas qu'il nous arrive quoi que ce soit, reformula Aria sur un ton désinvolte.

— Tu crois que l'assassin fait partie des gens dont Ian parle dans ses messages? demanda Spencer. Ceux qui le détestent et qui ont découvert qu'il savait?

— Qui pouvait bien détester Ian avant son arrestation? (Emily se gratta la tête.) Tout le monde à Rosewood l'adorait.

Hanna ricana.

— Moi, je ne me sens vraiment pas d'humeur à jouer les Veronica Mars. (Elle ouvrit la fermeture Éclair de son sac, sortit un iPhone d'une poche intérieure et l'alluma.) Le meilleur moyen de vous débarrasser de « A », c'est de prendre un nouvel abonnement téléphonique et de vous mettre sur liste rouge, comme je l'ai fait. Et hop, le tour est joué!

Elle se mit à taper sur le clavier de son iPhone.

Emily échangea un regard découragé avec les autres.

— « A » nous a déjà contactées par d'autres moyens, Hanna.

Hanna écarta une mèche qui lui tombait devant les yeux et continua à taper.

— Pas ce « A »-là.

— Ce qui ne signifie pas qu'il ne le fera jamais, dit fermement Spencer.

Hanna pinça les lèvres, l'air agacée.

— Si Ian est vraiment « A », nous n'avons pas à nous inquiéter. Parce qu'il n'a aucun moyen de découvrir mon nouveau numéro.

Emily fixa son amie en se demandant comment elle pouvait être aussi sûre d'elle... surtout si Ian se trouvait encore bel et bien à Rosewood.

— Alors, on cherche ou pas? demanda Aria au bout d'un moment.

Les filles échangèrent un regard. Emily ne voyait même pas comment s'y prendre pour retrouver le véritable assassin d'Ali. Elles n'étaient pas enquêteuses; elles n'avaient aucune expérience en la matière. D'un autre côté, elle comprenait pourquoi elles ne pouvaient pas s'adresser à la police : après le scandale du « corps disparu », les flics leur riraient au nez et leur ordonneraient de ne plus leur faire perdre leur temps.

Elle regarda de l'autre côté de la cour. D'autres filles de 6e se dirigeaient vers leurs salles de classe. Quelques-unes d'entre elles se regroupèrent devant la porte du bâtiment, parlant sur un ton aigu.

— Je vais trouver un morceau, affirma une petite brune qui avait des barrettes à paillettes dans les cheveux.

— Tu parles, ricana sa copine, une Asiatique menue

avec une longue queue-de-cheval. Tu ne réussiras jamais à comprendre les indices.

Emily plissa les yeux. Une affichette était collée sur la porte. CAPSULE TEMPORELLE : C'EST PARTI ! AVEZ-VOUS COMMENCÉ À CHERCHER ?

— Vous vous souvenez combien nous étions excitées la première année où nous avons pu participer au jeu de la Capsule temporelle ? murmura Hanna, qui regardait les filles elle aussi.

Aria désigna les garages à vélos près de l'entrée du bâtiment.

— C'est là qu'Ali a annoncé qu'elle savait où se trouvait l'un des morceaux du drapeau.

— C'était tellement agaçant, grogna Spencer. (Elle grimaça.) Elle a triché – Jason lui a dit où il était. Elle n'a même pas eu besoin de résoudre les énigmes. C'est pour ça que je voulais lui piquer son morceau. Je pensais qu'elle ne le méritait pas.

— Sauf que tu n'as pas réussi à le lui voler, dit Hanna d'une voix chantante. Parce que quelqu'un t'a prise de vitesse. Et nous ne saurons jamais qui.

Aria toussa bruyamment, recrachant l'eau qu'elle était en train de boire au goulot d'une bouteille en plastique. Les autres se tournèrent vers elle.

— Ça va, ça va, les rassura-t-elle en s'étranglant à moitié.

La cloche du lycée sonna, et les filles se séparèrent. Spencer dit à peine au revoir aux autres avant de s'éloigner rapidement. Hanna resta sur place, continuant à pianoter sur son iPhone. Emily et Aria partirent ensemble.

L'espace d'un moment, il n'y eut plus que le bruit de leurs chaussures faisant crisser la croûte de neige gelée dans la cour. Emily se demanda si Aria pensait à la même chose qu'elle. Se pouvait-il que Ian dise la vérité, et que quelqu'un d'autre ait tué Ali ?

— Tu ne devineras jamais sur qui je suis tombée hier, lança soudain Aria. Jason DiLaurentis !

Emily s'arrêta net. Son cœur cognait très fort dans sa poitrine.

— Où ça ?

Aria resserra nonchalamment le nœud de son écharpe.

— J'ai séché les cours. Jason était à la gare ; il attendait le train pour Philadelphie.

Une rafale de vent se leva, s'introduisant dans le col du pull d'Emily.

— Moi aussi, j'ai vu Jason l'autre jour, marmonna-t-elle. Je me suis garée derrière lui, et il m'a accusée d'avoir abîmé sa carrosserie. Il était drôlement furieux.

Aria lui jeta un regard en biais.

— Comment ça ?

Emily tritura le forfait de ski encore pendu à la tirette de son anorak. Elle soupçonnait Aria d'avoir eu le béguin pour Jason à l'époque, et elle détestait dire du mal des gens. Mais d'un autre côté, Aria avait le droit de savoir.

— Il m'a hurlé dessus un bon moment. Et puis il s'est jeté sur moi comme s'il allait me frapper.

— Tu avais esquinté sa voiture, ou pas ?

— Même si c'était le cas, le coup se voyait à peine. Il n'y avait vraiment pas de quoi péter les plombs.

Aria fourra les mains dans ses poches.

— Jason doit avoir les nerfs à vif en ce moment. Je ne peux même pas imaginer ce qu'il ressent.

— C'est aussi ce que je me suis dit, mais... (Emily n'acheva pas sa phrase. Elle dévisagea Aria avec inquiétude.) Sois prudente, d'accord ? Souviens-toi de ce que t'a dit Jenna. Ali avait des problèmes avec son frère, elle aussi. Jason abusait peut-être d'elle comme Toby abusait de Jenna.

— Rien ne prouve que ce soit vrai, aboya Aria, dont les yeux s'assombrirent. Ali voulait découvrir le secret de Jenna. Elle lui aurait raconté n'importe quoi pour la faire parler. Jason a toujours été adorable avec elle.

Emily détourna les yeux, regardant sans la voir la hampe du drapeau plantée à l'autre bout de la cour. Elle n'en était pas si sûre. Elle se souvenait des cris qu'elle avait entendus à l'intérieur de la maison des DiLaurentis le jour où elle et les autres s'étaient faufilées dans leur jardin pour voler le morceau de drapeau d'Ali. Quelqu'un avait imité la voix de l'adolescente. Puis il y avait eu un choc et un bruit de verre brisé. Un instant plus tard, Jason était sorti en trombe, l'air furieux.

En fait, maintenant qu'elle y réfléchissait, la toute première fois qu'Emily avait vu Ali, Jason était en train de la taquiner. C'était quelques jours avant le début de leur année de CE2. Emily et sa mère étaient à l'épicerie, où elles achetaient des petites bouteilles de jus de fruits et des minisachets de Doritos pour ses déjeuners à emporter. Une jolie fillette blonde de l'âge d'Emily les avait croisées et s'était engagée en gambadant dans l'allée des céréales. Elle avait quelque chose de fascinant, sans doute parce qu'elle était tout ce que la très banale et très introvertie Emily ne serait jamais.

Elles avaient revu la fillette au rayon des surgelés, scrutant le contenu de toutes les armoires réfrigérées pour choisir ce qu'elle voulait. Sa mère traînait un peu en arrière avec un Caddie ; un garçon d'environ quatorze ans la suivait, les yeux rivés sur sa Game Boy.

— Maman, on peut acheter des gâteaux ? avait crié la fillette en ouvrant la porte d'un congélateur avec un grand sourire qui avait révélé une dent de lait manquante.

Le garçon avait levé les yeux au ciel.

— Maman, on peut acheter des gâteaux ? l'avait-il imitée méchamment.

La fillette s'était flétrie comme une fleur. Sa lèvre inférieure s'était mise à trembler, et elle avait refermé le congélateur d'un air découragé. Sa mère avait agrippé le bras du garçon.

— Tu sais que tu ne dois pas faire ça.

Les épaules de l'adolescent s'étaient affaissées, mais Emily avait trouvé la réprimande bien méritée. Il avait cassé l'enthousiasme enfantin de la fillette, sans raison, par pure méchanceté, ou idiotie.

Quelques jours plus tard, à la rentrée des classes, Emily avait appris que la fillette de l'épicerie s'appelait Alison DiLaurentis. Elle était nouvelle à l'Externat de Rosewood, mais si jolie et si gaie que tous ses camarades voulaient s'asseoir à côté d'elle pendant les cours. C'était difficile d'imaginer qu'elle puisse se laisser abattre par quoi que ce soit.

Emily donna un coup de pied dans un tas de neige gelée sur le bord du trottoir, se demandant si elle devrait, ou non, raconter ça à Aria. Mais avant qu'elle puisse se décider, son amie marmonna un au revoir sans chaleur et se dirigea d'un pas vif vers le bâtiment de sciences, les pompons de son bonnet dansant le long de sa nuque.

Avec un gros soupir, Emily grimpa les marches qui conduisaient à son casier. Elle fit un écart pour éviter un groupe de garçons plus jeunes – des membres de l'équipe de lutte de l'Externat – qui dévalaient l'escalier. Certes, elle avait appris à ses dépens qu'Ali avait un don pour manipuler les gens afin de leur soutirer leurs secrets. Et certes, elle admettait que son amie pouvait être cruelle. Combien de fois s'était-elle moquée d'elle en public à propos de la fois où Emily l'avait embrassée dans la cabane ? Mais Jenna n'était pas populaire ; elle n'était pas l'amie d'Ali, et elle ne possédait rien qu'Ali puisse envier. Et si méchante qu'ait pu être Ali, il y avait souvent un brin de vérité dans ce qu'elle disait.

Emily s'arrêta devant son casier. Tandis qu'elle suspendait son manteau, elle entendit un ricanement derrière elle. Elle fit volte-face, scrutant le flot d'élèves qui se dirigeaient vers la salle d'assemblée. Une silhouette familière se détacha de la masse. C'était justement Jenna Cavanaugh. Elle se tenait devant la porte du laboratoire de chimie n° 2, accompagnée de son chien d'aveugle. La peau d'Emily la picota. C'était comme si elle venait de la faire apparaître rien qu'en pensant à elle.

Une ombre remua derrière la jeune fille, et l'ex-petite amie d'Emily, Maya Saint-Germain, surgit sur le seuil du laboratoire. Emily lui avait à peine parlé depuis que cette dernière l'avait surprise en train d'embrasser une autre fille. Elle s'appelait Trista et Emily l'avait rencontrée au cours d'un séjour forcé chez son oncle et sa tante dans l'Iowa. À en juger la façon dont Maya blêmit à sa vue, elle n'avait pas encore pardonné à Emily.

Maya chuchota quelque chose à l'oreille de Jenna avant de reporter son attention sur Emily à travers le hall où régnait une grande agitation. Un sourire méchant retroussa le coin de ses lèvres. Les grosses lunettes de soleil Gucci de Jenna dissimulaient ses yeux, mais ses traits étaient tirés et, contrairement à Maya, elle ne souriait pas.

Claquant la porte de son casier, Emily s'éloigna précipitamment sans même prendre les livres dont elle avait besoin pour ses cours de la matinée. Quand elle jeta un coup d'œil par-dessus son épaule, Maya agitait la main dans sa direction. « Bye », articula-t-elle, les yeux pétillants, sachant pertinemment à quel point elle mettait Emily mal à l'aise.

11

ℒE BÉBÉ LE PLUS GÂTÉ DE ROSEWOOD

Le mercredi après-midi, Aria se tenait dans l'entrée de la nouvelle maison que Byron et Meredith venaient d'acheter. Elle devait reconnaître que l'endroit était charmant : un vieux bungalow de style Craftsman situé à l'angle d'une rue isolée, avec un plancher en bois de noyer, des appliques et des lustres en cuivre jaune et, comme promis par Meredith, une chambre sous les toits avec une lumière parfaite pour peindre.

Le seul hic, c'est que depuis la fenêtre de cette chambre, Aria pouvait voir la girouette plantée sur le toit de la maison des Thomas, ainsi que les bois aux arbres dénudés où ses amis et elle avaient découvert le pseudo-cadavre de Ian. Les véhicules de police avaient quitté les lieux, mais les enquêteurs avaient laissé des tas d'empreintes de bottes dans la boue.

À présent qu'elle savait que Ian était probablement toujours en vie – et probablement toujours à Rosewood –, Aria ne pouvait pas regarder dans cette direction sans être prise de nausée. Et un peu plus tôt, alors qu'elle se tenait sous le porche avec Meredith qui ouvrait la porte d'entrée, elle aurait juré avoir aperçu quelqu'un plonger derrière une maison au bout de l'impasse. Mais quand elle avait reculé pour mieux voir, elle n'avait distingué personne.

Byron avait envoyé des déménageurs chez Ella le matin même pour prendre des affaires dans la chambre d'Aria. La veille au soir, la jeune fille avait fini par appeler sa mère pour lui annoncer qu'elle allait s'installer chez son père quelque temps, afin d'apprendre à mieux connaître Meredith. Ella avait hésité, pensant sans doute à la fois où Aria avait peint un A (comme « adultère ») sur les vêtements de Meredith ; puis elle avait demandé à sa fille si quelque chose la perturbait.

— Bien sûr que non ! s'était très vite récriée Aria.

Ella avait alors répondu qu'elle aurait aimé qu'Aria reste chez elle. Pouvait-elle faire quoi que ce soit pour la rendre plus heureuse ? *Ouais, tu pourrais virer Xavier*, avait pensé Aria. Évidemment, elle avait gardé ça pour elle.

Au final, elle avait fait marche arrière, promettant à sa mère de laisser une partie de ses affaires dans sa chambre et de partager son temps entre le domicile de ses deux parents. Elle ne voulait pas qu'Ella pense qu'elle l'abandonnait. Et puis, ça ne serait pas si difficile d'éviter Xavier. Elle irait chez sa mère les jours où elle serait certaine de ne pas le croiser – par exemple, quand il était en déplacement dans une autre ville pour une exposition.

Les déménageurs avaient laissé les cartons les plus légers dans l'entrée ; Aria était occupée à les monter dans sa chambre. Comme elle se penchait pour en saisir un marqué « Fragile », Meredith glissa une enveloppe blanche dans la poche arrière de son jean skinny.

— Tu as du courrier, chantonna-t-elle avant de s'éloigner, un plumeau à la main.

Aria attrapa l'enveloppe. Son nom et sa nouvelle adresse étaient imprimés sur une étiquette verte. Pensant à ce qu'Emily avait dit à Hanna un peu plus tôt, la jeune fille frissonna. *« A » nous a déjà contactées par d'autres moyens.* Elle n'était pas prête à recevoir une autre série de messages.

Mais dans l'enveloppe, elle trouva deux cartons d'invitation orange pour une soirée dans un hôtel qui s'apprêtait à ouvrir, le Radley. Un Post-It était collé dessus.

Aria, tu me manques déjà! Quand reviendras-tu nous voir? Bref. Ils ont choisi un de mes tableaux pour l'accrocher dans leur hall d'entrée! Voici deux invitations pour l'inauguration. Retrouve-nous là-bas, Xavier et moi! Bisous, Ella.

Aria remit les cartons dans l'enveloppe, le cœur serré. Éviter Xavier allait peut-être s'avérer plus difficile qu'elle ne l'aurait cru.

La jeune fille monta l'escalier et, baissant la tête, entra dans sa petite chambre douillette. C'était la chambre dont elle avait toujours rêvé, avec un vasistas au-dessus du lit, une banquette confortable près de la fenêtre et un parquet en bois très légèrement incliné, de sorte que si elle posait un crayon par terre à un bout de la pièce, il roulerait lentement jusqu'à l'autre. Les cartons contenant ses affaires s'empilaient jusqu'au plafond, et ses marionnettes en peluche s'étalaient sur le lit que ses parents lui avaient acheté dans un entrepôt, au Danemark. Elle avait pendu la plupart de ses vêtements dans une vieille armoire que Byron avait dénichée sur Craiglist, et fourré ses sous-vêtements dans le tiroir du bas.

Elle devait encore trouver une place à ses pelotes de laine, ses couvertures de rechange, ses chaussures trop petites et ses jeux de société. Mais elle ne se sentait pas d'humeur pour le moment. Tout ce qu'elle voulait faire, c'était se laisser tomber sur son lit et réfléchir à sa rencontre de la veille avec Jason DiLaurentis. Avait-il flirté avec elle? Et pourquoi ce brusque revirement d'attitude ? À cause des informations télévisées ?

Aria se demanda si Jason avait encore des amis dans le coin. Au lycée, il passait beaucoup de temps seul à écouter de la musique, à lire ou à ruminer. Ali avait disparu le dernier jour de son année de terminale, et Aria l'avait à peine vu depuis. À la fin de l'été, il était parti pour Yale, et elle ne savait pas s'il était rentré chez lui pour les vacances par la suite.

Comment gérait-il tout le tapage médiatique autour de sa sœur ? Avait-il seulement quelqu'un à qui en parler ? Aria repensa à ce qu'Emily lui avait dit près des balançoires le matin : que Jason lui avait hurlé dessus parce qu'elle avait abîmé sa voiture. Emily avait paru inquiète, mais Aria n'imaginait même pas de quoi elle serait capable si quelqu'un assassinait Mike. Elle aussi, elle péterait probablement les plombs pour un petit coup sur son pare-chocs.

Son regard se posa sur une boîte à chaussures Puma qui traînait par terre. « Vieilles fiches de lecture », indiquait l'étiquette. Aria prit une grande inspiration. La boîte était cabossée, les lettres à moitié effacées sur les côtés. La dernière fois que la jeune fille l'avait ouverte, c'était le fameux samedi où elle et les autres filles s'étaient glissées dans le jardin des DiLaurentis pour voler le morceau de drapeau d'Ali.

Aria avait longtemps réprimé le souvenir de ce qui s'était passé ce jour-là, mais à présent qu'elle s'autorisait à y penser, tous les détails lui revenaient, limpides comme du cristal. Elle revoyait Ali tourner les talons et rentrer chez elle, laissant une légère odeur de vanille dans son sillage. Elle se revoyait traverser les bois au sol encore humide de la pluie qui était tombée quelques jours plus tôt. Elle se rappelait des feuilles vertes, épaisses et denses, qui fournissaient bien assez d'ombre pour la protéger contre le soleil de cette fin d'après-midi. Les bois sentaient la sève de pin et quelque chose d'autre... la cigarette, peut-être ? Au loin, une tondeuse à gazon ronronnait.

Puis des brindilles avaient craqué, et un buisson avait remué. Aria avait retenu son souffle en apercevant les cheveux blonds et le T-shirt noir de Jason. Elle était justement en train de fantasmer sur le jeune homme, de l'imaginer apparaître devant elle... et, pouf, il était là. Sans savoir pourquoi, Aria avait baissé les yeux vers le morceau de drapeau qui dépassait de sa poche. Quand Jason avait vu ce qu'elle regardait, il le lui avait fourré dans les mains sans rien dire.

« Le morceau était dans mon sac, et tout à coup, il n'y était plus », leur avait dit Ali. Pourquoi Jason l'avait-il repris à sa sœur ? Aria voulait croire que c'était pour des raisons d'éthique, et pas juste par méchanceté. Il était impossible que Jason abuse d'Ali comme Jenna l'avait sous-entendu et comme Emily était prête à le croire. Au contraire, il avait toujours eu une attitude férocement protectrice envers sa sœur. Il avait jailli de nulle part pour s'interposer entre elle et Ian pendant la discussion près des garages à vélos au sujet de la Capsule temporelle.

Et le jour où Aria et les autres avaient tenté de voler le morceau de drapeau d'Ali et où Emily les avait fait taire pour écouter les bruits de lutte en provenance de chez les DiLaurentis, il était sorti en trombe quelques instants plus tard, l'air bouleversé. Quand Ali était sortie à son tour pour parler aux filles, elle n'avait cessé de jeter des coups d'œil inquiets par-dessus son épaule. Si elle avait eu des problèmes avec Jason, elle aurait été soulagée qu'il soit parti, non ?

Le matin, Spencer avait dit qu'elle voulait voler le morceau de drapeau d'Ali parce qu'elle pensait que l'adolescente avait triché. Jason culpabilisait peut-être à cause de ça.

Peut-être avait-il demandé à sa sœur de ne pas dire qu'il lui avait révélé l'emplacement du morceau caché par ses soins, et peut-être cela l'avait-il mis en colère d'entendre Ali en parler à tout le monde dans la cour.

Aria s'accroupit près de la boîte à chaussures, fébrile. Ça faisait si longtemps qu'elle n'avait pas regardé ce morceau de drapeau qu'elle avait presque oublié ce que l'adolescente avait dessiné dessus. Quand elle souleva le couvercle, celui-ci se plia légèrement, et un petit nuage de poussière se dispersa dans les airs.

— Aria ? appela la voix de Byron depuis le rez-de-chaussée. La fête va commencer ! Tu descends ?

Aria se figea. Le bord du tissu bleu vif dépassait de sous une pile de vieilles copies.

— J'arrive ! répondit-elle, un peu soulagée d'avoir été interrompue.

Meredith, Byron, un groupe de types mal sapés et mal rasés qu'Aria reconnut comme des collègues de son père à Hollis, et quelques jeunes dans la vingtaine en pantalon de yoga ou jean taché de peinture se massaient dans le salon. Une cafetière, des bouteilles de vin et d'eau pétillante et une grande assiette de sandwiches houmous-concombre étaient posées sur la table, tandis que des paquets-cadeaux s'entassaient près du canapé.

Quelqu'un toussa près d'Aria. Mike était assis dans le coin du canapé d'angle, à côté d'une jolie brunette. Aria cligna des yeux, la stupéfaction la réduisant au silence. C'était la presque demi-sœur d'Hanna, Kate.

— Euh, salut ? lança-t-elle sur un ton hésitant.

Kate lui adressa un sourire très satisfait – mais pas autant que celui de Mike. Le jeune homme posa sa main sur la cuisse de Kate, et celle-ci le laissa faire. Aria fronça les sourcils, se demandant si son cerveau avait été endommagé par toute la poussière qu'elle avait soulevée dans sa nouvelle chambre.

Des talons claquèrent dans l'entrée, et Aria pivota juste à temps pour voir arriver Hanna. Son amie portait une robe à emmanchures américaines en soie verte, et elle avait noué son morceau de drapeau autour de sa taille en guise de ceinture. Dans ses mains, elle tenait une boîte enveloppée de papier à motifs cigognes. Aria ouvrit la bouche pour la saluer, mais Hanna ne regardait pas dans sa direction. Elle fixait Kate.

— Oh, lâcha-t-elle en pinçant les lèvres.

— Salut, Hanna! (Kate agita la main.) Contente que tu aies pu venir!

— Tu n'étais pas invitée, protesta Hanna.

— Si, répliqua Kate sans se départir de son sourire.

Un muscle tressaillit sous l'œil droit d'Hanna. Une rougeur monta de son cou jusqu'à ses joues. Aria regardait les deux filles tour à tour, à la fois perplexe et fascinée.

— Mike, tu as amené deux cavalières? demanda Meredith, amusée.

Le jeune homme haussa les épaules.

— Ben, c'est une fête, non? Plus on est de fous, plus on rit.

— C'est ce que je dis toujours! s'exclama Kate.

Elle était tellement mince que parfois, quand elle souriait, elle lui faisait penser au singe hurleur, sur l'affiche « Animaux du monde » du *National Geographic*, toujours accrochée derrière la porte de son ancienne chambre, songea Aria. Hanna était sans aucun doute la plus jolie des deux.

Rejetant ses épaules en arrière, Hanna se dirigea d'un pas assuré vers Meredith et lui tendit la main.

— Hanna Marin, se présenta-t-elle. Je suis une vieille amie de la famille.

Elle tendit son cadeau à Meredith, qui le mit sur la pile avec les autres. Puis, foudroyant Kate du regard, elle s'assit de l'autre côté de Mike, serrée contre lui sur le même coussin.

Kate loucha sur la ceinture d'Hanna.

— C'est quoi, ça ? demanda-t-elle en désignant une sorte de tache noire.

Hanna lui jeta un regard hautain.

— Une grenouille de manga, pardi.

De plus en plus déboussolée, Aria s'assit sur le fauteuil. Elle capta l'attention d'Hanna, désigna son portable et commença à taper un texto pour son amie – qui, à contrecœur, avait donné son nouveau numéro aux autres le matin même.

Keske tu fiches ici ?

L'iPhone d'Hanna bipa. La jeune fille lut le texto, jeta un coup d'œil à Aria et répondit rapidement. Trois secondes plus tard, le Treo d'Aria vibra.

Pourquoi tu ne nous as pas dit que tu emménageais à 4 portes 2 chez Ian ?

Aria appuya sur la touche « Répondre ». Hanna ne s'en tirerait pas si facilement.

Je viens juste 2 le découvrir. Alors, Mike te plaît ?

Peut-être, répondit Hanna. *Lui, au moins, tu ne pourras pas me le piquer.*

Aria serra les dents. Hanna faisait allusion à ce qui s'était passé l'automne dernier, quand Aria était sortie avec son ex, Sean Ackard. À ce jour, elle restait persuadée qu'Aria le lui avait volé.

Meredith s'était mise à déballer ses nombreux cadeaux, qu'elle posait sur la table basse au fur et à mesure. Jusque-là, elle avait reçu un paquet de jouets, une sortie-de-bain et un tire-lait offert par Mike. Quand elle saisit un paquet au papier rayé, Kate se redressa.

— Oh, c'est le mien, dit-elle en se frottant les mains.

Hanna se renfrogna davantage.

Meredith se rassit sur le canapé pour déballer une petite boîte plate.

— Oh, mon Dieu ! souffla-t-elle en sortant un body couleur crème du papier de soie rose dans lequel il était niché.

— C'est du cachemire mongolien organique, récita Kate. Issu du commerce équitable.

— Merci infiniment !

Meredith pressa le body contre son visage. Byron le palpa en hochant la tête d'un air entendu, comme s'il était un expert en cachemire – alors que sa spécialité, c'était plutôt les T-shirts en coton pourris et les pantalons de pyjama en flanelle.

Hanna poussa un couinement étranglé et se leva.

— Tu as fouillé dans ma chambre, c'est ça ?

Kate écarquilla les yeux.

— Excuse-moi ?

— Tu savais ! glapit Hanna. J'ai passé des heures à chercher le cadeau parfait !

— J'ignore de quoi tu parles, répondit calmement Kate en haussant les épaules.

Pendant ce temps, Meredith déballait le paquet au papier imprimé de cigognes qu'Hanna avait apporté. À l'intérieur se trouvait une autre petite boîte plate de chez Sunshine.

— Oh, dit poliment Meredith en sortant un body en cachemire identique d'un papier de soie rose identique. C'est... toujours très beau.

— Ces trucs-là, on n'en a jamais assez, s'esclaffa Tate, un des collègues de Byron.

Un peu d'houmous tomba dans sa barbe broussailleuse.

Kate gloussa aussi.

— Je suppose que les grands esprits se rencontrent, dit-elle.

Le visage d'Hanna se tordit de rage. Mike tournait la tête d'une fille à l'autre, se délectant de leur dispute.

Soudain, Aria remarqua une ombre de l'autre côté de la fenêtre. Ses poils se hérissèrent sur ses bras. Quelqu'un se tenait dans le jardin, épiant les invités.

La jeune fille regarda autour d'elle, mais personne d'autre ne semblait avoir remarqué l'intrus. Se raclant la gorge, elle se leva du fauteuil et emprunta le couloir sur la pointe des pieds. Le cœur battant, elle tourna la poignée de la porte d'entrée et se glissa dehors.

Un silence de mort planait sur le quartier, et une odeur de poêle à bois flottait dans l'air. Le ciel s'assombrissait. Au bout de l'allée, un lampadaire projetait un halo de lumière jaune pâle sur l'herbe. Quand Aria aperçut de nouveau l'ombre près de la boîte aux lettres, elle fit un bond en arrière. Dieu merci, ce n'était pas Ian mais…

— Jenna? s'exclama Aria d'une voix étranglée.

Jenna Cavanaugh portait un gros manteau noir à carreaux, des mitaines noires et un bonnet à oreillettes gris. Son golden retriever haletait, la langue pendante. Entendant la voix d'Aria, la jeune fille pencha la tête sur le côté. Ses lèvres s'écartèrent.

— C'est Aria, expliqua celle-ci. J'ai emménagé ici hier, avec mon père.

Jenna acquiesça.

— Je sais.

Elle ne bougea pas. Elle avait l'air vaguement coupable.

— Tu… tu vas bien? demanda Aria au bout d'un moment, le cœur battant. Je peux faire quelque chose pour toi?

Jenna remonta ses grosses lunettes de soleil Gucci sur son nez. C'était bizarre de voir quelqu'un porter des lunettes de soleil à la tombée de la nuit. Elle parut sur le point de dire quelque chose, puis se détourna en agitant la main.

— Non.

— Attends! appela Aria.

Jenna l'ignora et s'éloigna. La plaque de son chien cliquetait, mais ses chaussures ne faisaient aucun bruit. Bientôt, Aria ne vit plus d'elle que sa canne blanche phosphorescente, oscillant lentement d'un côté à l'autre jusqu'au bout de la rue.

12

COUPEZ-LUI LA TÊTE!

Le mercredi soir, Emily disposa quatre assiettes plates couleur crème sur la table campagnarde, dans la salle à manger des Colbert. Arrivée aux couverts, elle hésita. Était-ce les couteaux ou les cuillères qui allaient à côté des fourchettes? Chez elle, il n'y avait pas de dîners formels; à cause de leurs entraînements de natation, Emily et sa sœur Carolyn mangeaient souvent bien après leurs parents.

Isaac sortit de la cuisine, portant un jean noir et un pull à col en V moulant qui faisait ressortir le bleu de ses yeux. Prenant la main d'Emily, il pressa un petit objet rond et dur à l'intérieur. La jeune fille baissa les yeux. Un anneau de céramique turquoise reposait dans sa paume.

— C'est en quel honneur?

— Pas de raison particulière, répondit Isaac, les yeux brillants. Juste parce que je t'aime.

Submergée par l'émotion, Emily pinça les lèvres pour les empêcher de trembler. Aucun de ses ex ne lui avait jamais fait de cadeau.

— Moi aussi, je t'aime, dit-elle en glissant l'anneau à son index, le doigt auquel il allait le mieux.

Elle ne pouvait s'empêcher de repenser à ce qu'ils avaient fait la veille. C'était à la fois surréaliste et merveilleux, d'autant que ça lui évitait de s'appesantir sur le retour de « A ». Toute la journée, à chaque intercours, elle avait filé aux toilettes des filles pour s'examiner dans le miroir en quête d'une transformation. Mais c'était toujours la même Emily qui lui rendait son regard, avec les mêmes taches de rousseur, les mêmes grands yeux marron, le même nez légèrement retroussé. Elle s'attendait à irradier la maturité, mais non. Elle aurait voulu pouvoir jeter ses bras autour du cou d'Isaac, l'embrasser fougueusement et lui chuchoter qu'elle avait envie de le refaire très vite.

Un grand fracas dans la cuisine fit voler en éclats les pensées d'Emily. De toute façon, ce n'était pas comme si elle allait dire une chose pareille à Isaac avec ses parents dans la pièce voisine.

Isaac lui prit les couverts des mains et les disposa à côté des assiettes : les cuillères et les couteaux à droite, les fourchettes seules à gauche.

— Tu sembles nerveuse, commenta-t-il. Ne t'en fais pas. J'ai demandé à mes parents de ne pas parler d'Ali et du procès.

— Merci.

Emily s'efforça de sourire. Ce soir, les questions indiscrètes sur Ali étaient le cadet de ses soucis. Elle s'inquiétait plutôt de ce que Mme Colbert avait pu entendre la veille. Quand elle était arrivée, la mère d'Isaac l'avait saluée avec froideur, comme si elle n'était pas contente de la voir. Et lorsque Emily était sortie des toilettes, quelques minutes plus tôt, elle aurait juré que Mme Colbert l'avait fixée d'un air désapprobateur, comme si elle pensait qu'Emily ne s'était pas lavé les mains.

Emily retourna dans la cuisine pour aider la maîtresse de maison à porter le rôti, les brocolis, la purée à l'ail et les petits pains sur la table de la salle à manger. M. Colbert arriva en desserrant son nœud de cravate. Après que la famille eut dit les grâces, Mme Colbert fit passer le rôti à Emily en la regardant en face pour la première fois de la soirée.

— Tiens, ma chérie. (Les coins de sa bouche se relevèrent.) Tu aimes la viande, n'est-ce pas ?

Emily cligna des yeux. Se faisait-elle des idées, ou cette phrase était-elle pleine de sous-entendus ? Elle jeta un coup d'œil à Isaac, mais le jeune homme prenait innocemment un petit pain dans la corbeille.

— Euh, merci, dit-elle en tirant le plat vers elle.

Oui, elle aimait la viande – le genre qui se mangeait.

— Alors, Emily. (M. Colbert plongea une grosse cuillère dans le saladier de purée.) J'ai interrogé mes serveurs à ton sujet. Apparemment, tu as une sacrée réputation.

Mme Colbert ricana tout bas. La fourchette d'Emily tomba bruyamment dans son assiette. On n'entendait que la ventilation au-dessus de la cuisinière, dans la pièce voisine.

— Ah b-bon ?

— Tout le monde dit que tu es une excellente nageuse, acheva M. Colbert. Classée au niveau national en papillon, hein ? C'est fantastique. Le papillon est une nage difficile, non ?

— Oh. (Emily saisit son verre d'eau d'une main tremblante et but une grande gorgée.) Oui. (À quoi s'attendait-elle ? Pensait-elle que M. Colbert allait lui demander ce que ça faisait de peloter une autre fille ?) Pour une raison que j'ignore, je suis naturellement rapide en papillon.

Mme Colbert murmura quelque chose entre ses dents. Emily aurait juré que c'était : « Ça, pour être rapide... »

Elle baissa son verre. Mme Colbert mâchait calmement en la regardant. Emily avait l'impression que ses yeux étaient des rayons laser qui lui transperçaient le crâne.

— Qu'est-ce que tu as dit, maman ? demanda Isaac, les yeux plissés.

Mme Colbert le gratifia d'un gentil sourire.

— J'ai dit qu'Emily était trop modeste. Je suis sûre qu'elle s'est donné beaucoup de mal pour devenir une aussi bonne nageuse.

— Carrément, se rengorgea Isaac.

Emily baissa les yeux vers sa purée. Elle avait l'impression de devenir légèrement folle. Était-ce bien ce que Mme Colbert avait dit ?

Comme dessert, la mère d'Isaac apporta une tarte aux pommes et un pichet de café. M. Colbert leva les yeux vers sa femme.

— Au fait, nous sommes parés pour l'inauguration de samedi. Je pensais que nous n'aurions pas assez de serveurs pour un si grand nombre d'invités, mais finalement ça ira.

— J'en suis ravie, déclara Mme Colbert.

— Cette soirée va être géniale, murmura Isaac.

Emily prit une assiette à dessert.

— Quelle soirée ?

— Mon père s'occupe du buffet pour l'inauguration d'un nouvel hôtel à l'extérieur de la ville, expliqua Isaac en lui prenant la main sous la table. Avant, c'était une école ou un truc dans le genre.

— Un asile de fous, rectifia Mme Colbert en fronçant le nez.

— Pas exactement, tempéra M. Colbert. C'était une institution qui accueillait les jeunes souffrant de troubles mentaux. Ça s'appelait le Radley, et les propriétaires de l'hôtel ont décidé de conserver le nom. Ils se mordent les doigts d'avoir programmé leur soirée d'inauguration ce week-end – les travaux ne sont pas terminés. Les chambres qui restent à rénover sont toutes dans les étages supérieurs ; les invités ne les verront pas. Mais vous savez comment sont les gens dans l'hôtellerie : ils veulent que tout soit parfait.

— C'est vraiment un endroit magnifique, dit Isaac à Emily. On dirait un vieux château. Il y a même un labyrinthe de végétation dans le jardin. J'adorerais que tu m'y accompagnes.

— Pas de problème, acquiesça Emily, rayonnante.

Elle avala un morceau de tarte.

— C'est un dîner, expliqua Isaac. Mais on pourra aussi boire et danser.

— Mais tu n'auras droit qu'à des cocktails vierges, Emily, ajouta Mme Colbert.

Emily se hérissa. Pourquoi dire « vierges » plutôt que « sans alcool » ? Incapable de contrôler les muscles autour de sa bouche, elle jeta un coup d'œil à Isaac. *Elle sait*, songea-t-elle. *Je suis sûre qu'elle sait.*

Isaac eut un sourire apaisant.

— Ne t'en fais pas, maman. Nous ne boirons pas d'alcool.

— Tant mieux. Ça m'inquiète toujours que vous alliez à des soirées d'adultes. La plupart des barmen ne demandent même pas de pièce d'identité. (Mme Colbert poussa un soupir dramatique.) Je pensais que le voyage de la paroisse à Boston, la semaine prochaine, t'exciterait davantage que l'inauguration du Radley. Il y a quelques semaines encore, tu te fichais complètement de ce genre de soirées.

Elle jeta un regard entendu à Emily, comme pour suggérer que c'était elle qui avait corrompu son fiston chéri.

— J'ai toujours aimé les soirées, protesta aussitôt Isaac.

— Oh, laisse-les s'amuser, Margaret, dit gentiment M. Colbert. Ils seront sages.

Le téléphone sonna, et Mme Colbert se leva d'un bond pour aller répondre. Isaac s'excusa pour aller aux toilettes, et M. Colbert disparut dans son bureau. Emily coupa son reste de tarte en morceaux de plus en plus petits, les mains moites et les joues brûlantes. Qu'est-ce qui clochait chez elle ? Se montrait-elle trop susceptible ? Tout ça devait être dans sa tête. Mme Colbert n'en avait pas après elle et n'essayait pas de la rendre folle. Elle n'était pas « A ».

Emily ramassa les assiettes sales et les porta dans l'évier de la cuisine pour se rendre utile. Après les avoir frottées pendant quelques minutes, elle chercha son Nokia dans sa poche. C'était le moment parfait pour que « A » lui envoie un message sarcastique au sujet du comportement de Mme Colbert. *Si ça se trouve, elle n'a pas entendu ce qu'on faisait hier, mais « A » l'a rancardée juste avant le dîner de ce soir*, songea Emily. Comme Mona, le nouveau « A » semblait toujours au courant de tout.

Mais le petit écran de son Nokia n'affichait rien. Soudain, Emily réalisa qu'elle *voulait* recevoir un texto. Parce que si tout ça était la faute de « A », Mme Colbert serait juste une victime de ses manipulations vengeresses et non une ogresse sournoise.

Comme la mère d'Isaac éclatait de rire dans la pièce voisine, Emily regarda autour d'elle. Mme Colbert collectionnait les vaches de la même façon que la mère d'Emily collectionnait les poulets. Elles avaient les mêmes aimants sur la porte de leur frigo : une chaumière française, une église avec un haut clocher et une boulangerie. Mme Colbert était une mère normale avec une cuisine normale, comme Mme Fields. Emily devait voir le mal là où il n'y en avait pas.

Elle essuya les fourchettes, les couteaux et les cuillères avec un torchon en se demandant où était le tiroir à couverts. À tout hasard, elle ouvrit le plus proche de l'évier. Une petite pile ronde roula sur le devant. Il y avait également une paire de ciseaux, des trombones éparpillés, une manique en forme de vache et un tas de menus de traiteurs entourés par un élastique.

Emily allait refermer le tiroir quand une photo posée dans le fond attira son attention. Elle la fit glisser vers elle. Vêtu d'un costume un peu trop grand emprunté à son père, Isaac avait un bras passé autour des épaules d'Emily qui, quant à elle, portait une robe de satin rose provenant de la penderie de Carolyn. Cette photo avait été prise la semaine précédente, avant que les deux jeunes gens se rendent chez les Hastings pour la soirée au profit de l'Externat de Rosewood. Mme Colbert s'était affairée autour d'eux, les joues roses de bonheur et les yeux brillants.

— Vous êtes beaux comme tout! s'était-elle pâmée en ajustant la fleur qu'Emily portait au poignet et en refaisant le nœud de cravate de son fils.

Puis elle leur avait offert à tous les deux des cookies maison aux pépites de chocolat, tout juste sortis du four.

La photo rendait compte de ce moment heureux... à un détail près. Emily n'avait plus de tête. Celle-ci avait été proprement découpée aux ciseaux. Il n'en restait pas une seule mèche de cheveux.

Emily referma très vite le tiroir. Elle se palpa le cou, puis la mâchoire, les oreilles, les joues et le front. Sa tête était toujours fixée sur ses épaules. Comme elle regardait par la fenêtre de la cuisine, se demandant ce qu'elle devait faire, son téléphone sonna.

Le cœur d'Emily se serra. Ainsi, « A » était dans le coup.

Elle saisit son Nokia d'une main tremblante. « 1 nouveau message photo ».

Une image apparut sur l'écran. C'était une vieille photo prise dans un jardin. Celui des DiLaurentis, réalisa Emily en apercevant la cabane perchée dans le grand chêne, sur le côté. Ali était là, affichant un sourire éclatant. Elle portait un uniforme de hockey sur gazon de la ligue junior, ce qui signifiait que la photo avait été prise en CM2 ou en 6e – après ça, elle était entrée dans l'équipe senior : la JV Team. Deux filles se tenaient près d'elle. La première avait des cheveux blonds et était à moitié dissimulée par un arbre. Il devait s'agir de Naomi Zeigler, une des plus proches amies d'Ali à l'époque. La deuxième était de profil. Elle avait des cheveux très noirs, le teint pâle et des lèvres naturellement rouges.

Jenna Cavanaugh.

Stupéfaite, Emily tendit son Nokia à bout de bras. Où était la tentative de chantage ? Où était le triomphant « Belle-maman te prend pour une grosse traînée » ? Pourquoi « A » ne se comportait-il plus comme… « A » ?

Ce fut alors qu'Emily remarqua le texte d'accompagnement sous la photo. Elle le relut quatre fois en essayant de comprendre.

Une de ces choses n'est pas à sa place. Dépêche-toi de découvrir laquelle, sinon…

— A

13

ℒe fameux lien mère-fille

Ce même mercredi soir, Spencer monta à bord du train express Acela à la station de la 30ᵉ Rue, s'installa dans un siège capitonné près de la fenêtre, ajusta la ceinture de sa robe portefeuille en laine grise et ôta un brin d'herbe séchée du bout pointu d'une de ses bottines Loeffler Randall. Elle avait passé plus d'une heure à choisir sa tenue, qui devait faire à la fois « super fashionista » mais aussi « jeune femme sérieuse » et « fille biologique extra » – un équilibre délicat à atteindre.

Le contrôleur, un homme aux cheveux gris et à l'air gentil qui portait un uniforme Amtrak bleu, examina son ticket.

— Vous allez à New York?
— Uh-huh.

Spencer déglutit.

— Tourisme ou affaires?

Elle s'humecta les lèvres.

— Je vais rendre visite à ma mère, lâcha-t-elle.

Le contrôleur sourit. De l'autre côté de l'allée, une femme âgée eut un claquement de langue approbateur.

Spencer espéra qu'aucun des contacts professionnels de son père ou des amies de sa mère ne se trouvait à bord de ce train. Elle n'avait pas envie que quelqu'un aille raconter ce qu'elle faisait à ses parents.

Avant de partir, elle avait essayé d'aborder le sujet avec sa famille une dernière fois. Son père travaillait à la maison, et Spencer s'était arrêtée sur le seuil de son bureau pour le regarder lire le *New York Times* sur son ordinateur. Quand elle s'était raclé la gorge, M. Hastings avait fait pivoter sa chaise vers elle. Son expression s'était adoucie.

— Spencer ? avait-il demandé, de l'inquiétude dans la voix, comme s'il avait momentanément oublié qu'il était censé la haïr.

Des tonnes de mots s'étaient bousculées dans la tête de Spencer. Elle voulait demander à son père si tout cela était bien réel. Pourquoi il ne lui avait jamais rien dit. Et si la raison pour laquelle sa mère et lui la traitaient comme une moins que rien la plupart du temps avait un lien avec le fait qu'elle n'était pas vraiment leur fille. Mais le courage lui avait manqué.

Son téléphone portable bipa. Spencer le sortit de la poche avant de son cabas. C'était un message d'Andrew. *Tu veux passer à la maison ?*

Un train Amtrak qui filait dans l'autre direction les croisa dans un grondement de tonnerre. Spencer appuya sur la touche « Répondre ». *Désolée, je dîne avec ma famille*, tapa-t-elle. Ce qui n'était pas tout à fait un mensonge. Elle voulait parler d'Olivia à Andrew, mais elle avait peur. Si elle lui disait, il serait tout excité pour elle et attendrait avec impatience qu'elle lui raconte comment ça s'était passé. Mais si ça se passait mal ? Si Spencer et Olivia ne s'entendaient pas du tout ? La jeune fille se sentait déjà assez vulnérable…

Les roues du train cliquetaient sur les rails. L'homme

assis devant Spencer posa sur sa tablette une section de son journal, et la jeune fille aperçut un article sur Rosewood. *L'enquête initiale sur l'affaire DiLaurentis était-elle faussée ?* s'interrogeait un gros titre. *La famille DiLaurentis cache-t-elle quelque chose ?* insinuait un autre.

Spencer tira son bonnet Eugenia Kim tricoté main sur ses yeux et s'affaissa dans son siège. Les journalistes ne savaient vraiment plus quoi raconter. Néanmoins, se pouvait-il que les policiers qui avaient enquêté sur la disparition d'Ali, trois ans plus tôt, aient loupé quelque chose d'important ? Spencer repensa au message instantané de Ian. *Ils me détestent, tu le sais. Ils ont découvert que je savais. C'est pour ça que j'ai dû m'enfuir.*

Il y avait de quoi se poser des questions. Ian croyait s'adresser à Melissa et non à Spencer. Ce qui impliquait que sa sœur savait qui détestait Ian, et pourquoi. Le jeune homme s'était-il ouvert à elle de ses soupçons concernant le meurtre d'Ali ? Mais si Melissa connaissait une autre version de ce qui s'était passé la nuit de la disparition d'Ali, pourquoi n'en avait-elle jamais parlé à personne ?

À moins que... à moins qu'elle n'ait trop peur pour ça. Depuis quarante-huit heures, Spencer cherchait désespérément à joindre sa sœur pour lui demander ce qu'elle savait. Mais Melissa ne répondait pas à ses appels et ne la rappelait jamais.

La porte de communication entre les deux voitures du train s'ouvrit avec fracas. Une femme en tailleur bleu marine s'avança en titubant dans l'allée, portant une caisse en carton pleine de bouteilles d'eau et de cafés à l'odeur de brûlé. Spencer appuya sa tête contre la vitre et observa les arbres aux branches dénudées et les poteaux téléphoniques qui défilaient le long des rails.

Qu'avait donc voulu dire Ian par : « Ils me détestent » ?

Cela avait-il un rapport quelconque avec le message qu'Emily avait transmis à Spencer une demi-heure plus tôt : la photo qui montrait Ali, Naomi Zeigler et Jenna Cavanaugh dans le jardin des DiLaurentis? Le texte d'accompagnement signé « A » sous-entendait qu'il s'agissait d'un indice... Mais à propos de quoi? D'accord, c'était bizarre qu'Ali traîne avec cette ringarde de Jenna Cavanaugh, mais Jenna elle-même avait raconté à Aria qu'Ali et elle étaient amies en secret. Et quel rapport avec Ian?

Quand elle cherchait qui pouvait bien détester Ian, un seul incident revenait à l'esprit de Spencer. Le jour où les filles s'étaient introduites dans la propriété des DiLaurentis pour voler le morceau de drapeau d'Ali, Jason était sorti de la maison en trombe et s'était figé au milieu du jardin, foudroyant du regard Melissa et Ian qui étaient assis au bord du Jacuzzi. Les deux jeunes gens sortaient ensemble depuis peu de temps : Spencer se souvenait du mal que Melissa, qui voulait absolument impressionner son nouveau petit ami, avait eu à choisir les chaussures et le sac parfaits pour la rentrée scolaire. Après qu'Ali les eut plantées là et que Spencer fut rentrée chez elle, elle avait entendu le couple murmurer dans le salon.

— Il s'en remettra, disait Melissa.

— Ce n'est pas lui qui m'inquiète, avait répliqué Ian.

Puis il avait marmonné quelque chose que Spencer n'avait pas compris.

Parlaient-ils de Jason, ou de quelqu'un d'autre? D'après ce que Spencer avait compris, sa sœur n'était pas précisément amie avec Jason. Ils suivaient quelques cours ensemble; parfois, quand Melissa était malade, Spencer allait chercher ses devoirs chez les DiLaurentis. Mais le frère d'Ali n'avait jamais fait partie de la clique qui louait des limousines pour se rendre aux soirées organisées par l'Externat ou passait les vacances de printemps à Cannes, à Cabo San Lucas ou à Martha's Vineyard. Jason traînait plutôt avec ses copains de l'équipe de foot – ils étaient connus pour avoir inventé le fameux jeu du « pas moi », auquel Ali jouait avec ses amis.

À côté de ça, il semblait aussi avoir un grand besoin de solitude. La moitié du temps, il se tenait à l'écart de sa propre famille. Les Hastings et les DiLaurentis étaient membres du country club de Rosewood, et assistaient fidèlement aux brunchs dominicaux – à l'exception de Jason, qui les snobait fidèlement.

Spencer se souvenait d'avoir entendu Ali mentionner que leurs parents laissaient Jason se rendre seul dans les Poconos où ils avaient une maison au bord d'un lac, le week-end. Était-ce là que le jeune homme passait tous ses dimanches? Quoi qu'il en soit, son absence ne semblait guère perturber les DiLaurentis, qui savouraient leurs œufs Benedict et sirotaient leurs cocktails en s'extasiant sur les exploits d'Ali. Un peu comme s'ils avaient un seul enfant.

Spencer ferma les yeux et écouta siffler le train. Elle était lasse de ressasser cette histoire. Avec un peu de chance, plus elle s'éloignerait de Rosewood, plus elle parviendrait à l'oublier.

Au bout d'un moment, le train ralentit.

— Penn Station, annonça le conducteur.

Spencer saisit son cabas et se leva, les genoux flageolants. C'était bien réel. Elle suivit la file de passagers le long de l'étroite allée centrale, sur le quai et dans l'Escalator qui montait vers le hall de la gare.

Une odeur de bretzels chauds, de bière et de parfums planait dans l'air. Une voix anonyme annonça par les haut-parleurs que le train à destination de Boston entrait en gare voie 14 Est. Une petite foule se précipita dans cette direction, manquant renverser Spencer. La jeune fille promena un regard nerveux à la ronde. Comment allait-elle trouver Olivia au milieu de tout ce monde ? Comment Olivia la reconnaîtrait-elle ? Et que diable allaient-elles bien pouvoir se raconter ?

Quelque part dans la foule, Spencer entendit un gloussement aigu et familier. Alors, elle envisagea la pire des possibilités. Et si Olivia n'existait pas ? Si c'était une plaisanterie cruelle orchestrée par « A » ?

— Spencer ? s'exclama quelqu'un.

Spencer fit volte-face. Une jeune femme blonde portant un pull en cachemire J. Crew gris et des bottes d'équitation marron se dirigeait vers elle, les mains encombrées par une petite pochette en peau de serpent et un gros dossier accordéon bourré de papiers.

Quand Spencer leva la main, la femme lui fit un large sourire. Le cœur de Spencer s'arrêta. C'était le même sourire qu'elle voyait tous les jours en se regardant dans son miroir.

— Je suis Olivia, se présenta la femme, coinçant sa pochette sous un bras pour prendre la main de Spencer.

Ses doigts petits et fins étaient semblables à ceux de la jeune fille. Elle avait aussi les mêmes yeux verts et une tonalité de voix identique – ni grave ni aiguë, avec une élocution très claire.

— Dès que tu es descendue du train, j'ai su que c'était toi.

Les yeux de Spencer se remplirent de larmes, et de joie, la tête lui tourna presque. Ses craintes s'envolèrent instantanément. Tout allait bien se passer, elle en était sûre.

— Viens. (Olivia entraîna la jeune fille vers l'une des sorties, faisant un écart pour éviter un groupe de policiers et un chien renifleur de drogue.) J'ai prévu des tas de choses à faire avec toi.

Spencer rayonnait. Elle avait l'impression que sa vie commençait enfin.

La soirée était incroyablement douce pour un mois de janvier, et les rues grouillaient de monde. Elles prirent un taxi pour se rendre dans West Village, où Olivia venait juste d'emménager, et entrèrent chez Diane von Fürstenberg – une des créatrices préférées d'Olivia... et de Spencer. Pendant qu'elles fouillaient les portants, la jeune fille apprit qu'Olivia était directrice artistique d'un nouveau magazine consacré à la vie de noctambule à New York. Elle était née à New York, avait grandi à New York et fait ses études à New York.

— Moi aussi, j'ai l'intention de faire une demande d'inscription à la fac de New York, gazouilla Spencer.

En fait, c'était son plan B – ou ça l'avait été, du temps où elle était major de sa promo.

— J'ai adoré aller là-bas, se pâma Olivia.

Puis elle poussa un « oooh » ravi et s'empara d'une robe-pull couleur sauge. Spencer éclata de rire : elle était en train d'examiner la même. Olivia rougit.

— J'achète toujours des vêtements de cette teinte de vert, admit-elle.

— Parce que ça va avec nos yeux, devina Spencer.

— Exactement.

Olivia regarda Spencer avec gratitude et un air qui semblait dire : « Je suis si contente de t'avoir trouvée ! »

Après leurs emplettes, elles remontèrent lentement la 5e Avenue. Olivia apprit à Spencer qu'elle venait d'épouser un homme très riche du nom de Morgan Frick, au cours d'une cérémonie intime dans les Hamptons.

— En fait, nous partons en lune de miel à Paris ce soir, dit-elle. Je dois prendre un hélicoptère pour rejoindre son avion, qui se trouve dans un aéroport privé du Connecticut.

— Ce soir? (Spencer s'arrêta, surprise.) Où sont tes bagages?

— Le chauffeur de Morgan les apportera à l'aéroport, répondit Olivia.

Spencer acquiesça, impressionnée. Morgan devait vraiment être plein aux as pour avoir un chauffeur *et* un jet privé.

— C'est pour ça que je tenais tellement à te rencontrer aujourd'hui, ajouta Olivia. Je serai absente deux semaines, et je ne supportais pas l'idée de reporter ça jusqu'à mon retour.

Spencer hocha la tête. Elle non plus n'aurait sans doute pas pu supporter ce suspens pendant quinze longs jours supplémentaires.

Le dossier accordéon se mit à glisser sous le bras d'Olivia, qui fit saillir sa hanche pour empêcher son contenu de se répandre sur le trottoir.

— Tu veux que je te le porte? proposa Spencer.

Son cabas était largement assez grand pour accueillir le dossier.

— Tu ferais ça? (Olivia le lui remit avec reconnaissance.) Merci. Ce truc me rend dingue. Morgan voulait que je l'apporte à notre nouvel appartement pour qu'il puisse l'examiner.

Elles tournèrent dans une rue perpendiculaire et longèrent une rangée de belles maisons en pierre brune. Une lumière dorée brillait au rez-de-chaussée, et Spencer croisa le regard d'un gros chat tricolore qui se prélassait derrière l'une des baies vitrées.

Olivia et elle s'étaient tues; on n'entendait plus que le

cliquetis de leurs talons sur le trottoir. Le silence mettait toujours Spencer mal à l'aise, comme si ces pauses étaient entièrement imputables à sa maladresse. Alors, elle se mit à énumérer tout ce qu'elle avait accompli. Cette saison, elle avait marqué douze buts pour son équipe de hockey. Depuis la 5e, elle décrochait le premier rôle féminin dans toutes les pièces montées par le club de théâtre.

— Et j'ai des A dans presque toutes les matières, se vanta-t-elle avant de réaliser son erreur.

Elle frémit et ferma les yeux, se préparant à encaisser la suite.

Olivia eut un large sourire.

— C'est fantastique, Spencer! Je suis très impressionnée.

Spencer rouvrit prudemment un œil. Elle s'était attendue à ce qu'Olivia réagisse de la même façon que sa mère. « Presque toutes les matières ? » entendait-elle Mme Hastings lancer sur un ton méprisant. « Dans quelle matière n'as-tu pas réussi à avoir de A? Et pourquoi seulement des A plutôt que des A+? » Après ce genre de tirades, Spencer se sentait toujours plus bas que terre pendant le reste de la journée.

Mais Olivia n'était pas comme ça. Qui sait? Si elle avait gardé Spencer, la jeune fille serait peut-être devenue une tout autre personne. Peut-être n'aurait-elle pas été si maniaque et obsédée par ses notes. Peut-être ne se serait-elle pas sentie inférieure aux autres. Peut-être n'aurait-elle pas passé son temps à essayer de prouver qu'elle était digne d'être aimée. Elle n'aurait jamais rencontré Ali. Le meurtre de son amie n'aurait été rien de plus pour elle qu'un simple fait divers dans les journaux.

— Pourquoi m'as-tu abandonnée? lança-t-elle sans réfléchir.

Olivia s'arrêta à un feu rouge et fixa pensivement les grands immeubles de l'autre côté de la rue.

— Eh bien... J'avais dix-huit ans quand je t'ai eue. J'étais beaucoup trop jeune pour m'occuper d'un bébé – je venais juste de finir le lycée... J'ai longuement réfléchi avant de prendre une décision. Quand j'ai découvert qu'une riche famille de la banlieue de Philadelphie était prête à t'adopter, j'ai su que c'était le bon choix. Mais je me suis toujours demandé ce que tu devenais.

Le feu passa au vert. En traversant, Spencer contourna une femme qui tenait en laisse un bouledogue vêtu d'un pull en maille blanche.

— Mes parents savent qui tu es ?

Olivia secoua la tête.

— J'ai vu leur dossier, mais je ne les ai jamais rencontrés. Je voulais que tout reste anonyme, et eux aussi. Mais juste après avoir accouché, je me suis mise à pleurer en pensant qu'on allait t'enlever à moi. (Elle sourit tristement et toucha le bras de Spencer.) Je sais que je ne peux pas rattraper seize ans d'absence en une seule visite, Spencer. Mais je n'ai jamais cessé de penser à toi. (Elle leva les yeux au ciel.) Désolée. C'est affreusement nunuche, n'est-ce pas ?

Les yeux de Spencer se remplirent de larmes.

— Non, répondit-elle très vite. Pas du tout.

Depuis combien de temps attendait-elle que quelqu'un lui dise ça ?

Au coin de la 6ᵉ Avenue et de la 12ᵉ Rue, Olivia s'arrêta soudain.

— Voici mon nouvel appartement.

Elle désigna le dernier étage d'une résidence de luxe, dont le rez-de-chaussée abritait une épicerie bio et un magasin de décoration. Une limousine se gara devant l'entrée ; une femme portant une étole de vison descendit et s'engouffra dans la porte à tambour.

— On peut monter ? s'exclama Spencer, tout excitée.

Même vu de l'extérieur, l'endroit semblait si glamour!

Olivia consulta la Rolex qui pendait à son poignet.

— Je crains qu'on n'ait pas le temps. J'ai réservé dans un petit restaurant. Mais la prochaine fois, je te promets.

Spencer chassa sa déception d'un haussement d'épaules. Elle ne voulait pas passer pour une fille capricieuse.

Olivia l'entraîna vers un restaurant intime quelques blocs plus loin. La salle sentait le safran, l'ail et les moules, et elle était bondée. Spencer et Olivia s'assirent à la seule table libre, la lumière des bougies dansant sur leur visage. Olivia commanda aussitôt une bouteille de vin, et demanda au sommelier d'en servir aussi à Spencer.

— Trinquons, dit-elle en touchant le verre de Spencer avec le sien. À toutes tes futures visites.

Rayonnante, Spencer regarda autour d'elle. Un jeune homme qui ressemblait beaucoup à Noel Kahn – mais sans doute en moins puéril – était assis au bar. À côté de lui, une fille au jean rentré dans ses bottes en cuir noisette riait. Plus loin, Spencer aperçut un couple d'âge mûr très élégant; la femme portait un poncho argenté et l'homme un costume à fines rayures bien coupé. Les haut-parleurs diffusaient une chanson pop française. Tout à New York semblait un million de fois plus chic qu'à Rosewood.

— J'aimerais tellement vivre ici, soupira Spencer.

Olivia pencha la tête sur le côté, et ses yeux s'illuminèrent.

— Je sais. Moi aussi, ça me plairait. Mais la Pennsylvanie doit être un endroit agréable. Tout cet air pur, tout cet espace...

Elle toucha la main de Spencer.

— Rosewood est sympa. (Spencer fit tourner son verre et soupesa soigneusement ses mots.) Contrairement à ma famille.

Olivia ouvrit la bouche. Elle semblait inquiète.

— Mes parents ne sont pas méchants. Je pense juste qu'ils se fichent de moi, clarifia Spencer. Je donnerais n'importe quoi pour partir de chez eux. Je suis sûre qu'ils ne me regretteraient pas.

Son nez la picotait comme chaque fois qu'elle allait se mettre à pleurer. Elle baissa les yeux et s'efforça de contrôler ses émotions.

Olivia lui caressa le bras.

— Moi aussi, je donnerais n'importe quoi pour que tu vives ici, dit-elle. Mais j'ai un aveu à te faire. Morgan a du mal à faire confiance aux gens – certains amis proches se sont servis de lui pour son argent dans le passé, et maintenant, il se méfie de tout le monde. Je ne lui ai pas encore parlé de toi. Il sait que j'ai abandonné un bébé quand j'étais jeune, mais je ne lui ai pas dit que je te cherchais. Je voulais d'abord m'assurer que tout cela était bien réel.

Spencer acquiesça. Elle comprenait très bien qu'Olivia n'ait pas prévenu son mari. Elle non plus n'avait rien dit à personne.

— Je vais lui parler de toi pendant que nous serons à Paris, ajouta Olivia. Et une fois qu'il te connaîtra, je suis sûre qu'il t'adorera.

Spencer mordit la croûte d'un morceau de pain en réfléchissant.

— Si je venais habiter ici, je ne serais même pas obligée de vivre avec vous, lança-t-elle pour sonder le terrain. Je pourrais avoir mon propre appartement.

— Tu serais capable de vivre seule ? demanda Olivia, pleine d'espoir.

Spencer haussa les épaules.

— Sans problème.

C'était à peine si elle voyait ses parents depuis des semaines. Elle avait pris l'habitude de se débrouiller.

— J'adorerais t'avoir ici, admit Olivia, les yeux brillants. Tu imagines ? Tu pourrais louer un F2 dans le Village pas loin de chez nous. Je suis sûre que notre agent immobilier, Michael, te trouverait quelque chose de bien.

— Et je pourrais commencer la fac à l'automne prochain avec un an d'avance, enchaîna Spencer, dont l'excitation montait en flèche. J'y pensais, de toute façon.

À l'époque où elle sortait en secret avec Wren, le petit ami de Melissa, elle avait envisagé de faire une demande d'inscription anticipée à l'université de Pennsylvanie pour ficher le camp de Rosewood et être avec lui. Elle avait même déjà évoqué avec l'administration de l'Externat la possibilité d'obtenir son diplôme d'études secondaires à la fin de son année de 1re. Avec tous les cours avancés qu'elle suivait, elle avait plus que les acquis nécessaires.

Olivia inspira, parut sur le point de dire quelque chose, puis se ravisa et but une longue gorgée de vin avant de tendre la main paume en avant, dans un geste qui signifiait : « Pas si vite ».

— Je ne devrais pas m'emballer ainsi. Je suis censée être l'adulte responsable dans cette histoire. Tu devrais rester avec ta famille, Spencer. Contentons-nous de visites pour l'instant, d'accord ? (Elle dut remarquer la mine déçue de Spencer, car elle lui tapota la main en souriant.) Ne t'en fais pas. Je viens juste de te retrouver, et je n'ai pas l'intention de te perdre une deuxième fois.

Après avoir vidé la bouteille de vin et deux assiettes de *pasta puttanesca*, elles se dirigèrent vers l'héliport situé au bord de l'Hudson en papotant comme des amies plutôt que comme une mère et sa fille. Quand Spencer vit l'hélicoptère qui attendait Olivia, elle lui agrippa le bras.

— Tu vas me manquer.

La lèvre inférieure d'Olivia trembla.

— Je serai vite de retour. Et on se dépêchera d'organiser ta prochaine visite. Je pensais qu'on pourrait aller faire du shopping dans Madison Avenue. La boutique Louboutin est à mourir.

— Ça marche.

Spencer enlaça Olivia. Elle sentait le Narciso Rodriguez, un des parfums préférés de la jeune fille.

Olivia souffla un baiser à Spencer et monta à bord de l'appareil. Les pales se mirent à tourner. Spencer recula et jeta un coup d'œil par-dessus son épaule. Des taxis filaient sur l'autoroute de West Side. Des gens faisaient du jogging dans l'allée alors qu'il était plus de 22 heures. Des lumières scintillaient aux fenêtres des immeubles. Un bateau à bord duquel on donnait une fête voguait lentement sur l'Hudson ; Spencer distinguait des messieurs en costume et des dames en robe de soirée sur le pont.

Elle mourait d'envie de vivre ici. Et maintenant, elle avait une bonne raison de le faire.

L'hélicoptère décolla. Olivia enfila un énorme casque sur ses oreilles, se pencha par la fenêtre et agita la main avec enthousiasme pour dire au revoir à Spencer.

— Bon voyage ! cria la jeune fille.

Quand elle rajusta les anses de son cabas, quelque chose s'enfonça dans son aisselle. Un coin du dossier en accordéon d'Olivia. Elle le sortit de son sac et le brandit dans les airs.

— Tu as oublié ça !

Mais Olivia disait quelque chose au pilote, les yeux rivés sur la ligne d'horizon. Spencer continua à agiter les bras jusqu'à ce que l'hélicoptère ne soit plus qu'un point minuscule à l'horizon. Alors seulement, elle se détourna. Au moins, elle avait une excuse toute prête pour revoir Olivia.

14

$\mathscr{E}$T À BORD D'UN TRAIN ROULANT VERS L'OUEST, LE LENDEMAIN...

Le lendemain après-midi, Aria se tenait sur le quai du train en direction de l'ouest à Yarmouth, une ville située à quelques kilomètres de Rosewood. Le soleil était encore haut dans le ciel, mais il faisait très froid, et la jeune fille avait les doigts engourdis. Elle se tordit le cou pour regarder le long des rails. Le train se trouvait encore à plusieurs arrêts de là, scintillant dans le lointain. Le cœur d'Aria se mit à accélérer.

Après avoir vu non pas une mais *deux* filles canon se pâmer devant Mike la veille, elle avait expliqué que la vie était trop courte pour ruminer. Jason lui avait dit que le jeudi, ses cours finissaient assez tôt pour qu'il puisse rentrer à Yarmouth par l'express de 15 heures. Ce qui signifiait qu'elle savait précisément où le trouver à cette heure.

Elle se tourna pour regarder les maisons de l'autre côté de la voie. Beaucoup d'entre elles avaient un porche encombré par tout un tas de vieilleries et une peinture écaillée, mais contrairement aux bâtisses que l'on trouvait autour de la gare de Rosewood, aucune n'avait été convertie en magasin d'antiquités ou en luxueux institut de beauté. Il n'y avait pas non plus de Starbucks ou de Wawa à proximité : juste une boutique miteuse qui proposait des séances de chiromancie et « autres services psychiques » – quoi que cela puisse signifier –, ainsi qu'un bar appelé le Yee-Haw Saloon, devant lequel on avait placé une pancarte : « BUFFET À VOLONTÉ POUR 5 $! ». Même les arbres aux branches dénudées n'étaient pas aussi photogéniques. Aria comprenait que les DiLaurentis n'aient pas voulu se réinstaller à Rosewood pour la durée du procès, mais pourquoi avaient-ils choisi Yarmouth ?

La jeune fille entendit un ricanement derrière elle. Comme elle se retournait, une ombre se faufila de l'autre côté de la voie. Aria se dressa sur la pointe des pieds et étrécit les yeux, mais ne parvint pas à distinguer qui c'était. Elle repensa à Jenna Cavanaugh dans son jardin, la veille. Jenna avait paru vouloir lui dire quelque chose... puis elle s'était ravisée.

Pour couronner le tout, Emily lui avait transmis un message de « A », une photo d'Ali et de Jenna qu'Aria n'avait jamais vue avant. *En fin de compte, on dirait qu'elles étaient amies*, avait ajouté Emily en dessous. Mais il était également possible qu'Ali ait fait semblant d'être l'amie de Jenna pour pousser celle-ci à se confier... Ça lui ressemblait bien de se rapprocher de quelqu'un dans le seul but de lui dérober ses secrets.

Le train entra en gare et s'arrêta dans un crissement de freins. Le conducteur ouvrit la porte à la volée, et des passagers descendirent lentement les marches métalliques. Quand Aria aperçut les cheveux blonds et la parka grise de Jason, sa bouche s'assécha. Elle courut vers lui et lui toucha le coude.

— Jason?

Le jeune homme sursauta et fit volte-face comme s'il se tenait sur ses gardes. Voyant qu'il ne s'agissait que d'Aria, il se détendit.

— Oh, dit-il. Salut. (Ses yeux clignaient nerveusement.) Qu'est-ce que tu fais ici?

Aria se racla la gorge, résistant à une forte envie de regagner sa voiture en courant et de s'enfuir au plus vite.

— Je vais peut-être me ridiculiser, mais j'ai bien aimé discuter avec toi l'autre jour. Et… je me demandais si on pourrait se revoir à l'occasion. Enfin si tu n'as pas envie, ça ne me pose aucun problème.

Jason sourit, visiblement surpris. Il s'écarta pour laisser passer un flot d'hommes d'affaires.

— Tu ne t'es pas ridiculisée, répondit-il en plongeant son regard dans celui d'Aria.

— Vraiment?

Le cœur de la jeune fille fit un saut périlleux dans sa poitrine.

Jason consulta son énorme montre.

— Tu veux aller boire un verre maintenant? J'ai un peu de temps devant moi.

— V-volontiers, balbutia Aria.

— Je connais un endroit parfait à Hollis. Tu me suis en voiture? lança Jason.

Aria acquiesça, se réjouissant qu'il n'ait pas proposé le Yee-Haw Saloon de l'autre côté de la rue. Jason la laissa passer devant pour monter l'étroit escalier qui conduisait à la gare. Comme ils se dirigeaient vers leurs véhicules respectifs, quelque chose bougea dans la vision périphérique d'Aria. La silhouette aperçue plus tôt se tenait derrière la fenêtre de la gare. Elle portait de grosses lunettes de soleil et une doudoune dont la capuche relevée dissimulait son visage. Néanmoins, Aria eut l'impression qu'elle la fixait.

Aria suivit la BMW noire de Jason jusqu'à Hollis. Se souvenant de ce qu'Emily lui avait dit au sujet de leur altercation le dimanche précédent, elle prit grand soin d'observer le pare-chocs arrière du jeune homme en quête d'un impact. Mais elle n'en vit aucun.

Une fois l'un et l'autre garés dans la rue, Jason entraîna Aria dans une ruelle étroite. Ils gravirent les marches d'une vieille maison victorienne. Une enseigne portant le mot « BATES » était suspendue au-dessus du porche, et à droite de l'entrée se trouvait un fauteuil à bascule noir branlant, pareil à un squelette.

— C'est un bar, ça ?

Aria regarda autour d'elle. Les bars du coin qu'elle connaissait – le Snookers ou la brasserie Victory, par exemple – étaient des endroits sombres et puants, sans autre décoration que quelques néons publicitaires Guinness ou Budweiser. Mais le Bates avait des fenêtres en vitraux et un heurtoir en bronze ; des plantes mortes depuis longtemps étaient suspendues en haut du porche. Cela rappela à Aria le vieux manoir où vivait Brynja, sa prof de piano de Reykjavik.

La porte s'ouvrit, révélant une salle immense. Le parquet était en bois ; des canapés de velours rouge s'alignaient sur les côtés, et des rideaux bouillonnants masquaient les fenêtres.

— La maison est censée être hantée, chuchota Jason à Aria. C'est pour ça que le bar s'appelle Bates, comme le motel dans *Psychose*.

Il se dirigea vers le comptoir et se jucha sur un tabouret.

Aria détourna les yeux. Avant qu'on retrouve le corps

d'Ali, elle avait cru que derrière « A » se cachait son amie disparue – ou peut-être le fantôme de celle-ci. Les cheveux blonds qu'elle n'avait cessé d'apercevoir pendant des semaines étaient probablement ceux de Mona, qui espionnait les anciennes amies d'Alison pour mettre au jour leurs plus noirs secrets. Mais Mona avait beau ne plus être qu'un mauvais souvenir, Aria continuait de se sentir traquée. Il lui semblait qu'une fille aussi blonde qu'Ali se planquait derrière les arbres pour mieux réapparaître derrière une fenêtre ou dans n'importe quel autre endroit.

Un barman aux cheveux courts, tout de noir vêtu, prit leur commande. Aria réclama un verre de pinot noir – elle pensait que ça lui donnerait l'air sophistiqué – et Jason, un gimlet. Remarquant l'expression perplexe d'Aria, il expliqua :

— C'est de la vodka avec du jus de citron vert. Ma petite amie de Yale buvait ça tout le temps, et elle m'a contaminé.

— Oh.

Aria baissa la tête.

— Mais on ne sort plus ensemble, précisa Jason, la faisant rougir de plus belle.

Dès qu'ils furent servis, le jeune homme poussa son verre vers Aria.

— Goûte.

Elle but une minuscule gorgée.

— C'est bon, concéda-t-elle.

Ça avait un goût de Sprite, en beaucoup plus fun.

Jason croisa les mains devant lui avec un sourire curieux.

— Tu sembles drôlement à l'aise, remarqua-t-il. (Il baissa la voix.) À voir la façon dont tu bois de l'alcool dans un bar sans sourciller, on jurerait presque que tu as vingt et un ans.

Aria lui rendit son gimlet.

— J'ai passé les trois dernières années en Islande. Là-bas,

les lois sur l'alcool ne sont pas aussi strictes, et mes parents ont toujours été assez coulants. Et puis, je ne conduisais pas : nous habitions à deux blocs de l'avenue principale. Le pire qui me soit arrivé, c'est de trébucher sur les pavés après avoir bu trop de schnaps et de m'écorcher le genou.

— L'Europe semble t'avoir transformée. (Jason se recula légèrement et l'évalua du regard.) Avant, tu n'étais qu'une gamine un peu empotée, et maintenant...

Le cœur d'Aria battait la chamade. Et maintenant quoi ?

— Je me sentais plus à ma place là-bas, avoua-t-elle quand il devint évident que Jason ne terminerait pas sa phrase.

— Comment ça ?

— Eh bien...

Aria jeta un coup d'œil aux portraits de vieilles dames nobles accrochés aux murs. Sous chacun d'entre eux figuraient les dates de naissance et de mort des modèles.

— Avec les garçons, par exemple. En Islande, ils se fichaient de savoir si j'étais populaire ou pas. Ils voulaient savoir quel genre de musique j'écoutais ou quels bouquins j'aimais lire. À Rosewood, les garçons n'apprécient qu'un seul type de fille.

Jason posa ses coudes sur le comptoir.

— Tu veux dire, les filles comme ma sœur.

Aria haussa les épaules et détourna les yeux. Oui, c'était ce qu'elle voulait dire, mais elle n'avait pas osé prononcer le nom d'Ali.

Une expression indéchiffrable passa sur le visage de Jason. Aria se demanda s'il avait conscience de l'effet que sa cadette faisait aux garçons – même plus âgés qu'elle. Savait-il qu'elle sortait en cachette avec Ian, ou ne l'avait-il découvert qu'après l'arrestation de ce dernier ? Et qu'en pensait-il ?

Jason sirota son gimlet, soudain beaucoup plus détendu.
— Tu es souvent tombée amoureuse en Islande ?
Aria secoua la tête.
— Je suis sortie avec des garçons, mais je n'ai été amoureuse qu'une fois. (Elle but maladroitement une autre gorgée de vin. Elle n'avait rien mangé de la journée, et l'alcool lui montait à la tête.) De mon prof d'anglais renforcé, au début de l'année. Tu en as peut-être entendu parler.

Un pli se forma entre les sourcils de Jason. *Ou pas...*
— C'est fini maintenant, poursuivit Aria. Honnêtement, cette histoire a été un désastre. Il s'est fait virer du lycée à cause de moi. Il a quitté Rosewood il y a deux mois. Il avait dit qu'on resterait en contact, mais je n'ai reçu aucune nouvelle.

Jason acquiesça d'un air compatissant. Aria fut surprise de la facilité avec laquelle elle arrivait à lui parler. Elle avait l'impression qu'elle pouvait tout lui dire, qu'il ne la jugerait pas.
— Et toi, tu as déjà été amoureux ? demanda-t-elle.
— Une seule fois. (Jason renversa la tête en arrière et vida les dernières gouttes de son gimlet. La glace tinta contre le verre vide.) Elle m'a brisé le cœur.
— Qui était-ce ?
Il haussa les épaules.
— Ça n'a pas d'importance. Plus maintenant, du moins.
Le barman lui apporta un autre gimlet.
Jason enfonça son index dans le bras d'Aria.
— Un instant, j'ai cru que tu allais dire que tu étais amoureuse de moi.

Aria en resta bouche bée. Il savait ?
— Je suppose que c'était flagrant.
Jason sourit.
— Pas vraiment. Je suis très perspicace, c'est tout.

Les joues en feu, Aria fit signe au barman de remplir de nouveau son verre. Elle s'était toujours donné beaucoup de mal pour dissimuler son béguin pour lui. Il lui semblait que si Jason venait à l'apprendre, elle en mourrait de honte. À présent, elle avait envie de ramper sous le comptoir.

— Je me souviens de la fois où tu attendais devant la salle de journalisme de l'Externat, dit gentiment Jason. Je t'ai remarquée tout de suite. Tu regardais autour de toi... et quand tu m'as vu, ton visage s'est illuminé.

Aria agrippa le bord épais du comptoir en bois. L'espace d'un instant, elle crut que Jason allait évoquer la fois où il lui avait donné le morceau de drapeau d'Ali. Mais il faisait allusion au jour où elle l'avait attendu pour lui montrer l'exemplaire signé de *Abattoir Cinq* qui appartenait à son père. C'était le vendredi avant qu'elle et les autres filles s'introduisent en douce dans le jardin des DiLaurentis.

D'ailleurs, peut-être que Jason n'avait aucune envie d'évoquer cet épisode du morceau de drapeau. Peut-être se sentait-il encore coupable...

— Je m'en rappelle aussi, réussit à articuler Aria. Je voulais vraiment te parler. Mais la secrétaire du bahut t'a chopé la première. Elle a dit qu'il y avait un appel important pour toi. Une fille.

Jason plissa les yeux comme s'il essayait de se remémorer la scène.

— Vraiment ?

Aria acquiesça. Mme Wagner avait pris le bras de Jason et l'avait entraîné vers le bureau. Maintenant qu'elle y repensait, la jeune fille était sûre de l'avoir entendue dire : « Elle prétend être votre sœur. » Pourtant, elle avait vu Ali entrer dans les vestiaires de la salle de gym, un peu plus tôt ce jour-là. Peut-être était-ce la petite amie de Jason qui l'appelait. Sachant que l'administration du lycée ne le contacterait durant les heures de cours que pour une urgence familiale, elle s'était fait passer pour Ali.

— J'ai pensé que c'était une fille de ton âge, très belle. Quelqu'un à qui tu aurais envie de parler, et pas une gamine de 6e un peu bizarre, ajouta Aria en rougissant.

Jason acquiesça lentement, et Aria vit à son expression qu'il se souvenait. Il marmonna quelque chose entre ses dents, quelque chose qui ressemblait beaucoup à : « Pas franchement. »

— Pardon?

— Rien. (Jason vida son deuxième gimlet, puis la dévisagea avec un sourire charmeur.) En tout cas, je suis content que tu oses enfin afficher clairement ton intérêt pour moi.

Un frisson parcourut le dos d'Aria.

— Et même plus que ça, chuchota-t-elle.

— Je l'espère, dit Jason.

Ils se sourirent timidement. Le pouls d'Aria battait dans ses tempes, ses oreilles bourdonnaient.

La porte d'entrée s'ouvrit brusquement, et un groupe d'étudiants de la fac voisine s'engouffra dans le bar. Quelqu'un alluma une cigarette, répandant un nuage de fumée malodorante. Jason consulta sa montre et mit la main dans sa poche.

— Je vais être en retard.

Il sortit son portefeuille et en tira un billet de vingt dollars – assez pour payer toutes leurs consommations. Puis il reporta son attention sur Aria.

— Bon, commença-t-il.

— Bon, répéta Aria.

Mue par une impulsion, elle se pencha en avant, prit la main de Jason et l'embrassa comme elle aurait voulu qu'il le fasse des années auparavant devant la salle de journalisme. Les lèvres du jeune homme avaient un goût de vodka et de citron vert. Il l'attira contre lui, enfonçant ses mains dans les cheveux d'Aria.

Au bout d'un moment, ils s'écartèrent et échangèrent un large sourire. Aria crut qu'elle allait s'évanouir.

— On se voit plus tard, dit Jason.

— Absolument, souffla Aria.

Le jeune homme traversa la grande salle, ouvrit la porte et disparut.

— Oh, mon Dieu! chuchota Aria en pivotant de nouveau vers le bar.

Elle aurait voulu se mettre debout sur son tabouret et hurler au monde entier ce qui venait d'arriver. Il fallait qu'elle le dise à quelqu'un. Mais Ella était occupée avec Xavier. Mike s'en fichait. Et Emily risquait de doucher son enthousiasme en s'obstinant à croire qu'Ali était une gentille fille dans le fond et Jason un méchant garçon.

Le Treo d'Aria se mit à sonner. La jeune fille sursauta et consulta l'écran. « 1 nouveau message ». Expéditeur inconnu.

L'excitation d'Aria s'évapora instantanément. Elle promena un regard à la ronde. Le Bates était bondé. Des gens vautrés sur les canapés discutaient avec animation. Un étudiant à dreadlocks chuchotait quelque chose au barman en jetant des coups d'œil à Aria de temps en temps. Un courant d'air venu de l'arrière-salle fit vaciller la flamme des bougies vers la droite. On aurait dit que quelqu'un venait d'ouvrir une porte de service invisible.

« 1 nouveau message ». Aria passa les mains dans ses cheveux, puis appuya à contrecœur sur « Lire ».

Tu as aimé tes gimlets? Désolée, ma chérie, mais le fantasme s'achève ici. Big Brother te cache quelque chose. Et fais-moi confiance... tu n'as pas envie de savoir quoi.

— A

15

EN GARDE, KATE!

Une heure plus tard le même soir, Hanna attendait dans la rue que Mike sorte de l'effrayante maison des Montgomery. Un peu plus tôt ce jour-là, elle avait appelé son père au travail afin de lui demander si elle pouvait aller étudier à la bibliothèque pour un contrôle de français... sans Kate. Elle avait besoin d'être tranquille pour mémoriser correctement la longue liste des verbes irréguliers, avait-elle expliqué.

— D'accord, avait répondu son père sur un ton bourru.

Dieu merci, il commençait à lâcher du lest à propos de cette stupide règle selon laquelle Kate devait suivre Hanna comme son ombre. La veille, il l'avait laissée sortir seule pour acheter le cadeau de Meredith. Apparemment, il avait aussi donné la permission à sa future belle-fille, qui en avait profité pour filer dans la même boutique. Après avoir obtenu sa carte « sortie de prison », Hanna avait immédiatement appelé Mike pour lui proposer un rendez-vous... en tête à tête. Ce que son père ignorait ne pouvait pas lui faire de mal.

Par la fenêtre de sa voiture, Hanna scruta les petites

lumières cubiques au-dessus du porche des Montgomery. Ça faisait une éternité qu'elle n'était pas venue chez Aria ; elle avait oublié combien cette maison était étrange. La façade avant ne possédait qu'une fenêtre décentrée au-dessus de l'escalier. La façade arrière, en revanche, se composait de baies vitrées qui occupaient presque la totalité de sa surface depuis le rez-de-chaussée jusqu'au deuxième étage. Un jour où Hanna et les autres se trouvaient dans le salon des Montgomery et regardaient une famille de cerfs traverser le jardin, Ali avait détaillé les immenses fenêtres avant d'interroger Aria :

— Vous n'avez pas peur que les gens vous espionnent ? (Elle lui avait donné un discret coup de coude.) D'un autre côté, je suppose que tes parents n'ont rien à cacher, pas vrai Aria ?

Cette dernière avait rougi et quitté la pièce. Sur le coup, Hanna n'avait pas compris sa réaction. Mais à présent, elle savait ce qui s'était passé. Ali avait découvert que le père d'Aria avait une liaison avec une de ses étudiantes, et elle se servait de ce secret pour torturer son amie, de la même façon qu'elle torturait Hanna au sujet de sa boulimie et de ses vomissements.

Quelle salope...

Mike apparut sous le porche. Il portait un jean noir, un long manteau de laine au col relevé, et il tenait un énorme bouquet de roses. L'estomac d'Hanna la picota. Non qu'elle soit excitée par ce rendez-vous. Simplement, c'était agréable de recevoir des fleurs par une si morne journée d'hiver.

— Elles sont magnifiques, dit-elle quand Mike ouvrit la portière. Tu n'aurais pas dû.

— D'accord. (Le jeune homme serra le bouquet contre sa poitrine, faisant crisser le papier.) Je les offrirai à mon autre copine.

Hanna lui agrippa le bras.

— Tu n'oserais pas.

Ce n'était pas drôle du tout, surtout après le coup qu'il lui avait fait la veille en invitant Kate à la soirée de Meredith. Elle pianota sur le volant de sa Prius.

— Alors, où va-t-on ?

— Au King James, répondit Mike.

Hanna lui jeta un regard méfiant.

— Pas au Rive Gauche.

Avec la chance qui la caractérisait, ce serait Lucas qui les servirait. Très embarrassant.

— Je sais, dit Mike. On va faire les magasins.

Hanna plissa le nez.

— Ben voyons.

— Je suis sérieux. (Mike leva les mains.) Je sais que les filles adorent le shopping, surtout toi, et je veux te faire plaisir.

Il avait l'air sincère. Hanna démarra.

— Dans ce cas, dépêchons-nous d'y aller avant que tu ne changes d'avis.

Elle prit par les petites routes de campagne, ralentissant chaque fois qu'elle voyait un panneau TRAVERSÉE DE CERFS – ils étaient très nombreux à cette période de l'année. Mike glissa un CD dans le lecteur. Les pulsations d'une basse emplirent la voiture, bientôt suivies par une voix éraillée. Mike se mit aussitôt à chanter. Hanna reconnut le morceau et fit de même, un peu plus bas. Mike la dévisagea d'un air étonné.

— Tu connais ?

— C'est Led Zeppelin, lâcha Hanna comme si ça allait de soi.

Son ex-ex-petit ami, Sean Ackard, avait essayé de s'intéresser à ce groupe l'été précédent – apparemment, les Led

Zep étaient très populaires auprès des joueurs de foot et de lacrosse –, mais il avait décidé que leur musique était trop sombre et déprimante pour ses oreilles virginales. L'incrédulité se lut sur le visage de Mike.

— Tu croyais peut-être que j'écoutais Miley Cyrus ? le charria Hanna. Ou les Jonas Brothers ?

En fait, c'était Kate qui écoutait les Jonas Brothers. Et la bande originale d'un tas de comédies musicales.

Lorsqu'ils se garèrent dans le parking du centre commercial, les deux jeunes gens beuglaient « Dazed and confused ». Mike connaissait les paroles par cœur, et il se lança même dans un solo d'*air guitar* qui fit éclater de rire Hanna.

Le parking du King James était bondé. Il y avait un Home Depot sur la gauche ; les portes de Bloomingdale se trouvaient au milieu, et les boutiques les plus chic – comme Louis Vuitton ou Jimmy Choo – occupaient l'aile droite.

Comme ils descendaient de voiture, Hanna entendit quelqu'un grogner. Dans le parking du Home Depot, un homme luttait pour hisser ce qui ressemblait fort à une grosse bouteille de gaz dans le coffre de sa voiture, qui en contenait déjà une. Lorsqu'il parvint à l'y mettre, il se dirigea vers la portière conducteur, Hanna aperçut l'inscription sur le côté de son véhicule : Département de police de Rosewood. Le type avait un menton anguleux et un nez pointu. Des cheveux sombres dépassaient de son bonnet de laine noire.

Wilden ?

Hanna se demanda pourquoi il avait acheté autant de propane. Il n'y avait pas de chauffage électrique chez lui ? Elle faillit lui faire coucou mais se ravisa. Wilden avait dit aux journalistes que ses anciennes amies et elle avaient menti au sujet du corps de Ian. Il avait dressé tout Rosewood contre elles. *Connard.*

— Viens, dit-elle à Mike, en jetant un dernier coup d'œil à Wilden.

Celui-ci s'était arrêté près de la portière. Les épaules et le dos très droits, il tenait son portable collé à oreille. Cette posture rappela à Hanna la fois où il avait passé la nuit chez elle, quelques mois auparavant, à l'époque où il sortait avec sa mère. Très tôt le matin, elle avait entendu chuchoter dans le couloir. Quand elle avait jeté un œil pour voir ce qui se passait, elle avait vu Wilden debout devant la fenêtre de l'entrée, en train de scruter le jardin. Son corps était très raide, sa voix rauque et dure. À qui diable parlait-il de si bonne heure ? Était-il somnambule ? Hanna avait refermé la porte de sa chambre et regagné son lit avant qu'il ne la voie.

De toute façon, elle ne comprenait pas bien ce que sa mère lui trouvait. Wilden était mignon, mais pas tant que ça. La fois où Hanna l'avait surpris à moitié nu au sortir de la douche, elle ne l'avait pas trouvé particulièrement bien foutu. Elle était certaine qu'un garçon aussi sportif que Mike serait beaucoup plus canon. Non qu'elle s'intéresse à lui, évidemment.

Otter, la boutique préférée d'Hanna, était nichée entre Cartier et Louis Vuitton. La jeune fille entra d'un pas conquérant, se remplissant les poumons du parfum des bougies Diptyque. Les haut-parleurs déversaient la voix de Fergie et des portants entiers de vêtements Catherine Malandrino, Nanette Lepore et Moschino s'étendaient devant elle. Hanna poussa un soupir ravi. Les vestes en cuir étaient d'une souplesse et d'une brillance sans égal ; les robes en soie et les immenses foulards diaphanes semblaient tissés de fils d'or.

Sasha, une des vendeuses, remarqua Hanna et agita la main pour la saluer. La jeune fille était l'une des meilleures clientes de la boutique. Elle commença à choisir des robes, savourant le cliquetis que faisaient les cintres en bois quand ils se touchaient.

— Voulez-vous que je les porte dans votre cabine d'essayage, mademoiselle ? lança une voix faussement aiguë. (Hanna pivota vers Mike, qui l'avait rejointe.) J'en ai déjà réservé une pour toi, ajouta le jeune homme en souriant, et j'y ai mis ma sélection.

Hanna recula d'un pas.

— Tu as choisi des vêtements pour moi ?

Il fallait qu'elle voie ça. Elle se dirigea vers la seule des cabines dont le rideau de velours était noué sur le côté. Quelques articles étaient suspendus à la patère près du miroir. Il y avait d'abord un pantalon en cuir noir moulant, puis une tunique argentée décolletée jusqu'au nombril et pourvue de grandes fentes sur les côtés, et enfin, trois bikinis-strings avec un haut Wonderbra.

Hanna se tourna vers Mike et leva les yeux au ciel.

— Bien tenté, mais il gèlera en enfer avant que tu réussisses à me faire enfiler ça.

Elle jeta un nouveau coup d'œil au pantalon en cuir. Mike pensait qu'elle faisait du 34. Intéressant.

L'enthousiasme du jeune homme s'évapora.

— Tu ne vas même pas essayer les maillots ?

— Pas pour toi, le taquina Hanna. Tu vas devoir faire appel à ton imagination.

En tirant le rideau derrière elle, elle ne put s'empêcher de sourire. Mike méritait quelques points pour sa créativité.

Hanna posa sa besace en daim prune sur le petit tabouret de cuir et lissa son morceau de drapeau qu'elle avait noué autour de la bandoulière. Après avoir longuement réfléchi, elle avait décidé de le décorer en hommage à Ali, avec les mêmes éléments que celle-ci l'année de leur 6e. Le logo

Chanel voisinait avec la grenouille de manga. Une joueuse de hockey sur gazon envoyait une balle vers les initiales Louis Vuitton. Hanna était assez contente du résultat.

Elle ôta son pull, défit son soutien-gorge, baissa la fermeture Éclair de son jean et l'enleva. À l'instant où elle saisissait la première robe, le rideau de la cabine s'écarta, et Mike passa la tête à l'intérieur. Hanna glapit et se couvrit la poitrine.

— Qu'est-ce que tu fiches? couina-t-elle.

— Oups! s'exclama Mike. Désolé, Hanna, j'ai cru que c'était les toilettes. Cet endroit est un vrai labyrinthe!

Son regard se posa sur les seins d'Hanna, puis descendit vers sa minuscule culotte en dentelle.

— Sors d'ici! rugit la jeune fille en lui lançant son pied nu dans le tibia.

Quelques minutes plus tard, elle ressortit de la cabine, une des robes drapées sur son bras. Mike était perché sur la chaise près du miroir à trois pans, l'air penaud comme un chiot qui vient de se faire prendre après avoir mâchouillé les pantoufles de son maître.

— Tu m'en veux? demanda-t-il.

— Oui, lâcha Hanna sur un ton glacial.

En vérité, elle n'était pas si furieuse. C'était plutôt flatteur que Mike ait à ce point envie de la voir nue. Mais elle avait quand même l'intention de se venger.

Elle paya sa robe, et Mike lui demanda si elle voulait aller dîner.

— Pas au Rive Gauche, lui rappela Hanna.

— Je sais, je sais. Je connais un endroit encore mieux.

Il l'emmena à L'Année du lapin, le restaurant chinois à côté de Prada. Hanna plissa le nez. Elle sentait déjà son postérieur enfler rien qu'à imaginer tout le gras contenu dans ces plats.

Mike remarqua son expression dégoûtée.

— Ne t'inquiète pas. J'ai pensé à tout, lui assura-t-il.

Une Asiatique ultra-mince, avec des baguettes plantées dans son chignon, les conduisit dans un box intime et leur versa des tasses de thé vert brûlant. Il y avait un gong dans un coin, et un gros bouddha de jade perché sur une étagère en hauteur.

Un vieux serveur leur apporta des menus. À la grande stupéfaction d'Hanna, Mike marmonna quelques phrases en mandarin. Il désigna Hanna ; le serveur hocha la tête et s'éloigna. Mike se radossa à la banquette, donnant une pichenette du pouce et de l'index au centre du gong avec un air très satisfait.

Hanna en resta bouche bée.

— Qu'est-ce que tu lui as dit ?

— Que tu étais mannequin lingerie et que tu ne pouvais pas te permettre de prendre un seul gramme dans ton boulot. Et que donc, nous voulions voir le menu spécial basses calories, répondit nonchalamment Mike. Ils ne le donnent pas spontanément ; il faut savoir qu'il existe pour le demander.

— Tu sais dire « mannequin lingerie » en chinois ? s'étrangla Hanna.

Mike allongea ses bras sur le dossier de la banquette.

— J'ai appris un ou deux trucs pendant les années ennuyeuses que j'ai passées en Europe. « Mannequin lingerie », c'est la première chose que j'apprends à dire dans toutes les langues.

Hanna secoua la tête, fascinée.

— Wouah.

— Ça ne te dérange pas que le serveur te prenne pour un mannequin lingerie ?

Hanna haussa les épaules.

— Pas vraiment.

Après tout, ces filles étaient toutes belles et hyper minces. Le visage de Mike s'éclaira.

— Super. J'avais amené mon ex ici, mais le coup du menu spécial basses calories ne l'a pas fait rire du tout. Elle m'a accusé de la prendre pour une potiche, ou une connerie du même genre.

Hanna but une gorgée de thé. Elle ne savait même pas que Mike était sorti avec d'autres filles.

— Ça fait longtemps que vous avez rompu ?

Le serveur leur rapporta des menus – un normal pour Mike et un basses calories pour Hanna. Après son départ, Mike secoua la tête.

— Non, c'est tout récent. Elle râlait tout le temps parce que, soi-disant, je me souciais beaucoup trop de ma popularité.

— Lucas disait la même chose ! s'exclama Hanna sans réfléchir. Il m'a reproché d'avoir dit à tout le monde que Kate avait de l'herpès.

Elle frémit et s'en voulut d'avoir prononcé le nom de sa quasi-demi-sœur à voix haute. Mike allait probablement prendre sa défense... Mais le jeune homme se contenta de hausser les épaules.

— Je n'ai pas eu le choix, poursuivit Hanna. Je croyais qu'elle allait...

Elle n'acheva pas sa phrase.

— Qu'elle allait quoi ? demanda Mike.

Hanna secoua la tête.

— Juste dire une vacherie sur moi.

En fait, elle avait cru que Kate allait révéler qu'autrefois, elle se faisait régulièrement vomir – un aveu que sa quasi-demi-sœur lui avait soutiré dans un moment de faiblesse.

Et elle était à peu près sûre que Kate l'aurait fait si elle ne l'avait pas prise de vitesse.

Mike eut un sourire compatissant.

— Parfois, il ne faut pas hésiter à enfreindre les règles et à se salir les mains.

— *Amen.*

Hanna leva son verre d'eau et trinqua avec Mike, reconnaissante qu'il n'ait pas insisté pour savoir de quelle vacherie il s'agissait exactement.

Ils finirent leur dîner et sucèrent les quartiers d'orange qu'on leur avait apportés avec la note. D'un air lubrique, Mike complimenta Hanna sur sa façon de faire et lui conseilla de s'économiser pour plus tard. Puis il s'excusa pour aller aux toilettes.

Hanna le regarda se faufiler entre les tables et réalisa qu'elle tenait sa chance de se venger. Elle se leva, posa sa serviette sur son assiette et suivit Mike discrètement. Elle attendit que la porte des toilettes des hommes se soit refermée derrière lui, compta jusqu'à dix et fit irruption à l'intérieur.

— Oups ! s'exclama-t-elle.

Sa voix résonna à travers la pièce vide et immaculée.

Mike ne se tenait pas devant les urinoirs. Et Hanna ne voyait pas non plus ses mocassins Tod sous la porte des boxes. En revanche, elle entendit un petit bruit en provenance du coin lavabos délimité par un mur carrelé.

Mike se tenait là, un peigne, une bombe de déodorant et un tube de dentifrice posés devant lui. Dans sa main, il tenait une brosse à dents. Quand il vit Hanna dans le miroir, toute couleur déserta son visage.

Hanna éclata de rire.

— Tu te pomponnes ! Comme c'est mignon...

— Qu'est-ce que tu fais là ? balbutia Mike.

— Désolée, j'ai cru que c'était une cabine d'essayage, récita Hanna.

Mais cela n'eut pas l'effet escompté. Mike cligna des yeux et rangea rapidement ses affaires de toilette dans sa sacoche Jack Spade. Hanna se sentit un peu coupable – il n'était pas obligé d'arrêter. Elle recula vers la porte.

— Je t'attends dehors, marmonna-t-elle.

Elle sortit des toilettes et regagna son siège en souriant par-devers elle. Mike se brossait les dents. Cela signifiait-il qu'il comptait l'embrasser ?

Sur le chemin du retour, ils écoutèrent « Whole lotta love » en chantant de nouveau à tue-tête. Hanna se gara devant chez les Montgomery et coupa le contact.

— Tu veux me raccompagner jusqu'à ma porte ? proposa Mike.

— Volontiers, répondit Hanna, le cœur battant.

Elle le suivit jusque sous le porche. Il y avait un jardin zen à gauche de la porte, mais le sable avait gelé, et une fine couche de glace le recouvrait encore.

Mike se tourna vers elle. Hanna aimait qu'il soit beaucoup plus grand qu'elle : Lucas faisait à peu près sa taille, et Sean était un poil plus petit.

— C'était presque aussi marrant que de sortir avec mes strip-teaseuses, déclara Mike.

Hanna leva les yeux au ciel.

— Tu peux peut-être leur donner congé samedi soir et m'accompagner à l'inauguration du Radley.

Mike posa son pouce sur son menton et fit semblant de réfléchir.

— Ça devrait pouvoir se faire.

Hanna gloussa. Mike lui toucha l'intérieur du bras. Son haleine sentait la menthe. Presque inconsciemment, la jeune fille se pencha vers lui.

Puis la porte s'ouvrit à la volée. Une vive lumière jaillit du couloir de la maison, et Hanna fit un bond en arrière. Une grande fille aux cheveux châtains se tenait sur le seuil. Ce n'était ni la mère de Mike, ni même Aria. Le cœur d'Hanna dégringola dans ses escarpins.

— Kate? glapit-elle.

— Salut, Mike! s'exclama Kate au même moment.

Hanna tendit un doigt accusateur vers elle.

— Qu'est-ce que tu fais ici?

Kate cligna innocemment des yeux.

— Je suis arrivée en avance, et la mère de Mike m'a laissée entrer. (Elle reporta son attention sur le jeune homme.) Elle est hyper sympa. Et j'adore ses tableaux. Elle m'a dit que l'un d'eux serait accroché dans le hall du Radley, et que l'inauguration était samedi soir. On devrait y aller ensemble, tu ne trouves pas?

— Comment ça, tu es arrivée en avance? coupa Hanna.

Kate posa une main sur sa poitrine.

— Mike ne t'a pas dit? Nous avons rendez-vous.

Furieuse, Hanna dévisagea le jeune homme.

— Non, Mike ne m'a pas dit.

Mike se passa la langue sur les lèvres, l'air coupable.

— C'est bizarre : on a organisé ça hier soir, bêla Kate.

Mike la regarda, abasourdi.

— Mais c'est toi qui m'as demandé de ne...

— Et puis, coupa Kate de sa voix doucereuse, tu n'es pas censée être à la bibliothèque, Hanna? Comme je ne t'ai pas vue dans la salle pendant la répétition d'*Hamlet*, j'ai appelé Tom, et il m'a dit que tu devais réviser pour un contrôle de français.

Poussant Hanna, elle prit le bras de Mike.

— Tu es prêt? Je t'emmène prendre le dessert dans un endroit génial.

Mike acquiesça, puis jeta un coup d'œil à Hanna, dont la mâchoire touchait pratiquement le sol. Il haussa les épaules d'un air vaguement contrit, comme pour dire : « On ne s'est pas juré fidélité, non ? »

Stupéfaite, Hanna regarda les deux jeunes gens redescendre l'allée et se diriger vers l'Audi d'Isabel, la mère de Kate. Elle était tellement occupée à se demander comment conclure son rencard avec Mike qu'elle ne l'avait même pas remarquée en arrivant. Était-ce pour ça que Mike avait voulu se pomponner dans les toilettes du resto chinois – il se faisait beau pour son deuxième rencard ? Après la soirée qu'ils venaient de passer ensemble, comment pouvait-il encore hésiter à sortir avec elle, et elle seule ?

Le moteur de l'Audi gronda. La voiture recula avant de s'éloigner. Dans le silence qui suivit sa disparition, Hanna entendit une sorte de reniflement derrière elle. Elle se retourna brusquement. Nouveau reniflement. On aurait dit que quelqu'un se retenait de rire.

— Coucou ? appela Hanna à voix basse dans la nuit.

Personne ne répondit, mais la jeune fille restait persuadée qu'on l'observait. Qui cela pouvait-il bien être : « A » ? Brusquement, elle se sentit glacée jusqu'à la moelle. Elle détala aussi vite qu'elle le put.

16

SPENCER HASTINGS, FUTURE CAISSIÈRE AU WAWA

Le même soir, perchée sur l'accoudoir du canapé dans le salon des Hastings, Spencer regardait les informations. Un journaliste expliquait pour la millième fois que les forces de l'ordre avaient évacué les bois derrière chez elle et lancé des recherches à travers tous les États-Unis. Les policiers avaient reçu un appel anonyme les informant de l'endroit où Ian pouvait se trouver, mais préféraient garder cela pour eux pour le moment.

Spencer grogna. Les informations furent interrompues par un spot publicitaire qui vantait les mérites de la station de ski Elk Ridge, qui venait d'ouvrir six pistes supplémentaires et de lancer les « jeudis gratuits pour les filles ».

Quelqu'un sonna à la porte. Spencer se leva d'un bond, impatiente de se concentrer sur des choses plus positives. Andrew se tenait sous le porche, frissonnant.

— J'ai tellement de choses à te raconter! s'exclama Spencer.

— Vraiment?

Andrew entra, son manuel d'économie sous le bras. Spencer renifla avec mépris. L'examen de M. McAdam n'avait plus aucune importance.

Elle entraîna le jeune homme dans le salon, referma la porte derrière eux et éteignit la télé.

— Tu sais que j'ai envoyé un mail à ma mère biologique lundi ? Elle m'a répondu. Et je suis allée la voir à New York hier.

Andrew cligna des yeux.

— À New York ?

Spencer acquiesça.

— Elle m'a envoyé un billet et demandé de la retrouver à Penn Station. Et on a passé une soirée *géniale*. (Elle pressa les mains d'Andrew.) Olivia est jeune, intelligente et… normale. On s'est tout de suite bien entendues. Regarde !

Elle sortit son téléphone portable et lui montra un texto qu'Olivia lui avait envoyé tard dans la nuit, probablement à son arrivée à l'aéroport.

Chère Spencer, tu me manques déjà ! À très vite ! Bisous, O.

Spencer avait aussitôt répondu, disant qu'elle avait toujours le dossier d'Olivia, et celle-ci lui avait demandé de le garder jusqu'à son retour.

Andrew tritura une peau morte autour de l'ongle de son pouce.

— Quand je t'ai demandé ce que tu faisais hier, tu m'as dit que tu dînais avec ta famille. Donc… tu m'as menti ?

Les épaules de Spencer s'affaissèrent. Ce n'était qu'une question de sémantique ; pourquoi pinaillait-il au lieu de se réjouir pour elle ?

— Je ne voulais pas en parler avant de l'avoir rencontrée. J'avais peur que ça me porte la poisse. Je comptais te le dire aujourd'hui au lycée, mais la journée a filé à toute allure. (Elle s'écarta d'Andrew.) J'envisage sérieusement de m'installer à New York pour être près d'Olivia. Nous avons été séparées si longtemps ; je ne veux pas passer une minute de plus loin d'elle. Elle vient d'emménager avec son mari dans le Village, un quartier génial, et il y a plein de très bons lycées à Manhattan, et... (Remarquant l'expression amère d'Andrew, elle s'interrompit.) Ça va ?

Le jeune homme fixait le plancher.

— Oui, oui, marmonna-t-il. C'est une bonne nouvelle. Je suis content pour toi.

Déstabilisée, Spencer se passa une main sur la nuque. Elle pensait qu'Andrew serait ravi qu'elle retrouve sa mère biologique : après tout, c'était lui qui l'avait incitée à s'inscrire sur le site.

— Tu n'en as pas l'air, dit-elle lentement.

— Si si, je suis très content. (Andrew se leva d'un bond, et se cogna le genou sur le coin de la table basse.) Euh, j'ai oublié mon... mon manuel d'algèbre à l'Externat. Je ferais mieux d'aller le chercher. On a un tas de devoirs pour demain.

Empoignant ses affaires, il se dirigea vers la porte.

Spencer lui saisit le bras au passage. Il s'arrêta mais ne voulut pas la regarder.

— Que se passe-t-il ? demanda-t-elle, le cœur serré.

Andrew plaqua ses livres contre sa poitrine.

— Eh bien, cette histoire de déménagement... Je veux dire... Tu vas peut-être un peu vite en besogne, non ? Tu ne devrais pas en parler d'abord avec tes parents ?

Spencer fronça les sourcils.

— Ils sauteront probablement de joie à l'idée que je m'en aille.

— Tu n'en sais rien du tout, contra Andrew en lui jetant un regard irrité avant de détourner les yeux. Ils sont furieux contre toi, mais je suis certain qu'ils ne te détestent pas. Tu es toujours leur fille. Ils refuseront peut-être de te laisser partir.

Spencer ouvrit la bouche et la referma aussitôt. Ses parents n'allaient quand même pas l'empêcher de saisir cette opportunité, si ?

— Et tu viens juste de rencontrer ta mère, marmonna Andrew d'un air de plus en plus chagriné. Tu la connais à peine. Tu ne crois pas que c'est un peu prématuré ?

— C'est vrai que c'est rapide, concéda Spencer, mais je le sens bien. Et plus je serai proche d'elle, plus vite j'apprendrai à la connaître, ajouta-t-elle sur un ton pressant.

Elle voulait tant qu'Andrew comprenne !

Le jeune homme haussa les épaules et se détourna.

— Je ne veux pas qu'il t'arrive quoi que ce soit, c'est tout.

— Comment ça ? s'exclama Spencer, frustrée. Olivia ne me ferait jamais de mal !

Andrew pinça les lèvres et se tut. Dans la cuisine, un des labradoodles se mit à boire bruyamment dans son écuelle. Le téléphone sonna, mais Spencer ne décrocha pas. Elle attendait qu'Andrew s'explique. Elle détailla les livres qu'il tenait dans ses bras. Sur la couverture de son manuel d'économie se détachait un carton d'invitation. *Merci de vous joindre à nous pour l'inauguration de l'hôtel Radley*, pouvait-on lire dans une police élégante.

— Qu'est-ce que c'est ? demanda Spencer en le désignant du menton.

Andrew baissa les yeux, puis cacha l'invitation sous son cahier.

— Oh, juste un truc que j'ai reçu par la poste ce matin. J'ai dû l'emmener par erreur.

Spencer le dévisagea. Les joues d'Andrew étaient rouges comme s'il luttait pour ne pas pleurer. Et soudain... elle comprit. Elle vit Andrew recevant l'invitation et se précipitant chez elle pour lui demander d'être sa cavalière. « Ça compensera Foxy », avait-il peut-être prévu de dire, faisant allusion à la désastreuse soirée de charité à laquelle ils avaient assisté à l'automne précédent. Tous ses arguments sans queue ni tête contre le déménagement de Spencer étaient sans doute motivés par la peur de la perdre.

La jeune fille lui toucha le bras gentiment.

— Je reviendrai te rendre visite. Et tu pourras venir à New York.

Une expression d'embarras suprême passa sur le visage d'Andrew. Il se dégagea.

— Il... il faut que j'y aille. (Il se précipita vers la porte.) On se voit demain au lycée.

— Andrew! protesta Spencer.

Mais le jeune homme avait déjà enfilé son blouson et ouvert la porte. Le vent la fit claquer si fort derrière lui que la petite figurine de labradoodle en bois posée sur la console voisine tomba par terre.

Spencer s'approcha de la fenêtre qui donnait sur le jardin de devant et regarda Andrew courir dans l'allée vers sa Mini Cooper. Elle tendit une main vers la poignée, mais une partie d'elle n'avait pas envie de rattraper le jeune homme. Andrew démarra en trombe, dans un crissement de pneus. Puis il disparut.

Une grosse boule se forma dans la gorge de Spencer. Que venait-il de se passer? Avaient-ils rompu? Andrew ne voulait-il plus d'elle pour la seule raison qu'elle comptait déménager? Pourquoi était-il incapable de se réjouir qu'elle ait retrouvé sa mère? Pourquoi ne pensait-il qu'à lui et à ses caprices?

Quelques instants plus tard, la porte de derrière claqua et Spencer sursauta. Elle entendit un bruit de pas, puis la voix de M. Hastings. Elle n'avait pas parlé à ses parents depuis son retour de New York, mais elle devait le faire. Seulement... et si Andrew avait raison? S'ils refusaient de la laisser partir?

Brusquement effrayée, Spencer saisit ses clés de voiture et sa veste en tweed à col boutonné sur le dossier d'une des chaises de la salle à manger. Elle ne pouvait pas parler à ses parents maintenant. Elle devait d'abord sortir de la maison, boire un cappuccino et s'aérer la tête.

Comme elle descendait les marches du perron, elle s'arrêta net. Elle regarda d'abord à droite puis à gauche. Quelque chose clochait.

Sa voiture avait disparu.

L'endroit où elle garait habituellement son petit coupé Mercedes était vide. Pourtant, Spencer se souvenait de l'avoir laissé là quelques heures plus tôt en rentrant de l'Externat. Avait-elle oublié d'activer l'alarme? Quelqu'un l'avait-il volé? « A », par exemple?

Spencer revint en courant dans la cuisine. Debout devant la cuisinière, Mme Hastings versait des légumes coupés en morceaux dans une grosse cocotte. M. Hastings se servait un verre de vin rouge.

— Ma voiture a disparu! se lamenta Spencer. Je crois que quelqu'un l'a volée.

M. Hastings continua calmement à remplir son verre. Mme Hastings reposa sa planche à découper en plastique sans même ciller.

— Personne n'a rien volé.

Spencer agrippa le bord du plan de travail.

— Comment le sais-tu?

Sa mère fit la moue comme si elle avait mordu dans un citron. Son T-shirt noir était tendu sur sa poitrine et ses épaules athlétiques. Dans son poing, elle tenait un couteau de cuisine qu'elle maniait comme une arme.

— Parce que ton père l'a ramenée chez le concessionnaire cet après-midi.

Spencer sentit ses genoux flancher. Elle se tourna vers son père.

— Quoi? Pourquoi?

— Elle consommait beaucoup trop d'essence, répondit Mme Hastings à la place de son mari. Nous devons penser à l'économie et à l'environnement.

Elle décocha un sourire pieux à Spencer et reporta son attention sur sa planche à découper.

— Mais... (Spencer avait l'impression que tout son corps était électrifié.) Vous venez d'hériter de plusieurs millions de dollars! Et cette voiture consomme beaucoup moins que le SUV de Melissa!

Son père continuait à l'ignorer en sirotant son vin. Se fichait-il complètement d'elle? Furieuse, Spencer lui saisit le poignet.

— Et toi, tu as quelque chose à dire?

M. Hastings se dégagea fermement.

— Spencer, dit-il sur un ton égal. (L'odeur épicée du vin chatouilla les narines de la jeune fille.) Arrête ton cinéma. Ça fait un moment qu'on parlait de se débarrasser de ta voiture, tu te souviens? Tu n'as pas besoin d'en avoir une à toi.

— Mais comment je vais faire pour me déplacer? geignit la jeune fille.

Mme Hastings coupait des carottes en morceaux de plus en plus petits, et le couteau produisait un bruit sec contre la planche.

— Si tu veux t'acheter une autre voiture, fais comme tous les jeunes de ton âge. (Elle versa les dés de carotte dans la cocotte.) Trouve-toi un boulot.

— Un boulot? s'étrangla Spencer.

Ses parents ne l'avaient jamais forcée à travailler. Elle pensa aux élèves de l'Externat qui occupaient un emploi pour se faire de l'argent de poche. Ils pliaient des pulls au Gap du King James, préparaient des bretzels chez Auntie Anne ou vendaient des sandwiches au Wawa.

— Tu peux aussi emprunter la nôtre, suggéra Mme Hastings. Sinon, j'ai entendu parler d'une merveilleuse invention qui t'emmène là où tu veux, comme une voiture. (Elle posa son couteau sur la planche.) Ça s'appelle un bus.

Spencer fixa ses parents, bouche bée et les oreilles bourdonnantes. Puis, à sa grande surprise, un sentiment de paix l'envahit. Elle avait la réponse à sa question. Ses parents ne l'aimaient pas, ça ne faisait aucun doute. Sinon, ils ne seraient pas aussi abjects avec elle.

— D'accord, dit-elle avec raideur en faisant volte-face. De toute façon, ce n'est pas comme si j'allais m'éterniser ici.

Comme elle sortait de la cuisine en trombe, elle entendit le verre de son père tinter contre le plan de travail en granit.

— Spencer, appela M. Hastings.

Mais c'était trop tard.

Spencer monta dans sa chambre en courant. D'habitude, après avoir été rabaissée par ses parents, elle se mettait à pleurer sans pouvoir s'arrêter et se jetait sur son lit en se demandant ce qu'elle avait fait de mal. Mais pas cette fois.

Elle se dirigea vers son bureau et saisit le dossier accordéon d'Olivia. Prenant une grande inspiration, elle l'ouvrit. Il contenait effectivement un tas de papiers relatifs à l'appartement qu'Olivia et son nouveau mari venaient d'acheter : un plan détaillé des lieux, une liste des matériaux utilisés pour les revêtements de sols et les placards, un catalogue des services disponibles dans la résidence – toiletteur pour chiens et chats, piscine olympique couverte, salon de beauté Elizabeth Arden... Une carte de visite était fixée avec un trombone sur la première page du dossier. « Michael Hutchins, Agent immobilier ».

« Notre agent immobilier, Michael, te trouverait quelque chose de bien », avait dit Olivia pendant le dîner.

Spencer regarda autour d'elle, évaluant le contenu de la pièce. Tous les meubles, depuis son lit à baldaquin jusqu'à son secrétaire antique en passant par l'armoire en acajou et la coiffeuse Chippendale, lui appartenaient. Elle les avait hérités de sa grand-tante Millicent qui, apparemment, n'éprouvait aucune animosité envers les enfants adoptés – elle. Évidemment, il faudrait qu'elle emporte ses vêtements, ses chaussures, ses sacs à main et ses livres. Le tout tiendrait probablement dans une camionnette, qu'elle pourrait conduire elle-même en cas de besoin.

Son Sidekick vibra et Spencer frémit. Elle tendit la main vers son portable, espérant que c'était Andrew qui appelait pour faire la paix. Mais quand elle vit qu'il s'agissait d'un texto dont l'expéditeur était anonyme, son cœur lui tomba dans les pantoufles.

Chère petite mademoiselle Spencer Quel-Que-Soit-Ton-Nom,
Depuis le temps, tu devrais savoir ce qui arrive quand tu refuses de m'écouter. Cette fois, je vais utiliser des mots faciles pour que tu comprennes bien. Laisse tomber ta mère perdue et retrouvée et continue à chercher ce qui s'est réellement passé... ou tu en paieras le prix. Ça te dirait de disparaître pour toujours ?
— A

17

*C*OMME AU BON VIEUX TEMPS...

Plus tard ce soir-là, après la fin de son entraînement de natation, Emily se glissa dans son box préféré chez Applebee's, celui qui avait un vieux tandem accroché au plafond et des tas de plaques d'immatriculation colorées sur les murs. Elle était accompagnée de sa sœur Carolyn et de deux autres filles de son équipe, Gemma Curran et Lanie Iler. La grande salle sentait les hamburgers et les frites, et les haut-parleurs diffusaient une vieille chanson des Beatles.

Quand Emily ouvrit la carte, elle fut ravie de voir que les bâtonnets de mozzarella et les ailes de poulet figuraient toujours dans la liste des entrées, et que la salade du Sud-Ouest au poulet était toujours servie avec de la sauce ranch épicée. En fermant les yeux, elle se croyait pratiquement revenue un an plus tôt, à la même époque, quand elle venait tranquillement dîner chez Applebee's tous les jeudis soir.

— Lauren devait avoir fumé du crack quand elle nous a filé cette série de cinq cents, se plaignit Gemma en feuilletant la carte plastifiée.

— Carrément, acquiesça Carolyn en se tortillant pour

enlever son blouson aux couleurs de l'équipe de natation de l'Externat. Je ne peux presque plus lever les bras !

Emily riait avec les autres quand elle aperçut un éclair blond du coin de l'œil. Elle se raidit et tourna la tête vers le bar, devant lequel se massaient des tas de clients occupés à regarder un match des Eagles sur l'écran plat. Tout au bout, un jeune homme blond parlait à sa copine avec animation. Les battements du cœur d'Emily reprirent leur rythme normal. Un instant, elle avait cru que c'était Jason DiLaurentis.

Emily ne parvenait pas à se sortir Jason de la tête. Elle en voulait à Aria d'avoir ignoré ses avertissements dans la cour, le jeudi, et d'avoir trouvé des excuses au frère d'Ali. Par ailleurs, elle ne savait pas quoi déduire de l'étrange photo que « A » lui avait envoyée la veille, celle qui montrait Ali avec Naomi et Jenna. Si Jenna était l'amie d'Ali, celle-ci avait pu se confier à elle en toute sincérité, non ? Elle avait pu lui révéler un secret très grave au sujet de son frère, sans savoir que Jenna vivait quelque chose de similaire.

Quelques mois plus tôt, avant que la police arrête Ian pour le meurtre d'Ali, Emily avait vu une interview de Jason DiLaurentis à la télé. Enfin, une sorte d'interview : le journaliste s'était introduit à Yale pour lui demander ce qu'il pensait de l'enquête sur le meurtre de sa sœur, et Jason l'avait remballé en disant qu'il ne voulait pas en parler. Et qu'il se tenait à l'écart de sa famille autant que possible, parce qu'ils étaient « trop cinglés ». Mais n'était-ce pas lui qui avait des problèmes ?

L'été entre leur 6e et leur 5e, Emily était passée chez les DiLaurentis alors qu'ils préparaient leurs bagages pour partir dans leur résidence secondaire des Poconos. Pendant que les autres portaient de grosses valises dans la voiture, Jason était resté vautré dans le fauteuil inclinable du salon, zappant d'une chaîne à l'autre. Quand Emily avait demandé à Ali pourquoi il ne les aidait pas, son amie avait répondu :

— Il est dans une de ses phases Elliott Smith. (Elle avait levé les yeux au ciel.) Franchement, on devrait l'enfermer dans un asile, avec les autres fous de son espèce.

Un frisson avait parcouru l'échine d'Emily.

— Jason est fou ?

Ali avait de nouveau levé les yeux au ciel.

— C'était une blague, avait-elle grogné. Tu prends tout au pied de la lettre !

Mais alors qu'elle se détournait pour empoigner une autre valise, Emily avait vu sa bouche trembler. C'était comme s'il se passait quelque chose sous son calme et son détachement apparents, quelque chose qu'elle refusait d'admettre.

Emily avait fait suivre la photo envoyée par « A » à chacune de ses anciennes amies. Spencer et Hanna avaient répondu toutes les deux, disant qu'elles ne voyaient absolument pas ce que ça pouvait signifier, mais Aria était restée muette. Et si elles avaient vraiment des raisons de se méfier de Jason ? Elles ignoraient presque tout de lui...

Une serveuse blonde portant la blouse verte d'Applebee's et une casquette de base-ball des Eagles vint prendre leur commande. Puis les nageuses se mirent à discuter de la soirée d'inauguration du Radley.

— Topher a réussi à choper une invitation, et il veut qu'on y aille ensemble, dit Carolyn. Mais j'avoue que je ne sais pas quoi mettre.

Emily sirotait son Coca vanille. Topher était le petit ami de Carolyn, mais en règle générale, tous deux préféraient les marathons DVD aux soirées chic.

— Pourquoi pas la robe que je portais samedi dernier, pour le gala au profit de l'Externat ? suggéra Emily. (Elle pianota sur la table.) Je n'aurai pas besoin de te l'emprunter cette fois : j'en ai déjà une.

Les yeux de sa sœur brillèrent.

— Tu y vas aussi ?

— Quelqu'un m'a demandé de l'accompagner, bredouilla Emily.

Intriguées, Gemma et Lanie s'approchèrent davantage.

Carolyn pressa le bras de sa cadette.

— Laisse-moi deviner, chuchota-t-elle. Renee Jeffries de Tate ? Vous étiez adorables quand vous discutiez avant le deux cents mètres papillon le mois dernier. Et il paraît qu'elle est aussi... tu sais.

Emily tritura la paille rouge de son Coca vanille. Elle n'avait pas encore parlé d'Isaac à sa famille et à ses amis. Prenant une grande inspiration, elle dévisagea les trois autres filles.

— En fait... c'est un garçon.

Carolyn cligna des yeux. Lanie et Gemma eurent un sourire perplexe. À la télé, les Eagles marquèrent un essai. Toute la salle cria et applaudit, mais les filles ne se retournèrent pas.

— Je l'ai rencontré à l'église, poursuivit Emily. Il suit des cours à la Sainte-Trinité. Il s'appelle Isaac. On... sort plus ou moins ensemble.

Carolyn posa ses mains sur la table, paumes à plat.

— Isaac Colbert ? Le chanteur canon de Carpe Diem ?

Emily acquiesça en rosissant de plaisir.

— Je le connais, se pâma Gemma. On a bossé sur le même projet d'habitat pour l'humanité l'an dernier. Il est génial.

— C'est sérieux ? demanda Carolyn, dont les yeux lui sortaient de la tête.

Emily acquiesça de nouveau en regardant sa sœur.

— J'ai l'intention d'en parler à papa et maman. Tiens ta langue d'ici là, d'accord ? Je voulais juste attendre un peu pour... être sûre.

Carolyn saisit un morceau de pain à l'ail dans la corbeille qu'on venait de leur apporter.

— Félicitations.

Gemma tapa dans la main d'Emily, et Lanie lui donna une claque dans le dos.

Emily poussa un soupir de soulagement. Elle avait craint que cette conversation ne se passe mal, et surtout que Carolyn lui demande pourquoi elle avait infligé toute cette histoire d'homosexualité à leur famille si c'était pour se remettre à sortir avec des garçons au final.

Mais à présent que ses pensées étaient tournées vers Isaac, elle ne pouvait s'empêcher de repenser au dîner de la veille chez les Colbert. Toutes ces allusions venimeuses. Tous ces regards mauvais. Et cette photo dans le tiroir de la cuisine, celle où Emily n'avait plus de tête. Mme Colbert les laisserait-elle aller ensemble à la soirée d'inauguration du Radley si elle savait ce qu'ils avaient fait ?

Emily était rentrée chez elle peu de temps après avoir vu la photo, sans en parler à Isaac. Mais il fallait qu'elle lui dise. Ils sortaient ensemble. Ils étaient amoureux. Isaac comprendrait sûrement. Elle pourrait par exemple lui demander : « Tu es sûr que ta mère m'apprécie ? Est-ce qu'elle a l'habitude de bizuter tes nouvelles copines ? Tu sais que c'est une psychopathe qui m'a décapitée dans une photo ? »

Leur commande arriva, et les nageuses engloutirent leur dîner en silence. Une fois que la serveuse eut débarrassé les assiettes vides, le Nokia d'Emily sonna. La jeune fille regarda l'écran. « Spencer Hastings ». Son estomac papillonna de nervosité. Avec un regard d'excuse à l'intention de ses amies, elle se glissa hors du box et se dirigea vers le couloir des toilettes. La salle était beaucoup trop bruyante pour envisager d'y avoir une conversation téléphonique.

— Quoi de neuf ? demanda Emily en poussant la porte des toilettes pour femmes.

— J'ai reçu un autre message, répondit Spencer.

Emily posa une main tremblante sur le lavabo en marbre et se regarda dans le miroir. Ses yeux étaient arrondis, et son visage tout blême.

— Qu-que disait-il ?

— En gros, que nous devons continuer à chercher ou on le paiera cher.

— Chercher... l'assassin ? chuchota Emily.

— Je suppose. Je ne vois pas ce que ça pourrait signifier d'autre.

— Tu crois que ça a un rapport avec la photo que j'ai reçue ? Celle d'Ali et de Jenna ?

— Je n'en sais rien, dit Spencer sur un ton morne. Ça n'a pas de sens non plus.

Emily entendit le bruit d'une chasse que l'on tire, puis de l'agitation derrière la porte d'une des cabines. Elle se raidit. Elle ne s'était pas rendu compte qu'il y avait quelqu'un d'autre dans les toilettes.

— Il faut que j'y aille, siffla-t-elle dans son Nokia.

— D'accord. Sois prudente, lui recommanda Spencer.

Emily referma son téléphone à clapet et le fourra dans sa poche. Quand la porte du box s'ouvrit et que son occupante en sortit, le sang de la jeune fille se glaça dans ses veines.

— Oh.

Mme Colbert s'arrêta net. Elle portait un chemisier en soie et un pantalon noir, comme si elle sortait du travail. Les coins de sa bouche s'abaissèrent instantanément.

— Bonsoir, lança Emily une octave plus haut que sa tonalité habituelle. (Ses mains se mirent à trembler.) C-comment allez-vous ?

Mme Colbert se dirigea vers le lavabo d'un pas vif et actionna le robinet d'eau chaude. Elle tendit ses mains dessous et les frictionna si vigoureusement que ce fut un miracle que sa peau ne parte pas en lambeaux. Elle bloquait l'accès au distributeur de serviettes en papier, mais Emily n'osa pas lui demander de se pousser.

— Vous dînez ici avec M. Colbert ? demanda-t-elle en se forçant à sourire. J'adore leurs hamburgers.

Mme Colbert fit volte-face et la foudroya du regard.

— Cesse de faire ta sucrée. C'est insultant.

Emily rentra le ventre comme si elle avait reçu un coup de poing. Une nouvelle salve de cris et d'applaudissements éclata dans la grande salle.

— Je... Excusez-moi ?

Mme Colbert éteignit le robinet et arracha violemment un morceau de papier absorbant qu'elle chiffonna entre ses mains.

— Je ne voulais pas le dire devant mon fils ; c'est pourquoi j'ai toléré ta présence au dîner hier soir. Mais tu nous as manqué de respect, à moi et à ma maison. En ce qui me concerne, tu es une traînée. Ne t'avise pas de remettre les pieds chez moi.

Emily blêmit. Tous les autres sons s'évanouirent. Prise de vertige, la jeune fille sortit des toilettes à reculons et regagna précipitamment son box. Elle saisit son manteau sur la banquette et fonça vers la porte.

— Emily ? appela Carolyn en se levant à demi.

Mais sa sœur ne répondit pas. Elle devait sortir de là. Elle devait s'éloigner de la mère d'Isaac avant que celle-ci ne se remette à l'insulter.

Un vent âpre lui mordit les joues comme elle traversait le parking. Carolyn la rejoignit et tira sur sa manche.

— C'est quoi, le problème ? demanda-t-elle. Qu'est-ce qui t'arrive ?

Emily garda le silence. Elle n'était pas sûre de pouvoir répondre. « Tu nous as manqué de respect, à moi et à ma maison. » Mme Colbert avait tout dit.

La jeune fille fixa l'enseigne colorée d'Applebee's en

maudissant sa malchance. Pourquoi avait-il fallu que Mme Colbert vienne dîner ici précisément ce jour-là ? Et il était déjà 20 heures ; d'habitude, les gens mangeaient plus tôt que ça. Sans compter que le froid glacial ne donnait pas envie de s'aventurer hors de chez soi.

Puis le Nokia d'Emily sonna au fond de sa poche. Et soudain, la lumière se fit dans son esprit. Ce n'était peut-être pas une coïncidence si Mme Colbert s'était trouvée chez Applebee's ce soir-là. Et si quelqu'un lui avait suggéré de venir ?

— Laisse-moi une seconde, dit Emily à sa sœur.

Elle se dirigea vers le bord du trottoir, près de la guérite où l'on pouvait prendre des plats à emporter. L'écran de son Nokia brillait d'une lumière verdâtre dans l'obscurité. « 1 nouveau message photo ». Emily appuya sur « ouvrir ».

Une photo apparut. Mais elle n'avait aucun rapport avec Emily, Isaac ou la mère de celui-ci. Elle montrait une grande salle aux fenêtres en vitraux, meublée de bancs vernis et d'épais tapis rouges. Emily fronça les sourcils. C'était la Sainte-Trinité, l'église de sa famille. Dans le fond, on voyait le confessionnal du père Tyson. Quelqu'un sortait justement de la petite alcôve, tête baissée.

Emily approcha son téléphone de sa figure. L'homme était grand et brun, avec des cheveux coupés très court. Un insigne du département de police de Rosewood brillait à son revers, et une paire de menottes pendait à sa ceinture.

Wilden ?

Puis Emily remarqua le message sous la photo. Et même si elle n'était pas certaine de sa signification, un frisson d'angoisse la parcourut depuis le sommet de son crâne jusqu'à la plante de ses pieds.

Je suppose qu'on a tous des raisons de se sentir coupables, pas vrai ?
— A

18

Il y a quelque chose de pourri à Rosewood

Le vendredi matin, tandis que le ciel virait de l'indigo au mauve, Hanna remonta la fermeture Éclair de sa veste de jogging Puma verte et fit quelques étirements de mollets en prenant appui contre le gros érable de son jardin. Puis elle se mit à courir vers la rue en écoutant de la musique sur son iPhone. Elle avait été stupide de ne pas en acheter un plus tôt : grâce à son nouveau numéro sur liste rouge, elle n'avait pas reçu un seul message de « A ».

En revanche, celui-ci n'arrêtait pas de harceler la pauvre Emily. Très tôt ce matin-là, Hanna avait reçu une photo transmise par son ancienne amie et montrant Darren Wilden dans une église. *À ton avis, qu'est-ce que ça signifie ?* avait écrit Emily comme si Hanna pouvait le savoir. Des tas de gens allaient à l'église. Hanna refusait de croire que « A » envoyait des indices à Emily. Elle pensait plutôt qu'il essayait de la rendre folle. La pauvre fille était déjà assez perturbée comme ça.

En revanche, Hanna avait reçu un paquet de textos de

Mike Montgomery. Et ça continuait, constata-t-elle avec satisfaction alors que son iPhone vibrait.

Tu es réveillée ?

Oui, tapa-t-elle rapidement. *Partie courir.*

Sexy, répondit Mike. *Tu portes quoi ?*

Hanna grimaça. *Du Lycra super moulant.*

Tu ne veux pas passer devant chez moi ? implora Mike.

Dans tes rêves !

Hanna gloussa. Mike lui avait même envoyé un message la veille, après être rentré de son rencard avec Kate. Elle avait envisagé de lui faire une scène, mais elle ne voulait pas passer pour une chieuse qui manquait de confiance en elle. Mike trouvait-il Kate plus jolie qu'elle ? Plus mince ? L'avait-il emmenée faire du shopping, elle aussi ? Et avait-il fait irruption dans sa cabine d'essayage ? Si oui, comment avait réagi Kate ? Avait-elle ri ou pété les plombs ?

À quelle heure veux-tu que je passe te prendre pour la soirée du Radley demain ? tapa Hanna.

Elle avait déjà atteint le bout de la rue quand Mike lui répondit.

Ça te dérange si on y va à 3 ?

Hanna s'arrêta net au coin de la rue. L'identité de la troisième personne était évidente. *Kate.*

Elle donna un coup de pied dans le panneau STOP. Le bruit fit s'envoler quelques oiseaux perchés dans un arbre voisin. Son père avait peut-être commencé à lâcher du lest sur sa punition, mais il continuait à vouloir rapprocher Hanna et Kate – de force, si nécessaire.

La veille, par exemple, quand Kate était rentrée de son rencard avec Mike, elle avait rejoint Hanna et Tom Marin dans la cuisine, où la jeune fille montrait fièrement à son père le morceau de drapeau qu'elle avait décoré. M. Marin l'avait étudié ; puis il avait jeté un coup d'œil à Kate et demandé gentiment à Hanna si Kate pourrait être associée à sa découverte – et peut-être dessiner quelque chose dans un coin du drapeau ?

Hanna en était restée bouche bée.

— C'est mon drapeau ! s'était-elle exclamée, stupéfaite que son père ose seulement suggérer une chose pareille. C'est moi qui l'ai trouvé !

M. Marin l'avait dévisagée d'un air déçu, puis il était sorti de la cuisine. Kate n'avait pas dit un mot, estimant sans doute qu'une fille muette et humble valait mieux qu'une fille bruyante et capricieuse. Mais Hanna savait qu'elle était ravie que sa relation avec son père se détériore petit à petit et surtout douloureusement.

Un sifflement s'éleva derrière elle. Hanna fit volte-face, saisie par la désagréable impression d'être suivie. Mais il n'y avait personne sur l'étroite route qu'elle empruntait. Elle poussa un long soupir et, décidant de ne pas répondre au message de Mike, monta le son de son iPhone avant de le glisser de nouveau dans sa poche.

Puis elle dévala le flanc de la colline sur laquelle elle habitait, traversa un petit pont entre deux jardins et déboucha sur un croisement familier. Une vieille ferme grise se dressait au coin, un peu en retrait de la chaussée. Deux chevaux couleur cannelle et un poney des îles Shetland tacheté se tenaient immobiles près de la barrière en bois. C'était là qu'il fallait tourner pour aller chez les DiLaurentis.

La première fois qu'Hanna s'était arrêtée à cet endroit, c'était le jour où elle avait tenté de voler le morceau de drapeau d'Ali. Elle se souvenait de n'avoir scruté les grands yeux très doux du poney en regrettant de ne pas pouvoir lui demander son avis sur ce qu'elle s'apprêtait à faire. Pour qui se prenait-elle ? D'où lui venait le toupet de croire qu'elle pourrait s'emparer du morceau de drapeau d'Ali? Et si Naomi et Riley étaient là? Si elles lui riaient toutes au nez?

Je devrais me résigner : je ne serai jamais populaire, avait failli dire Hanna tout haut au poney. Puis une voiture était passée; l'adolescente avait carré les épaules et poursuivi son chemin à vélo.

Elle s'engagea dans l'ancien quartier d'Ali en respirant très fort. La maison des Vanderwaal était l'une des premières de la rue, avec sa grande allée circulaire et son immense garage douloureusement familiers. Hanna détourna les yeux. Venait ensuite la maison des Cavanaugh, de style colonial, rouge, avec un gros arbre sur le côté – celui qui avait jadis abrité la cabane de Toby. Puis la propriété des Hastings, bien à l'abri derrière un énorme portail en fer forgé. Des traces du graffiti « ASSASSIN » se devinaient encore à travers la peinture fraîche des portes de la grange. L'ancienne maison des DiLaurentis était la dernière, située au fond de l'impasse.

Hanna s'approcha de l'autel dédié à la mémoire d'Ali, sur le trottoir. Quelques-unes des bougies avaient été remplacées; l'une d'elles était allumée, et sa flamme dansait dans le vent. Sur le panneau à messages, des gens avaient écrit à la main des choses comme : ON LE TROUVERA, ALI ou IAN PAIERA POUR CE QU'IL T'A FAIT!

Hanna s'accroupit et regarda la photo qui se trouvait là, peu après la découverte du corps d'Ali. Des mois d'exposition à la pluie et au soleil avaient délavé les couleurs et gondolé le papier, mais on reconnaissait encore Ali, vêtue d'un T-shirt Von Dutch bleu et d'un jean Seven, debout dans le hall d'entrée des Hastings. La photo avait été prise l'année de leur 6e, le soir où Ian et Melissa s'étaient rendus au bal d'hiver de l'Externat de Rosewood. Ali avait tenu à les espionner, et elle avait gloussé comme une folle quand Melissa avait raté son entrée en trébuchant dans l'escalier. Qui sait? Peut-être Ali sortait-elle déjà avec Ian en cachette, à l'époque.

Hanna fronça les sourcils et examina la photo de plus près. Derrière Ali, la porte d'entrée était légèrement ouverte, si bien qu'on voyait une partie du jardin de devant des Hastings. Une silhouette solitaire, en jean et doudoune sans manches, se tenait dans l'allée près de la limousine qui attendait Ian et Melissa. Hanna ne parvenait pas l'identifier, car son visage était flou. Tout de même, il y avait quelque chose d'intrusif dans la posture de cette personne, comme si elle aussi était en train d'espionner Ian et Melissa.

Une porte claqua. Hanna sursauta et leva les yeux. Un instant, elle ne put localiser la source du bruit. Puis elle vit Darren Wilden dans l'allée des Cavanaugh. Le jeune homme l'aperçut aussi, et parut contrarié.

— Hanna. Qu'est-ce que tu fais là?

Le cœur de la jeune fille accéléra comme s'il venait de la surprendre en train de piquer dans un magasin.

— Mon jogging. Et vous?

Wilden paraissait ébranlé. Il se détourna à demi pour désigner les bois derrière la maison de Spencer.

— Oh, tu sais, je vérifie juste qu'il n'y a rien par là.

Hanna croisa les bras sur sa poitrine avec une moue sceptique. La police avait abandonné les recherches dans les bois depuis plusieurs jours. Et Wilden sortait de chez les Cavanaugh, qui habitaient de l'autre côté de la rue.

— Vous avez trouvé quelque chose?

Wilden frotta ses mains gantées l'une contre l'autre.

— Tu ne devrais pas être ici, dit-il brusquement.

Hanna le fixa sans répondre.

— Il fait froid dehors, bafouilla Wilden.

La jeune fille tendit sa jambe gauche.

— C'est pour ça qu'on fait des bas de jogging. Et des mitaines, et des bonnets.

— Oui, mais quand même. (Wilden tapa du poing droit

dans sa paume gauche.) Je préférerais que tu ailles courir dans un endroit plus sûr. Sur la piste de Marwyn, par exemple.

Hanna frémit. Wilden s'inquiétait-il vraiment pour elle, ou voulait-il juste qu'elle débarrasse le plancher ?

Le jeune homme jeta un nouveau coup d'œil vers les bois derrière chez les Hastings. Hanna se tordit le cou pour regarder aussi. Y avait-il quelque chose par là, quelque chose que Wilden ne voulait pas qu'elle voie ? Mais est-ce qu'il n'avait pas dit à la presse qu'il n'avait jamais cru à l'histoire du cadavre de Ian ? Ne pensait-il pas qu'Hanna et les autres avaient tout inventé ?

Le texto de « A » concernant la confession de Wilden revint à l'esprit d'Hanna. *Je suppose qu'on a tous des raisons de se sentir coupables, pas vrai ?*

— Tu veux que je te dépose quelque part ? demanda Wilden d'une voix forte qui fit sursauter Hanna. J'ai terminé ce que j'avais à faire ici.

En vérité, les orteils d'Hanna étaient engourdis par le froid.

— D'accord, marmonna-t-elle en essayant de garder son calme.

Elle jeta un dernier coup d'œil à l'autel d'Ali, puis suivit Wilden vers une voiture recouverte d'une couche de neige sale.

— C'est votre voiture ? demanda-t-elle, les sourcils froncés, parce que celle-ci lui disait quelque chose.

Wilden acquiesça.

— Mon véhicule de service est en révision. J'ai dû ressortir ce vieux tacot.

Il ouvrit la portière passager. L'intérieur sentait les effluves de fast-food. Wilden se dépêcha de balancer un tas de dossiers, de boîtes à chaussures, de CD, de courrier jamais ouvert et de paquets de cigarettes vides sur la banquette arrière, ainsi qu'une paire de gants de rechange.

— Désolé pour le bordel.

Un autocollant ovale sur le tapis de sol du côté passager attira l'attention d'Hanna. Il y avait un poisson dessiné dessus, avec quelques initiales et les mots « Permis à la journée ». L'autocollant avait toujours sa pellicule de protection brillante, et l'encre semblait encore fraîche. Hanna le désigna et demanda sur un ton taquin :

— Vous êtes allé à la pêche récemment ?

Du temps où son père était son ami et non un être sans cœur uniquement dévoué au bien-être de la princesse Kate, il l'emmenait souvent au lac Keuka, au nord de New York. Ils devaient d'abord s'acquitter d'un permis semblable à la boutique de matériel avant d'aller pêcher.

Wilden jeta un coup d'œil à l'autocollant, et une expression étrange passa sur son visage. Il se pencha pour ramasser l'autocollant et le jeta très vite sur la banquette arrière avec le reste de ses affaires.

— Je n'ai pas nettoyé cette bagnole depuis des années, marmonna-t-il très vite. Ce truc est vieux comme le monde.

Il démarra et passa la marche arrière si brutalement qu'Hanna fut plaquée contre le dossier de son siège. Il fit demi-tour dans l'impasse, manquant écraser l'autel à la mémoire d'Ali, puis passa en trombe devant la maison des Hastings, celle des Cavanaugh et celle des Vanderwaal. Hanna s'accrocha à la petite poignée au-dessus de la fenêtre.

— On ne fait pas la course, tenta-t-elle de plaisanter, de plus en plus mal à l'aise.

Wilden la regarda du coin de l'œil sans rien dire. Hanna remarqua qu'il ne portait pas sa veste d'uniforme mais un simple maxi sweat-shirt à capuche gris par-dessus un jean noir. Un maxi sweat-shirt qui, en fait, ressemblait beaucoup à celui de l'inconnu qui l'avait observée dans les bois le samedi soir. Mais ce n'était sûrement qu'une coïncidence, pas vrai ?

Hanna passa une main sur sa nuque et se racla la gorge.

— Alors, euh, où en est l'enquête sur Ian ?

Wilden lui jeta un coup d'œil sans lever le pied de l'accélérateur. Arrivé au croisement, il prit le virage si vite que ses pneus crissèrent sur le bitume.

— Il y a de grandes chances pour que Ian se trouve en Californie.

Hanna ouvrit la bouche et la referma aussitôt. L'adresse IP des messages instantanés que le jeune homme avait envoyés à Spencer indiquait qu'il était toujours à Rosewood.

— Comment l'avez-vous découvert ? demanda-t-elle sur un ton neutre.

— Nous avons reçu un coup de fil.

— De qui ?

Wilden la toisa d'un air glacial.

— Tu sais bien que je ne peux pas te le dire.

Devant eux, un monospace gravissait lentement la colline. Dans un rugissement de moteur, Wilden déboîta dans la file d'en face et accéléra pour doubler. Le conducteur du Pathfinder klaxonna. Deux lumières floues apparurent au loin, en sens inverse.

— Qu'est-ce que vous faites ? s'enquit Hanna, apeurée.

Mais Wilden ne se rabattit pas.

— Arrêtez ! hurla Hanna.

D'un coup, elle fut propulsée la nuit où elle s'était trouvée dans le parking de l'Externat de Rosewood, au moment où la voiture de Mona lui fonçait dessus. Le temps de réaliser que le véhicule ne ferait pas d'écart pour l'éviter, elle resta immobile, incapable de faire le moindre mouvement, pétrifiée et impuissante. Il lui semblait qu'elle n'aurait rien pu faire pour empêcher ce qui s'était produit.

Submergée par l'anxiété, Hanna ferma les yeux. Un klaxon beugla, et Wilden donna un coup de volant. Quand Hanna rouvrit les yeux, ils étaient revenus dans leur file.

— C'est quoi, votre problème ? demanda Hanna, tremblant comme une feuille.

Wilden lui jeta un regard en coin. Il avait l'air... amusé.

— Calme-toi.

Que je me calme ? Hanna passa une main sur son visage. Elle était à deux doigts de vomir. La scène de l'accident se répétait en boucle dans sa tête et en accéléré. Depuis que Mona avait tenté de la tuer, elle se donnait beaucoup de mal pour ne pas repenser à cette nuit funeste, et voilà que Wilden se moquait d'elle parce qu'elle avait peur. Peut-être n'aurait-elle pas dû ignorer les messages d'avertissement de « A » au sujet du jeune homme.

Hanna allait dire à Wilden de s'arrêter pour la laisser descendre quand elle prit conscience qu'il remontait l'allée tortueuse menant à sa maison. Dès que la voiture se fut immobilisée, la jeune fille défit sa ceinture de sécurité et sortit. Jamais elle n'avait été aussi contente de rentrer chez elle.

Elle claqua la portière passager, mais Wilden ne parut pas s'en rendre compte. Il se contenta de redescendre l'allée en marche arrière et à toute allure, sans même prendre la peine de faire demi-tour. Une partie de la neige qui recouvrait son capot était tombée ; Hanna vit que l'avant était pointu et encadré par des phares au dessin agressif.

Une impression de déjà-vu la tarauda soudain. Et pas seulement la nuit de l'accident. C'était comme quand elle ne parvenait pas à se souvenir d'un mot de vocabulaire en français, mais qu'elle le sentait sur le bout de la langue. D'habitude, il lui revenait au moment où elle s'y attendait le moins, pendant qu'elle surfait sur iTunes ou promenait Dot. Elle ne doutait pas que cela se passe de la même façon avec ce souvenir.

Mais, curieusement, elle n'était pas pressée de le retrouver.

19

SPENCER FAIT AFFAIRE

Le vendredi après les cours, la plus proche des copines de hockey de Spencer, Kirsten Cullen, se gara le long du trottoir devant chez les Hastings et tira sur son frein à main.

— Merci beaucoup de m'avoir ramenée, dit Spencer.

Même si ses parents avaient confisqué sa voiture, il était hors de question qu'elle mette les pieds à bord du car scolaire de l'Externat. Ça sentait trop mauvais là-dedans.

— Pas de problème. Tu auras besoin que je te ramène lundi, aussi? demanda Kirsten.

— Si ça ne te dérange pas, marmonna Spencer.

Elle avait d'abord appelé Aria, qui n'habitait pas très loin de chez elle, mais son amie avait répondu qu'elle « avait quelque chose à faire cet après-midi », sans préciser quoi. Et ce n'était pas comme si elle pouvait demander à Andrew.

Toute la journée, elle avait cru que le jeune homme viendrait s'excuser. S'il l'avait fait, elle se serait excusée aussi, et lui aurait promis qu'ils resteraient ensemble même si elle déménageait. Mais Andrew l'avait superbement ignorée pendant tous leurs cours communs. Tout semblait fini entre eux.

Kirsten agita la main pour lui dire au revoir et déboîta en tenant le volant d'une seule main. Spencer se détourna et s'engagea dans l'allée de la propriété de ses parents. La rue était déserte et silencieuse, le ciel d'un gris violacé lugubre. On avait repeint par-dessus le graffiti ASSASSIN sur les portes du garage, mais la couleur n'était pas tout à fait la même, et les lettres se devinaient encore au travers. Spencer ne voulait pas voir ça ; elle détourna les yeux. Qui avait bien pu faire une chose pareille ? « A » ? Mais pourquoi ? Pour lui faire peur, ou pour la prévenir ?

La maison était vide, mais une odeur de nettoyant ménager planait encore dans l'air, indiquant que Candace, la femme de ménage, venait juste de partir. Spencer monta l'escalier en courant, saisit le dossier accordéon d'Olivia sur son bureau et sortit de la maison par la porte de derrière. Ses parents avaient beau être absents, elle ne voulait pas faire ça sous leur toit. Elle avait besoin d'une intimité absolue.

Elle ouvrit la porte de la grange, puis alluma la lumière dans la cuisine et le salon. Tout était exactement dans l'état où elle l'avait laissé lors de sa dernière visite, jusqu'au verre d'eau à moitié rempli près de l'ordinateur. Elle se laissa tomber sur le canapé et sortit son Sidekick. Le message de « A » était le dernier texto qu'elle avait reçu. *Ça te dirait de disparaître pour toujours ?*

Au début, cette perspective lui avait fait peur. Mais maintenant, Spencer la voyait d'un autre œil. Disparaître pour toujours la tentait énormément, s'il s'agissait de disparaître de Rosewood. Et elle connaissait le moyen d'y parvenir.

Elle déposa le dossier accordéon d'Olivia sur la table basse, et son contenu manqua se répandre sur le tapis. La carte de l'agent immobilier était sur le dessus. D'un doigt tremblant, Spencer composa son numéro. Le téléphone sonna une fois, deux fois. Puis quelqu'un décrocha.

— Michael Hutchins, claironna une voix d'homme.

Spencer redressa le dos et se racla la gorge.

— Bonjour. Ici Spencer Hastings, dit-elle en tentant d'avoir l'air sûre d'elle et plus âgée. Ma mère est une de vos clientes. Olivia Caldwell?

— Oui, je vois très bien, s'enthousiasma Michael. J'ignorais qu'elle avait une fille. Vous avez vu son nouvel appartement ? Il va apparaître dans les pages déco du *New York Times* le mois prochain.

Spencer entortilla une mèche de cheveux autour de son doigt.

— Pas encore. Mais je le verrai bientôt.

— Alors, que puis-je faire pour vous?

La jeune fille croisa et décroisa les jambes. Son pouls résonnait dans ses oreilles.

— Eh bien... Je cherche un appartement à louer. À New York. De préférence pas trop loin de celui d'Olivia. C'est possible?

Elle entendit Michael manipuler des papiers.

— Je crois. Ne quittez pas. Je vais ouvrir le fichier des locations disponibles.

Spencer se mordit le pouce. C'était surréaliste. Par la fenêtre, elle regarda la piscine et le Jacuzzi, la terrasse en escalier, les deux chiens qui s'ébattaient près de la palissade. Puis elle tourna la tête vers le moulin. MENTEUSE. Le graffiti était toujours là. Les parents de Spencer l'avaient peut-être laissé à titre de rappel, comme le grand A rouge dans *La Lettre écarlate*.

Dans la propriété voisine, le ruban de police jaune et noir avait disparu – les nouveaux propriétaires avaient enfin eu le bon goût de l'enlever – mais le trou n'avait pas été rebouché. Derrière la grange s'étendaient les bois, sombres, épais et grouillants de secrets. Olivia lui avait recommandé de ne pas se précipiter, mais quitter Rosewood était la chose la plus intelligente à faire.

— Vous êtes toujours là? demanda Michael.

Spencer sursauta et répondit par l'affirmative.

— On vient juste de rentrer un appartement au 223, Perry Street. Il n'est même pas encore officiellement sur le marché – le propriétaire fait d'abord nettoyer et repeindre –, mais il apparaîtra probablement sur notre site Web lundi. C'est un T2 situé au rez-de-chaussée d'une maison en pierre brune. J'ai les photos sous les yeux, et il a l'air superbe. Belle hauteur sous plafond, parquet, moulures, cuisine assez spacieuse pour y mettre une table, terrasse à l'arrière, baignoire à pieds. Situé à côté du métro et à un bloc seulement de Marc Jacobs. Vous m'avez l'air d'une fille qui aime Marc Jacobs.

— Bien vu, sourit Spencer.

— Vous avez un ordinateur sous la main? Je peux vous envoyer les photos immédiatement.

— Volontiers.

Spencer lui donna son adresse e-mail. Elle se leva d'un bond et se dirigea vers le portable de Melissa, qui était posé sur le bureau. Elle l'alluma, et quelques instants plus tard, un nouveau message apparut dans sa boîte de réception. Les photos jointes montraient une jolie petite maison de pierre brune avec un escalier en ardoise. L'appartement avait un plancher en chêne, deux baies vitrées, des murs en briques apparentes, des plans de travail en marbre, et même une machine à laver le linge.

— Il a l'air génial, souffla Spencer, prise de vertige. Je suis à Philadelphie pour le moment, mais je pourrais venir le visiter lundi après-midi, si cela vous convient?

Elle entendit quelqu'un klaxonner à l'autre bout du fil.

— Bien sûr que cela me convient, répondit son interlocuteur avec une hésitation palpable. Mais je dois vous prévenir. Les appartements comme celui-là sont rares, et le marché de l'immobilier à New York... C'est de la folie. C'est l'une des meilleures adresses dans le Village ; les gens vont sauter dessus. Il est très probable que lundi matin, cinq minutes après la parution de l'annonce, quelqu'un débarque dans nos bureaux avec un chèque, sans même avoir visité les lieux. Le temps que vous arriviez, l'appartement sera peut-être loué. Mais je ne veux pas vous mettre de pression. Je pourrais vous montrer d'autres adresses dans le quartier.

Spencer sentit ses épaules se crisper et l'adrénaline pulser dans ses veines. Soudain, elle eut l'impression de courir vers le palet sur un terrain de hockey ou de se battre pour qu'un prof lui mette un A. C'était son appartement, et celui de personne d'autre. Elle imagina ses meubles dans la chambre. Elle se vit portant son poncho Chanel pour aller chez Starbucks le samedi matin. Elle pourrait adopter un chien et engager quelqu'un pour le promener. Plus tôt dans la journée, elle s'était renseignée sur les lycées privés de New York, au cas où elle déciderait de ne pas finir ses études secondaires avec un an d'avance.

Lorsqu'elle baissa les yeux vers le papier posé près de l'ordinateur de Melissa, Spencer réalisa qu'elle avait écrit 223 Perry Street un peu partout, en minuscules, en majuscules et en cursive. Il lui fallait cet appartement.

— Ne faites pas paraître d'annonce, lâcha-t-elle brusquement. Je le veux. Je n'ai même pas besoin de le visiter. Et si je vous envoyais de l'argent tout de suite ? Ça irait ?

Michael marqua une pause.

— Je suppose que oui. (Il semblait surpris.) Croyez-moi,

vous ne serez pas déçue. C'est un petit bijou. (Il tapa sur son clavier.) D'accord. Il va nous falloir le premier mois de loyer, plus le dépôt de garantie et les frais d'agence. Je suggère que nous appelions votre mère. C'est elle qui va vous servir de caution et autoriser le virement, j'imagine?

Spencer remua les doigts. Olivia avait bien dit que son nouveau mari, Morgan, se méfiait des gens qu'il ne connaissait pas. Si la jeune fille leur demandait de l'argent d'entrée de jeu, elle risquait de se le mettre à dos. Elle fixa l'écran de l'ordinateur. Dans le coin droit du bureau s'affichait l'icône marquée « Spencer, université ». Lentement, elle ouvrit le dossier, puis le PDF. Toutes les informations dont elle avait besoin se trouvaient là. Le compte était à son nom. Olivia avait dit qu'une fois qu'il la connaîtrait, Morgan l'adorerait. Il la rembourserait probablement au centuple.

— Inutile d'appeler ma mère, répondit Spencer. Je vais utiliser mon propre compte.

— D'accord, dit Michael sans tiquer.

Il devait avoir souvent affaire à des gosses de riches. Spencer lui lut les chiffres sur l'écran d'une voix tremblante. Michael les lui répéta, puis dit qu'il ne restait plus qu'à appeler le propriétaire. Ils convinrent de se retrouver devant l'immeuble le lundi à 16 heures pour que Spencer puisse signer le bail et récupérer les clés. Après ça, elle serait libre d'emménager quand elle voudrait.

— Génial, dit la jeune fille.

Puis elle raccrocha et fixa le mur sans le voir.

Elle l'avait fait. Elle l'avait vraiment fait. Dans quelques jours, elle n'habiterait plus ici. Elle aurait quitté Rosewood pour de bon et serait devenue new-yorkaise. Quand Olivia rentrerait de Paris, elle se serait déjà habituée à vivre dans Manhattan. Elle se vit retrouver Olivia et Morgan pour un dîner intime chez eux, voire une soirée chic au Gotham Bar

& Grill ou au Bernardin. Elle s'imagina les nouveaux amis qu'elle se ferait, des gens qui aimeraient aller à des expositions et à des soirées de charité, et qui se ficheraient bien qu'elle ait été un jour harcelée par un tocard qui se faisait appeler « A ».

Quand elle se représenta les garçons avec qui elle sortirait, elle éprouva un pincement de tristesse – aucun d'eux ne serait Andrew. Puis elle repensa à la façon dont le jeune homme l'avait traitée la veille et secoua la tête. Elle ne pouvait pas s'offrir le luxe de le regretter. Sa vie était sur le point de changer.

La tête lui tournait comme si elle était soûle, et tout son corps tremblait d'excitation. Elle avait presque l'impression d'halluciner – quand elle regarda par la fenêtre de derrière, elle crut voir des rayons de lumière fuser entre les arbres tel un feu d'artifice tiré spécialement pour elle.

Une minute...

Spencer se leva. La lumière provenait d'une lampe torche dont le faisceau rebondissait sur les troncs. Une silhouette s'accroupit et se mit à fouiller dans la terre. Au bout d'un moment, elle s'arrêta, fit quelques pas en crabe vers la gauche et recommença son manège un peu plus loin.

L'estomac de Spencer se noua. Ça ne pouvait pas être un flic – la police avait abandonné les recherches dans les bois depuis plusieurs jours. Curieuse de découvrir si l'intrus faisait du bruit, Spencer souleva la fenêtre à guillotine. Le bois de celle-ci frotta bruyamment contre son cadre. La jeune fille frémit et eut un mouvement de recul.

La silhouette s'interrompit et pivota vers la grange. Le faisceau de la lampe torche balaya frénétiquement les environs et, l'espace d'un instant, éclaira le visage de l'intrus. Deux yeux bleus, le bord d'une capuche de sweat-shirt noire, quelques mèches de cheveux blond pâle...

Spencer fronça le nez, incrédule. Était-ce... Melissa ?

La silhouette frémit comme si Spencer avait parlé à voix haute. Avant que la jeune fille puisse déterminer si c'était vraiment sa sœur, la lampe torche s'éteignit. Quelques brindilles craquèrent. La personne s'éloigna. Le bruit de ses pas s'estompa progressivement jusqu'à se confondre avec le souffle du vent dans les arbres.

Quand la jeune fille fut certaine d'être seule, elle se rua dehors et s'accroupit. À cet endroit, la terre était meuble et aérée. Spencer tâtonna un moment sans rien trouver d'autre que des cailloux et des brindilles, mais le sol paraissait encore tiède, comme s'il conservait la chaleur des mains de quelqu'un.

Alors que Spencer levait les yeux, elle entendit un son ténu au fond des bois. Les poils de ses bras se hérissèrent. On aurait presque dit... un gloussement.

Mais quand la jeune fille pencha la tête sur le côté, le bruit se tut, et elle finit par se demander si ce n'était pas juste le vent.

20

Aria en chute libre

Le même après-midi, Aria retrouva Jason devant Rocks & Ropes, un complexe d'escalade en intérieur situé à quelques kilomètres de Rosewood.
— Après toi, dit le jeune homme en lui tenant la porte.
— Merci.
Tout en se pâmant, Aria remonta discrètement le collant de yoga en Lycra un peu trop grand qu'elle avait piqué dans la penderie de Meredith. Elle espérait que le jeune homme ne remarquerait pas qu'il pochait au niveau des fesses. De son côté, Jason avait l'air sexy et décontracté dans un T-shirt gris à manches longues et un pantalon d'échauffement Nike, comme s'il passait sa vie à escalader des parois rocheuses. Ce qui était peut-être le cas, Aria savait tellement peu de choses à son sujet.
À l'intérieur, des néons projetaient une lumière crue. Les haut-parleurs vomissaient des riffs de guitare agressifs ; une odeur de caoutchouc planait dans l'air, et les murs vertigineux étaient couverts de milliers de petites protubérances de plastique multicolore.

Jason avait envoyé un texto à Aria le matin même pour lui proposer cette sortie, admettant qu'il n'était pas le genre de garçon à emmener une fille au resto puis au ciné. Aria s'en fichait : elle l'aurait accompagné n'importe où, tant qu'il était question d'un rencard.

Après s'être inscrits, ils regardèrent autour d'eux. Aria loucha sur quelques filles qui escaladaient prestement l'un des murs, la taille sanglée dans un harnais. Comment pouvaient-elles supporter de se trouver aussi haut perchées? Rien qu'en se tordant le cou pour les suivre des yeux, Aria sentait la tête lui tourner. Elle frissonna.

— Tu as peur? demanda Jason.

Aria gloussa nerveusement.

— Je ne suis pas très sportive.

Jason sourit et lui prit la main.

— Je te promets que c'est fun.

Aria rougit de plaisir. Elle voulait se pincer pour vérifier qu'elle ne rêvait pas, que Jason était réellement en train de la toucher.

Un des instructeurs, un type brun avec une barbe de trois jours, s'approcha avec leur matériel : harnais, casques et gants antidérapants. Il demanda qui voulait être appareillé le premier. Jason désigna Aria.

— Les dames d'abord.

— Un vrai gentleman, le taquina la jeune fille.

— Ma mère m'a bien élevé.

L'instructeur attacha le harnais autour de la poitrine d'Aria. Quand il s'éloigna pour aller chercher un mousqueton, la jeune fille se tourna vers Jason.

— Au fait, comment vont tes parents? demanda-t-elle le plus naturellement possible. Ils tiennent le coup?

Pendant un long moment, Jason observa quelques grimpeurs à l'autre bout de l'immense salle.

— Ils sont démolis, répondit-il enfin. (Il tourna ses yeux bleus vers Aria et sourit tristement.) Nous le sommes tous. Mais on n'y peut rien.

Aria acquiesça sans savoir quoi répondre. Le message envoyé par « A » la veille lui revint à l'esprit. *Big Brother te cache quelque chose. Et fais-moi confiance... tu n'as pas envie de savoir quoi.* Elle ne l'avait fait suivre à aucune de ses amies, de peur que celles-ci ne tirent des conclusions hâtives. « A » les manipulait forcément, c'était son but, comme ça avait été celui de Mona avant lui.

Aria supposait que le secret auquel son correspondant anonyme faisait allusion était en rapport avec les « problèmes de famille » d'Ali, pour reprendre l'expression employée par Jenna. Mais elle n'y croyait pas. Jason et Ali avaient une relation tout ce qu'il y a de plus normale pour un frère et une sœur. Aria avait beau se creuser la cervelle en quête de souvenirs de Jason faisant preuve de méchanceté ou de cruauté à l'égard d'Ali, elle n'avait rien trouvé. Au contraire, Jason s'était toujours montré farouchement protecteur envers sa cadette.

Une fois, peu de temps après être devenues amies, Aria et les autres avaient dormi chez les DiLaurentis. Elles avaient l'intention de se relooker mutuellement, et chacune avait apporté sa trousse à maquillage – à l'exception d'Emily, qui n'avait pas encore le droit de se farder. Tandis qu'elles s'extasiaient devant l'ombre à paupières Dior d'Hanna, Mme DiLaurentis était entrée dans la pièce, l'air irrité.

— Ali, tu as donné une boîte de viande entière au chat? avait-elle demandé.

L'adolescente l'avait fixée sans réagir. Mme DiLaurentis avait baissé les bras en un geste excédé.

— Ma chérie, tu es censée la mélanger avec des croquettes, tu te souviens ? Et mettre quelques gouttes de médicament anti-boules de poil sur le dessus ?

Ali s'était mordu la lèvre. Sa mère avait poussé un grognement.

— Ça aussi, tu as oublié ? Il va vomir partout sur la nouvelle moquette du sous-sol !

Ali avait jeté le pinceau à blush d'Hanna sur la table.

— Tu abuses ! Je suis en 6ᵉ maintenant, et on a beaucoup de devoirs ! Désolée si je suis trop distraite pour me rappeler comment nourrir le chat !

Exaspérée, Mme DiLaurentis avait secoué la tête.

— Ali, tu nourris le chat de cette façon depuis le CE2.

Et elle était sortie en trombe.

Un instant plus tard, Jason était apparu sur le seuil de la cuisine, un sac de bretzels à la main.

— Maman est de mauvais poil, hein ? avait-il dit gentiment. Je peux nourrir le chat à ta place, si tu veux.

Il avait touché l'épaule d'Ali, mais celle-ci s'était dégagée.

— Arrête. Ça va.

Jason avait reculé avec une expression blessée qui avait donné à Aria envie de lui sauter au cou. Ali s'était conduite de la même façon le jour de l'annonce de la Capsule temporelle. Quand Jason s'était approché d'elle pour dire à Ian de la laisser tranquille, elle l'avait remballé en se moquant de lui.

Si ça se trouve, il s'était rendu compte que les sentiments de Ian pour Ali n'avaient rien d'innocent, et il cherchait juste à la protéger. Et si ça se trouve, Ali le savait et voulait qu'il lui lâche les baskets, songea Aria. Après tout, Ali pouvait très bien être responsable de leurs problèmes, et non l'inverse.

À moins, évidemment, que Jenna n'ait menti. Elle avait très bien pu inventer cette histoire. Ce qui aurait expliqué pourquoi, deux jours plus tôt, Aria l'avait surprise dans son jardin avec un air coupable. La jeune aveugle était peut-être venue lui avouer qu'elle avait fabulé en lui racontant tout ça pendant leurs cours de dessin, plusieurs mois auparavant.

Mais pourquoi Jenna aurait-elle menti? Avait-elle une dent contre Jason, une raison de retourner les filles contre lui? Se pouvait-il qu'elle soit le nouveau « A »?

— Et voilà, vous êtes parée, dit l'instructeur à Aria, l'arrachant à ses ruminations. (Il lui désignait l'épaisse corde dont une extrémité était attachée au plafond et l'autre à sa taille.) Vous avez besoin que je vous montre comment faire?

— Je m'en charge, lança Jason.

L'instructeur acquiesça et alla chercher des mousquetons pour le jeune homme. Celui-ci se rapprocha d'Aria et lui enfonça un doigt dans les côtes.

— Ne regarde pas, lui dit-il à voix basse. Mais je crois que l'ancienne infirmière du bahut est là. Dans le temps, elle me filait des cauchemars.

Aria jeta un coup d'œil par-dessus son épaule. De fait, une femme trapue, à la tête de bouledogue, se tenait dans l'entrée près d'un distributeur de Mountain Dew.

— C'est Mme Boot! chuchota Aria.

Jason écarquilla les yeux.

— Elle travaille toujours à l'Externat?

Aria acquiesça.

— Chaque fois que je la croise dans les couloirs, mon cuir chevelu commence à me démanger. Je n'oublierai jamais la fois où j'ai dû faire la queue pour qu'elle vérifie si je n'avais pas de poux, quand j'étais en primaire.

— Je détestais ça.

Jason frissonna. Ils reportèrent leur attention sur Mme Boot. Celle-ci observait le mur d'escalade d'un air réprobateur, comme si c'était un élève qui feignait d'avoir de la fièvre pour échapper à un contrôle. Puis un petit garçon sortit des vestiaires en courant et alla se jeter dans ses bras. La vieille femme eut un léger sourire, et tous deux partirent ensemble.

— Je passais beaucoup de temps à l'infirmerie, murmura Jason. Chaque fois que j'y allais, Mme Boot me scrutait avec son œil valide. On disait que son regard était un rayon laser capable de faire fondre votre cerveau.

Aria gloussa.

— J'ai entendu ça, moi aussi. (Puis elle fronça les sourcils.) Pourquoi passais-tu beaucoup de temps à l'infirmerie ?

Elle ne se souvenait pas que Jason ait été de santé fragile : il était l'une des stars de son équipe de foot, et il jouait au base-ball au printemps.

— Oh, pas parce que j'étais malade, la détrompa Jason. (Il tripota la fermeture Éclair de son pantalon.) Je, euh, j'allais voir le psychologue scolaire. Le Dr Atkinson. Même si, en fait, il voulait que je l'appelle Dave.

— Oh, fit Aria en s'efforçant de sourire.

Il n'y avait pas de mal à consulter un psychologue, si ? Aria elle-même avait demandé à ses parents de lui en trouver un quand ils s'étaient installés à Reykjavik, quelques mois après la disparition d'Ali. Ella lui avait plutôt suggéré de se mettre au hatha yoga.

Jason haussa les épaules.

— C'était une idée de mes parents. En 4e, j'avais du mal à m'adapter à notre nouvelle vie à Rosewood. (Il leva les yeux au ciel.) J'étais hyper timide, et ils pensaient que ça me ferait du bien de parler à quelqu'un d'extérieur à la situation. Dave était plutôt sympa. Et puis, aller le voir me permettait de sécher des cours.

— Je connais des tas de gens qui le consultaient aussi, ajouta très vite Aria – même si, en vérité, elle ne connaissait personne.

Peut-être était-ce le fameux secret auquel « A » avait fait allusion. Il n'y avait vraiment pas de quoi paniquer.

L'instructeur revint, harnacha Jason et s'éloigna de nouveau. Faisant face à Aria, le jeune homme lui demanda par quel type de parcours elle voulait commencer : facile, moyen ou difficile. Aria ricana.

— Question idiote.

— C'était juste pour vérifier, poursuivit Jason avec un petit sourire.

Il l'entraîna vers le parcours facile et lui montra comment placer son pied gauche sur une prise, puis tirer sur son bras droit pour se hisser jusqu'à la suivante. À le voir, ça avait l'air simple...

Les muscles parcourus de tressaillements nerveux, Aria grimpa sur le premier rocher de plastique et reproduisit les gestes de Jason. À sa grande surprise, elle arriva sur le second rocher sans se casser la figure. Le jeune homme ne l'avait pas quittée des yeux.

— Tu te débrouilles très bien ! la félicita-t-il.

— Je parie que tu dis ça à toutes les filles, grogna Aria.

Mais elle escalada encore quelques rochers. *Surtout ne regarde pas en bas*, se répétait-elle. Quand elle était petite, il suffisait qu'elle monte sur un des plots de la piscine municipale pour avoir la tête qui tournait.

— L'autre jour, tu m'as dit que tu venais d'emménager avec ton père et sa petite amie, lança Jason en grimpant à côté d'elle. Je n'ai pas bien compris.

Aria tendit la main vers un nouveau rocher.

— Quand nous sommes rentrés d'Islande, mes parents se sont séparés, commença-t-elle en se demandant par où commencer. Mon père a repris sa liaison avec une de ses anciennes étudiantes, et maintenant, ils vont se marier. Oh, et elle est enceinte.

Jason lui jeta un coup d'œil.

— Wouah.

— C'est bizarre. Elle n'est pas beaucoup plus vieille que toi.

Le jeune homme grimaça.

— Ils étaient ensemble depuis quand ?

— Ils ont commencé à se voir quand j'étais en 5e.

Elle scruta les rochers au-dessus d'elle, cherchant la meilleure prise. C'était bien de discuter avec Jason : ça l'empêchait de penser à ce qu'elle était en train de faire.

— Je les ai surpris en train de s'embrasser dans la voiture de mon père. (Puis, peut-être parce qu'elle se souvenait de la fois où Ali avait si sèchement refusé l'offre de son frère de nourrir le chat, Aria ajouta :) Ta sœur était avec moi. Après ça, elle n'a pas arrêté de me torturer avec cette histoire.

Elle jeta un coup d'œil à Jason en se demandant si elle avait été trop loin. Le jeune homme avait une expression neutre, qu'elle ne parvenait pas à déchiffrer.

— Désolée, s'excusa-t-elle. Je n'aurais pas dû dire ça.

— Non, je comprends. Ma sœur était comme ça. Elle savait exactement comment s'y prendre pour embarrasser les gens.

Aria se plaqua au mur, soudain trop fatiguée pour bouger.

— Elle agissait aussi comme ça avec toi ?

— Oui. À propos des filles.

— Des filles ?

Jason acquiesça.

— Elle me taquinait souvent à ce sujet. Je suppose que... je n'étais pas très doué pour draguer. Et elle ne se lassait pas de me le rappeler.

— Elle connaissait toutes nos faiblesses, acquiesça Aria. (Elle leva les yeux.) N'empêche que je culpabilise d'être en train de parler d'elle avec toi.

Soudain, Jason s'écarta du mur et se balança dans le vide au bout de sa corde.

— Descends une minute, dit-il. Laisse-toi glisser avec ton harnais.

Aria fit ce qu'il lui demandait et atterrit maladroitement sur le tapis de sol. Jason la dévisagea d'un air très sérieux, et elle se demanda si elle n'avait pas fait une bêtise en évoquant Ali.

— C'est peut-être bien de parler d'elle, dit-il enfin. Pour l'instant, Ali est comme un énorme éléphant au milieu d'une toute petite pièce, que tout le monde se donne beaucoup de mal à ignorer. Personne ne veut en discuter avec moi. Ni mes parents, ni mes amis. Je sais que les gens parlent d'elle, mais dès que je suis dans les parages, ils se taisent. Je suis conscient qu'Ali avait des défauts, et que certaines personnes ne l'appréciaient pas. Certaines plus que...

Il marmonna encore quelque chose puis s'interrompit et pinça les lèvres.

— Qu'est-ce que tu as dit ? demanda Aria en se penchant vers lui.

Jason agita la main comme pour chasser ses propres paroles.

— J'aimerais que tu parles d'Ali avec moi.

Aria sourit, rassurée. Parler d'Ali avec Jason lui donnerait une toute nouvelle perspective sur son amie. Elle se demanda si elle devait raconter au jeune homme ce qu'Ali avait dit sur lui à Jenna Cavanaugh – et ce que Jenna lui avait rapporté quelques mois plus tôt. Et la fois où Ian avait envoyé des messages instantanés à Spencer pour lui dire que quelqu'un l'avait obligé à fuir. Et le fait que le nouveau « A » l'avait aidé dans son évasion.

Puis la lumière se fit jour dans son esprit. C'était pour ça que « A » tentait de lui faire croire que Jason cachait quelque chose : pour la rendre paranoïaque et la pousser à se tenir à l'écart du jeune homme. Si Aria commençait à sortir avec Jason, il était assez probable qu'elle finisse par lui dire, non seulement que « A » envoyait des messages aux anciennes amies d'Ali, mais qu'il faisait partie du plan machiavélique de Ian. Les flics ne croiraient pas à l'existence de « A » – mais Jason, si. Après tout, il s'agissait du meurtre de sa sœur.

Aria recroquevilla les orteils dans ses baskets, furieuse que quelqu'un essaie encore de la manipuler. Ian était vraisemblablement coupable, et à présent, il se livrait à un jeu compliqué pour tenter de se disculper. Elle leva les yeux vers Jason, prête à tout lui raconter.

— Vous grimpez là ? demanda un adolescent, faisant sursauter Aria.

Il désigna l'endroit du mur auquel la jeune fille était adossée. Aria secoua la tête et s'écarta. Puis trois adolescentes passèrent près d'Aria et de Jason en leur jetant des regards soupçonneux, comme si elles les avaient reconnus pour les avoir vus aux informations. Même le volume de la musique semblait avoir baissé. On aurait dit que tout le monde sentait qu'une conversation importante était sur le point d'avoir lieu.

Aria referma la bouche. Ce n'était sans doute pas le bon endroit pour discuter d'Ali et de Ian. Peut-être pourrait-elle en parler à Jason sur le chemin du retour, quand ils seraient seuls dans la voiture.

Puis elle se souvint de l'invitation qu'elle avait glissée dans la poche avant de son sac, resté au pied du mur avec son manteau et celui de Jason. Toujours harnachée, elle alla le récupérer et en sortit le carton.

— Tu es pris demain ? demanda-t-elle.

— Je ne crois pas. Pourquoi ?

— Une des toiles de ma mère est exposée dans le hall de ce nouvel hôtel. Ils organisent une soirée fabuleuse pour l'inauguration. Ma mère y sera avec son nouveau petit ami, que je n'apprécie pas du tout. Tu ferais une chouette diversion.

Elle pencha coquettement la tête sur le côté.

Jason lui sourit.

— Je n'ai pas assisté à une soirée fabuleuse depuis un bail.

Il prit l'invitation et la lut. Son visage s'assombrit. Sa pomme d'Adam joua au yo-yo.

— Quelque chose ne va pas ? s'inquiéta Aria.

— C'est une plaisanterie ? chuchota Jason d'une voix rauque.

Aria cligna des yeux.

— N-non, pourquoi ?

— Parce que ce n'est pas drôle, répondit Jason, les yeux ronds.

Il n'avait pas l'air en colère, plutôt... effrayé.

— Qu'est-ce qui se passe ? Je ne comprends pas, protesta Aria.

Jason la fixa quelques secondes. Son expression changea, il parut brusquement nerveux et vaguement dégoûté, comme si Aria était couverte de sangsues de la tête aux pieds. Il défit son harnais, l'enleva, alla récupérer ses affaires et enfila son manteau.

— Je... je dois y aller, balbutia-t-il.

— Quoi ? s'écria Aria, consternée.

Elle voulut lui saisir le bras, mais elle était toujours accrochée à sa corde. Jason fuyait obstinément son regard. Fourrant les mains dans ses poches, il se dirigea vers la sortie. Comme il longeait l'accueil, il faillit bousculer un groupe de jeunes qui arrivait au même moment.

Quelques instants plus tard, Aria réussit enfin à se

débarrasser de son harnais. Elle se dépêcha d'enfiler son manteau et se précipita dehors. Trois ou quatre garçons descendaient d'un Range Rover. Une femme tenait la main d'une petite fille, qu'elle aidait à monter en voiture. Aria regarda à droite et à gauche.

— Jason! appela-t-elle.

Il faisait assez froid pour que son souffle forme un nuage blanc devant sa bouche. De l'autre côté de la rue, un SUV fit demi-tour devant le Wawa dans un crissement de pneus. Jason avait disparu.

Plantée sous un lampadaire, Aria détailla l'invitation à la soirée d'inauguration du Radley. Dessus figuraient, le nom et l'adresse de l'hôtel, ainsi que le nom de l'architecte responsable de la rénovation : un certain George Fritz. Il y avait également une liste des artistes qui exposaient ce soir-là – Ella se trouvait parmi eux. Qu'est-ce qui, dans tout ça, avait bien pu provoquer une réaction pareille chez Jason ? Pourquoi avait-il demandé si c'était une plaisanterie ? Était-il si opposé à l'idée de rencontrer sa mère ? Ou embarrassé qu'on puisse les voir ensemble ?

— Jason! appela de nouveau Aria, plus faiblement cette fois.

Ce fut alors qu'elle entendit un éclat de rire. Surprise et effrayée, elle regarda autour d'elle. Elle ne vit personne, mais le rire se poursuivit...

21

La vérité, rien que la vérité

Le même vendredi soir, garée devant chez les Colbert, Emily regarda Isaac se glisser dehors et courir vers elle à petites foulées.

— Salut! s'exclama-t-il avant de lever les yeux vers le ciel. On dirait qu'il va neiger. Tu es sûre de vouloir aller te balader?

Nerveuse, Emily acquiesça brièvement. Isaac lui avait envoyé un texto après la fin des cours, pour lui demander si elle voulait passer chez lui dans la soirée. Emily avait d'abord cru qu'il s'agissait d'une plaisanterie. Mais en recevant un deuxième message dans lequel il s'étonnait de ne pas avoir reçu de réponse, tout s'éclaira. Mme Colbert n'avait pas dû mentionner ce qui s'était passé chez Applebee's la veille – ni qu'elle savait qu'ils avaient couché ensemble. Isaac devait penser que tout allait bien.

Il était pourtant hors de question qu'Emily remette les pieds chez les Colbert, quand bien même les parents d'Isaac passeraient toute la soirée au Radley pour les derniers préparatifs de l'inauguration. Elle n'était pas du genre à désobéir aux ordres des adultes, fussent-ils cruels et déraisonnables. Mais comment était-elle censée gérer la situation ? Devait-elle insister pour ne voir Isaac qu'en dehors de chez lui, et inventer des excuses délirantes chaque fois qu'il lui demanderait de passer ?

La veille au soir, quand Emily et Carolyn s'étaient mises au lit dans la chambre qu'elles partageaient, Carolyn avait de nouveau demandé à sa cadette pourquoi elle s'était enfuie d'Applebee's en pleurant. Emily avait craqué et lui avait rapporté les paroles de Mme Colbert. Sa sœur parut horrifiée.

— Pourquoi a-t-elle dit que tu avais manqué de respect à sa maison ? À cause de l'histoire avec Maya ?

Emily avait secoué la tête.

— J'en doute.

Elle avait honte. Si ses propres parents l'avaient surprise en train de faire l'amour avec Isaac dans sa chambre, ils auraient probablement appelé la police et fait interdire au jeune homme d'approcher leur fille à moins de cent mètres.

— Je le méritais peut-être, avait-elle marmonné.

Les deux sœurs s'étaient tues, écoutant le vent agiter les tiges de maïs dans le champ voisin.

— Je ne sais pas ce que je ferais si la mère de Topher me détestait, avait fini par dire Carolyn dans le noir. Je ne suis pas sûre que nous pourrions rester ensemble.

— Je comprends, avait acquiescé Emily, une grosse boule dans la gorge.

— Mais tu dois en parler à Isaac. Tu dois être honnête avec lui.

— Emily ?

La jeune fille cligna des yeux. Isaac avait bouclé sa ceinture de sécurité et attendait qu'elle démarre.

Tout le corps d'Emily palpitait d'appréhension. Isaac

avait repoussé ses cheveux en arrière. Il portait une écharpe vert foncé enroulée plusieurs fois autour de son cou. Quand il lui sourit, ses dents blanches brillèrent dans la pénombre. Il se pencha en avant pour l'embrasser, mais Emily se raidit, craignant à moitié qu'une alarme ne se déclenche et que Mme Colbert jaillisse de derrière un buisson, prête à emmener son fils.

Elle détourna la tête et fit mine de tâtonner en quête de ses clés. Isaac se redressa. Même dans la pénombre, Emily vit la petite parenthèse qui se formait au coin de son œil droit chaque fois qu'il était perplexe ou inquiet.

— Tu vas bien ? demanda-t-il.

Emily regarda droit devant elle.

— Oui.

Elle démarra et manœuvra pour s'éloigner du trottoir.

— J'ai hâte d'être à demain soir, déclara Isaac. Cette fois, j'ai loué un smoking. Ce sera mieux que d'emprunter celui de mon père, pas vrai ?

Il gloussa.

Stupéfaite, Emily se mordit la lèvre inférieure. Il pensait toujours qu'ils pouvaient aller ensemble à l'inauguration du Radley ?

— Super, dit-elle sans enthousiasme.

— Mon père est complètement stressé à cause de tout le boulot que ça lui donne, et il n'arrête pas de me reprocher de ne pas lui filer un coup de main à cause de mes *nombreux* rencards.

Isaac grimaça et enfonça son index dans les côtes d'Emily. Les mains de la jeune fille se crispèrent sur le volant, et ses yeux se remplirent de larmes. Elle n'en pouvait plus.

— Tes... tes parents ne t'ont pas interdit d'y aller avec moi ?

Isaac la dévisagea d'un air curieux.

— Ils ont été tellement occupés ces derniers jours que je les ai à peine vus. Mais pourquoi ça leur poserait un problème qu'on y aille ensemble ? Ils étaient là quand je t'ai demandé de m'accompagner.

Ils croisèrent une voiture qui roulait dans la direction opposée, et dont les phares éblouirent momentanément Emily. La jeune fille ne répondit pas.

— Tu es sûre que ça va ? s'inquiéta Isaac.

Emily déglutit péniblement. Un goût de beurre de cacahuète envahit sa bouche comme chaque fois qu'elle devait choisir entre la lutte et la fuite. Il y avait un Wawa sur la droite ; sans réfléchir, la jeune fille se surprit à entrer dans le parking, à contourner le bâtiment et à s'arrêter derrière celui-ci, près d'une poubelle en plastique vert. Après avoir coupé le contact, elle appuya sa tête sur le volant et laissa échapper un sanglot étranglé.

— Emily ? Que se passe-t-il ? la pressa Isaac.

Des larmes brouillaient la vision de la jeune fille. Elle ne voulait pas dire ça à Isaac, mais il le fallait. Pour se donner du courage, elle fit tourner autour de son doigt l'anneau bleu qu'il lui avait offert.

— C'est... c'est ta mère.

Isaac lui caressait le dos en décrivant des huit.

— Quoi, ma mère ?

Emily essuya ses mains moites sur son jean en poussant un soupir. *Sois honnête*, lui avait conseillé Carolyn. Elle pouvait bien dire la vérité à Isaac, pas vrai ?

— Elle sait que... qu'on a couché ensemble, gémit-elle. Et l'autre soir, elle n'a pas arrêté de faire des allusions pendant le dîner. Elle a insinué que... que j'étais une fille facile. Et après manger, en faisant la vaisselle, j'ai trouvé une photo de nous deux, une de celles qu'elle avait prises avant le gala au profit de l'Externat, la semaine dernière. Elle avait découpé ma tête! (Emily déglutit sans oser lever les yeux vers Isaac.) J'ai pensé que je me faisais des idées, et j'ai préféré ne rien dire. Mais hier soir, je suis allée chez Applebee's avec Carolyn. Et... ta mère était là. Elle est venue me voir, et elle m'a interdit de remettre les pieds chez vous.

Sa voix se brisa à la fin de la phrase.

Il y eut un long silence. Emily ferma les yeux. Elle se sentait affreusement mal et très soulagée à la fois. L'avoir dit à voix haute lui ôtait un poids.

Finalement, elle regarda Isaac. Le jeune homme avait le nez plissé, comme s'il sentait une odeur fétide émaner de la poubelle. Une nouvelle inquiétude saisit Emily : et si ses révélations provoquaient une brouille définitive entre Isaac et sa mère?

Le jeune homme gonfla les joues et souffla très fort.

— Arrête, Emily.

Elle cligna des yeux.

— Pardon?

Isaac pivota vers elle. Il avait l'air blessé et déçu.

— Jamais ma mère ne découperait ta tête dans une photo. C'est tellement puéril! Et jamais elle ne te dirait ce genre d'horreurs. Tu as dû mal comprendre.

Le pouls d'Emily accéléra.

— J'ai très bien compris.

Isaac secoua la tête.

— Ma mère t'adore. Elle me l'a dit. Elle est contente qu'on sorte ensemble. Jamais elle n'a parlé de t'interdire de venir chez nous. Tu ne crois pas que si c'était le cas, elle m'aurait mis au courant?

Emily éclata d'un rire dur.

— Elle a sans doute préféré que je m'en charge à sa place. Comme ça, c'est moi qui passe pour la méchante.

Isaac garda le silence un long moment, fixant ses mains.

À force de jouer de la guitare depuis des années, il avait des cals au bout des doigts.

— Ma copine de l'an dernier m'a fait exactement le même plan, dit-il lentement. Elle a prétendu que ma mère lui avait dit de se tenir à l'écart de moi.

— Tu vois bien! s'écria Emily.

Isaac secoua la tête.

— Elle m'a dit plus tard qu'elle avait tout inventé. Pour faire l'intéressante.

Il planta son regard dans celui d'Emily d'un air entendu.

De brûlante, la peau de la jeune fille devint glacée.

— Comme j'ai prétendu avoir vu le cadavre de Ian dans les bois pour attirer l'attention, c'est ça? lâcha-t-elle, indignée.

Isaac leva les mains en un geste d'impuissance.

— Je n'ai pas dit ça. C'est juste que... je voulais sortir avec quelqu'un qui ne fasse pas d'histoires. Et je pensais que c'était aussi ton cas. Je veux une copine qui s'entende bien avec ma famille, pas qui passe son temps à la dénigrer.

— Ce n'est pas ce que je fais, protesta Emily.

Isaac ouvrit la portière passager et descendit. De l'air glacial s'engouffra dans la voiture d'Emily, lui mordant les joues.

— Qu'est-ce que tu fais?

Isaac se pencha vers elle, les lèvres pincées et l'air solennel.

— Je rentre chez moi.

— Non! s'exclama Emily. (Elle se précipita dehors et suivit le jeune homme à travers le parking.) Reviens!

Isaac se dirigeait vers le petit chemin boisé qui conduisait à la rue. Il jeta un coup d'œil par-dessus son épaule.

— C'est de ma mère que tu parles. Réfléchis à ce que tu dis. Réfléchis bien.

— Mais j'ai déjà réfléchi ! cria Emily.

Isaac continua à s'éloigner sans lui répondre.

La jeune fille s'arrêta devant le Wawa, et ses épaules s'affaissèrent. Au-dessus d'elle, l'enseigne au néon bourdonnait très fort. Des adolescents faisaient la queue pour acheter des cafés, des sodas et des sucreries. Emily attendit qu'Isaac fasse demi-tour, mais en vain. Alors, elle rebroussa chemin jusqu'à sa voiture.

L'intérieur de la Volvo sentait l'adoucissant qu'utilisait Mme Colbert. Le siège passager était encore tiède. Pendant au moins dix minutes, Emily fixa la poubelle sans savoir quoi faire.

Une sonnerie résonna au fond de son sac à dos. La jeune fille se dépêcha d'attraper son Nokia. C'était peut-être Isaac qui l'appelait pour s'excuser. Peut-être devrait-elle lui retourner la politesse. Après tout, il était très proche de sa mère, et Emily n'avait aucune envie d'être à couteaux tirés avec ses parents. Elle aurait dû trouver un autre moyen de lui raconter ce qui s'était passé, au lieu de lui jeter brutalement cette histoire à la figure.

Elle ouvrit le texto qu'elle venait de recevoir. Ce n'était pas Isaac l'expéditeur.

Trop distraite pour résoudre mes énigmes ? Retourne chez ton premier amour, et tu comprendras peut-être.

— A

Emily fixa l'écran, les sourcils froncés. Elle en avait assez de ces insinuations. Que voulait donc « A » ?

Lentement, elle sortit du parking du Wawa, freinant pour laisser passer une Jeep pleine de garçons. *Retourne chez ton premier amour.* « A » voulait sûrement parler d'Ali. L'ancienne maison des DiLaurentis ne se trouvait pas loin, et Emily n'avait rien d'autre à faire pour le moment. Ce n'était pas comme si elle pouvait aller tambouriner à la porte des Colbert pour supplier Isaac de revenir. Alors, elle décida de mordre à l'hameçon lancé par « A ».

Elle tourna dans une rue tranquille, bordée de champs. Des larmes lui brûlaient toujours les yeux. Très vite, elle atteignit le STOP au bout de la rue d'Ali. Des années plus tôt, par une nuit d'été chaude et collante, Ali et elle avaient décoré ce panneau avec des smileys autocollants achetés dans un magasin de cotillons. Ils avaient tous disparu depuis belle lurette.

L'ancienne maison des DiLaurentis se dressait au bout de la rue, devant l'autel dédié à la mémoire d'Ali formait une masse sombre et indistincte sur le trottoir. À présent, c'était la famille Saint-Germain qui habitait là. Quelques pièces étaient encore éclairées, dont l'ancienne chambre d'Ali – désormais occupée par Maya. À l'instant où Emily leva les yeux, son ex-petite amie apparut à la fenêtre comme si elle s'attendait à la trouver là. Emily hoqueta, se recroquevilla sur elle-même et fit très vite demi-tour. Mais trop bouleversée pour continuer, elle s'arrêta un peu plus loin, devant l'allée des Hastings.

Ce fut alors qu'elle vit bouger quelque chose sur sa droite. Une silhouette vêtue d'un T-shirt blanc se tenait devant une des fenêtres de la maison des Cavanaugh.

Emily éteignit ses phares. La personne était grande et large d'épaules – probablement un homme. Un gros lampadaire carré masquait son visage. Soudain, Jenna apparut près de lui. Emily retint son souffle. Les cheveux noirs de la jeune fille lui tombaient sur les épaules. Elle portait un T-shirt noir et un bas de pyjama à carreaux. Assis près d'elle, son chien se grattait le cou avec la patte arrière.

Jenna pivota et dit quelque chose à l'homme. Elle parla longtemps, puis l'homme lui répondit. Jenna l'écouta en hochant la tête. L'homme agita les bras comme si elle pouvait voir ses gesticulations. Son visage était toujours caché. La posture de Jenna se fit défensive. L'homme ajouta autre chose d'autre, et elle baissa la tête comme si elle avait honte. Repoussant quelques mèches de cheveux qui tombaient devant ses grosses lunettes de soleil Gucci, elle prononça quelques mots, le visage déformé par une expression qu'Emily ne parvint pas à identifier. Était-ce du chagrin, de l'inquiétude, de la peur? Puis elle s'éloigna, et son chien lui emboîta le pas.

Visiblement très agité, l'homme se passa les mains dans les cheveux. Le lampadaire du salon s'éteignit. Emily plissa les yeux et se pencha en avant, mais ne put rien distinguer. Elle scruta le jardin des Cavanaugh. Quelques planches étaient toujours clouées dans le tronc de l'arbre – marches rudimentaires qui permettaient autrefois d'accéder à la cabane de Toby. M. Cavanaugh avait démonté celle-ci peu de temps après l'accident de Jenna. C'était incroyable qu'après toutes ces années, les Cavanaugh tiennent encore Toby pour responsable de la cécité de sa sœur – alors que la vraie coupable, c'était Ali. Et que Jenna elle-même avait tout orchestré afin de se débarrasser de Toby une fois pour toutes.

La porte d'entrée s'ouvrit, et Emily se recroquevilla de nouveau sur elle-même. L'homme qu'elle avait vu dans le salon avec Jenna descendit les marches du porche à grands pas furieux et s'engagea dans l'allée obscure. Quand la lumière du garage, activée par un détecteur de mouvement, s'alluma tout à coup, il se figea, surpris.

Emily vit alors qu'il portait des baskets et une grosse doudoune. Ses deux poings étaient serrés contre ses flancs. Quand le regard de la jeune fille remonta jusqu'à son visage, son estomac tomba au fond de ses chaussures. L'homme la fixait. Elle réalisa aussitôt qui il était.

— Oh, mon Dieu! chuchota-t-elle.

Ces cheveux blonds un peu trop longs, ces lèvres pleines et incurvées, ces yeux bleu vif qui semblaient la transpercer...

C'était Jason DiLaurentis.

Emily redémarra en trombe. Elle ne ralluma ses phares qu'arrivée au coin de la rue. Puis elle entendit son portable biper. Elle fouilla dans son sac, s'en saisit et regarda l'écran. « 1 nouveau message. »

À ton avis, pourquoi est-il aussi furieux ?
— A

22

ℛIEN DE TEL QU'UN ULTIMATUM POUR BIEN COMMENCER LE WEEK-END

Elle était là. La grande maison victorienne à l'angle de l'impasse, celle avec des treillis couverts de roses le long de la palissade et une terrasse en teck à plusieurs niveaux sur l'arrière. Il aurait dû y avoir un ruban de police jaune et noir autour du trou à moitié creusé dans le jardin... mais ce n'était pas le cas. En fait, il n'y avait même pas de trou. Le jardin n'était qu'une vaste étendue plane recouverte de pelouse fraîchement tondue, épargnée par les pelles et les bulldozers.

Hanna baissa les yeux. Elle était sur son vieux VTT, celui auquel elle n'avait plus touché depuis qu'elle avait décroché son permis de conduire. Ses mains paraissaient boudinées, et son jean était tendu à craquer sur ses fesses. Ses cuisses faisaient deux bosses. Une mèche de cheveux brun terne tombait devant ses yeux. Elle passa la langue sur ses dents et sentit le métal de son appareil.

Quand elle reporta son attention sur le jardin, elle aperçut Spencer accroupie derrière les framboisiers qui bordaient la propriété des DiLaurentis et celle des Hastings. Spencer avait les cheveux plus courts et un peu plus clairs, comme en 6ᵉ. Emily, toute maigrichonne mais encore avec ses joues de bébé, se planquait entre les plans de tomates en regardant nerveusement autour d'elle. Aria, des mèches roses dans les cheveux et une épouvantable tunique bavaroise sur le dos, se tenait derrière le gros chêne.

Hanna frissonna. Elle savait pourquoi les autres étaient là : elles voulaient voler le drapeau d'Ali. C'était le samedi après le début du jeu de la capsule temporelle.

Agacées, les quatre filles se rejoignirent au milieu du jardin. Puis elles entendirent un bruit sourd, et la porte de la maison s'ouvrit. Hanna et les autres se dissimulèrent derrière un buisson tandis que Jason sortait en trombe. La porte claqua de nouveau. Ali se tenait sous le porche, les mains sur les hanches, ses cheveux blonds répandus sur ses épaules, ses lèvres roses et brillantes.

— Vous pouvez sortir, cria-t-elle.

Soupirant, elle s'avança dans le jardin, ses sandales à semelles compensées s'enfonçant dans l'herbe humide. En arrivant près d'Hanna et des autres, elle porta une main à sa poche et en sortit un carré de tissu bleu identique au morceau du drapeau de la Capsule temporelle qu'Hanna avait trouvé au Steam quelques jours plus tôt.

Mais est-ce qu'Ali ne s'était pas fait voler son morceau ? Perplexe, Hanna regarda les autres. Ses anciennes amies ne semblaient pas avoir remarqué quoi que ce soit d'anormal.

— Voilà comment je l'ai décoré, expliqua Ali en désignant les différents motifs qu'elle avait dessinés sur le tissu. Ça, c'est le logo Chanel. Ça, une grenouille de manga, et ça, une joueuse de hockey sur gazon. Et vous ne trouvez pas que j'ai bien réussi les initiales de Louis Vuitton ?

— Ton drapeau ressemble à un sac à main, fit remarquer Spencer.

Hanna les dévisagea, mal à l'aise. Quelque chose clochait. La scène ne se déroulait pas comme elle l'aurait dû. Puis Ali claqua des doigts, et les autres filles se figèrent. La main tendue d'Aria s'immobilisa à dix centimètres du drapeau d'Ali. Les cheveux d'Emily, soulevés par le vent, restèrent suspendus dans les airs. L'étrange expression de Spencer – mi-sourire forcé, mi-grimace – ressemblait à un masque.

Hanna remua les doigts. Elle seule n'était pas paralysée. Elle fixa Ali, le cœur battant à tout rompre.

Ali lui sourit gentiment.

— Tu as l'air d'aller beaucoup mieux, Hanna. Tu es complètement rétablie, n'est-ce pas ?

Hanna baissa les yeux vers son jean trop serré et passa les mains dans ses cheveux sans coupe. « Rétablie » n'était pas le mot qu'elle aurait employé. Son ascension du statut de ringarde à celui de diva n'aurait pas lieu avant plusieurs années.

Remarquant la confusion d'Hanna, Ali secoua la tête.

— De l'accident, idiote. Tu ne te souviens pas que je suis venue te voir à l'hôpital ?

— À l-l'hôpital ?

Ali approcha son visage de celui d'Hanna.

— Il paraît qu'il faut parler aux patients dans le coma, parce qu'ils entendent tout ce qu'on leur dit. Tu m'as entendue ?

La tête d'Hanna lui tourna. Soudain, elle fut projetée dans sa chambre d'hôpital à Rosewood, où les ambulanciers l'avaient transportée après qu'elle eut été renversée par Mona. Il y avait un tube de néon fluorescent au-dessus de sa tête. Elle entendait le sifflement des divers appareils chargés de surveiller ses paramètres vitaux et de l'alimenter par intraveineuse. Dans le brouillard entre coma et conscience, Hanna crut apercevoir quelqu'un se pencher au-dessus de son lit. Une fille qui ressemblait étonnamment à Ali.

— Ça va aller, dit-elle d'une voix chantante – la même que celle d'Ali. Je vais bien.

Dans le jardin des DiLaurentis, Hanna foudroya Ali du regard.

— C'était un rêve.

Ali haussa un sourcil taquin comme pour dire : « Vraiment ? » Hanna jeta un coup d'œil à ses anciennes amies. Elles étaient toujours immobiles. Hanna aurait bien voulu qu'elles se remettent à bouger – elle se sentait bien trop seule avec Ali, comme s'il ne restait personne d'autre qu'elles deux au monde.

Ali lui agita son morceau de drapeau sous le nez.

— Tu vois ça ? Tu dois le retrouver, Hanna.

Hanna secoua la tête.

— Ali, ton drapeau a disparu, tu te souviens ?

— Non, la détrompa Ali. Il est toujours là. Et si tu le trouves, je te raconterai tout.

Hanna écarquilla les yeux.

— Tout quoi ?

Ali porta un doigt à ses lèvres.

— La vérité sur eux deux.

Et elle partit d'un rire étrange.

— Eux deux ?

— Ils savent tout.

— Qui ça ?

Ali leva les yeux au ciel.

— Tu le fais exprès ? (Puis elle planta son regard dans celui d'Hanna.) Parfois, je chante sans m'en rendre compte. Tu te souviens ?

— De quoi parles-tu ? demanda désespérément Hanna. Chanter quoi ?

— Pitié, soupira Ali avec un air d'ennui suprême. (Elle renversa la tête en arrière comme si elle cherchait une idée dans le ciel.) D'accord. Et si je te parle de pêche ?

— De pêche ? répéta Hanna sans comprendre. Le fruit ?

Ali poussa un grognement de frustration.

— Non, la pêche. (Excédée, elle agita les bras.) La pêche !

— Qu'est-ce que ça signifie ? gémit Hanna.

— LA PÊCHE ! hurla Ali. La pêche ! La pêche !

Elle le répéta comme si c'était la seule chose qu'elle savait dire. Elle tendit une main vers la joue d'Hanna, qui sentit quelque chose de mouillé et de poisseux sur sa peau. Alarmée, elle se toucha la joue. Et retira ses doigts couverts de sang.

Hanna se redressa en sursaut, les yeux grands ouverts. Elle était dans sa chambre. Une pâle lumière matinale baignait la pièce. C'était samedi – mais pendant son année de 1re, pas de 6e. Debout sur son oreiller, Dot lui léchait la figure. Hanna toucha sa joue. Il n'y avait pas de sang : juste de la bave de chien.

« Tu dois le retrouver. Et si tu le trouves, je te raconterai tout », avait dit Ali.

Hanna grogna, se frotta les yeux et chercha à tâtons son morceau de drapeau, qu'elle avait posé à plat sur sa table de nuit. Ce n'était qu'un rêve stupide, point.

Elle entendit des voix dans le couloir : d'abord son père qui disait quelque chose sur le ton de la plaisanterie, puis le rire aigu de Kate. Ses doigts se crispèrent sur ses draps. C'en était trop. Kate lui avait peut-être volé son père, mais elle ne lui volerait pas Mike par-dessus le marché.

Brusquement, les vestiges du rêve d'Hanna s'évanouirent.

La jeune fille se leva d'un bond et enfila sa robe-pull en cachemire moulante. La veille, en cours d'anglais, elle avait entendu Noel Kahn dire à Mason Byers que l'équipe de lacrosse se retrouverait au Philly Sports Club pour s'entraîner ce week-end. Et son petit doigt lui disait que si Noel y allait, Mike le suivrait. Elle n'avait pas encore répondu au message du jeune homme lui demandant s'il pouvait emmener Kate à l'inauguration du Radley, parce qu'elle ignorait quoi répondre. Mais maintenant, elle savait.

Mike ne devait sortir qu'avec une seule fille : elle. Il était temps qu'elle se débarrasse de Kate pour de bon.

Le Philly Sports Club se trouvait dans l'aile du centre commercial King James qui abritait les boutiques bas de gamme, les endroits mal fréquentés comme Old Navy, Charlotte Russe et – *brrrrrr* – JCPenney. Hanna n'y avait pas mis les pieds depuis des années : les tissus synthétiques, les T-shirts produits à la chaîne et les soi-disant collections de designers conçues par des It Girls tombées dans l'oubli lui donnaient de l'urticaire.

Elle gara sa Prius et, remarquant la Honda rouillée sur sa gauche, appuya trois fois sur le bouton de verrouillage automatique pour plus de sûreté. Comme elle traversait le parking, son iPhone clignota, indiquant qu'elle avait reçu un message. Elle s'en saisit, l'estomac en ébullition. « A » ne pouvait quand même pas l'avoir retrouvée, si ?

Mais le texto provenait seulement d'Emily. *Tu es dans le coin ? G reçu 1 nouveau message. Faut qu'on parle.*

Hanna remit son portable dans sa poche en se mordant la lèvre. Elle savait qu'elle aurait dû rappeler Emily tout de suite, et lui parler du comportement bizarre de Wilden la veille quand il l'avait raccompagnée. Mais elle était occupée pour le moment.

Son rêve du petit matin lui revint à l'esprit. Qu'essayait donc de lui dire son subconscient ? Ali savait-elle ce qu'était devenu son morceau de drapeau ? Se pouvait-il qu'un des motifs qu'elle avait dessinés sur celui-ci fournisse une piste pour élucider le mystère de sa disparition ?

À la fin, Ali avait ajouté : « Parfois, je chante sans m'en rendre compte », comme si elle s'attendait à ce qu'Hanna comprenne. Était-ce une phrase qu'elle avait l'habitude de dire, ou l'habitude d'entendre ? Si oui, Hanna ne s'en souvenait pas. Elle avait pourtant passé en revue jusqu'aux personnages mineurs de l'existence d'Ali, notamment le correspondant hollandais qui lui avait offert une paire de sabots en gage de son affection, le moniteur de jet ski des Poconos qui lui promettait toujours de « chauffer le siège pour elle » ou M. Salt, le seul bibliothécaire homme de l'Externat, qui proposait toujours de lui prêter ses premières éditions de Harry Potter si elle voulait les lire.

Ils étaient tous un peu étranges, chacun à leur façon, mais si l'un d'eux avait parlé de chanter à plusieurs reprises, Hanna ne s'en rappelait pas. La phrase lui semblait vaguement familière, mais c'était sans doute une réplique d'une des stupides comédies musicales que Kate affectionnait tant, ou le texte de l'autocollant de pare-chocs d'un des membres de la chorale de l'Externat.

La musique techno qui pulsait à l'intérieur du club assaillit les tympans d'Hanna avant même qu'elle n'ait ouvert la porte. Une fille en brassière de sport fuchsia et pantalon de yoga noir lui adressa un sourire rayonnant depuis le comptoir de l'accueil.

— Bienvenue au Philly Sports ! s'écria-t-elle. Je peux voir votre carte de membre ?

Elle brandit un appareil qui ressemblait à un scanner de code-barres.

— Je ne suis pas inscrite, répondit Hanna.
— Oh.

La fille avait de grands yeux qui ne cillaient jamais, un visage rond et une expression un peu simplette. Elle lui rappelait la peluche d'Elmo qui appartenait aux jumelles de ses voisins, songea Hanna.

— Dans ce cas, merci de remplir une fiche « invité », poursuivit-t-elle. C'est dix dollars la journée.

— Non, merci, chantonna Hanna en la dépassant sans plus lui accorder d'attention.

Comme si elle allait payer pour s'entraîner dans cette poubelle !

La fille de l'accueil poussa un couinement indigné, mais Hanna ne se retourna pas. Ses talons hauts cliquetèrent comme elle passait devant la boutique qui vendait des shorts en Lycra, des porte-iPod en néoprène et des brassières de sport, puis les larges étagères sur lesquelles s'empilaient les serviettes. Hanna eut un reniflement hautain. Il n'y avait même pas de bar à smoothies ? Les gens qui venaient ici devaient probablement faire pipi dans la douche, au point où ils en étaient.

Les basses de la musique techno martelaient les tympans d'Hanna. De l'autre côté de la grande salle, une fille pas plus épaisse qu'une brindille, dont les veines saillaient sur ses bras, pédalait frénétiquement sur un vélo elliptique. Un type aux cheveux bouclés essuyait la sueur sur l'écran digital d'un tapis de course. Dans le fond, Hanna entendit un fracas d'haltères reposés sans douceur.

Comme elle s'y attendait, toute l'équipe de lacrosse se massait dans le coin muscu. Noel travaillait ses biceps en s'admirant dans une glace. James Freed grimaçait en s'efforçant de trouver son équilibre sur un ballon de gym. Et allongé sur un banc, Mike Montgomery empoignait une barre qu'il s'apprêtait à soulever.

Bingo !

Hanna attendit que Mike ait replié les bras et que la barre repose en travers de sa poitrine, puis elle s'approcha de lui et chassa Mason Byers qui l'assurait.

— Je m'en occupe, dit-elle sur un ton qui n'admettait aucune réplique.

Elle se pencha vers Mike et lui sourit.

Les yeux du jeune homme faillirent lui sortir de la tête.

— Hanna !

— Bonjour, dit-elle froidement.

Mike voulut lever la barre pour la reposer sur son support, mais elle l'en empêcha.

— Pas si vite. D'abord, il faut qu'on parle de quelque chose.

Des perles de sueur apparurent sur le front de Mike tandis que ses bras se mettaient à trembler.

— Quoi ?

Hanna repoussa ses cheveux derrière son épaule.

— Voilà : si tu veux sortir avec moi, tu ne peux sortir avec personne d'autre. Kate y compris.

Mike poussa un grognement. Ses biceps commencèrent à flageoler. Il lui jeta un regard implorant.

— S'il te plaît. Je vais me lâcher ça dessus.

Son visage vira au rouge.

Hanna émit un petit « tss tss » désapprobateur.

— Je te croyais plus costaud que ça.

— Pitié, gémit Mike.

— Promets d'abord, exigea Hanna.

Elle se pencha un peu plus bas pour lui offrir une vue imprenable sur son décolleté.

Les yeux de Mike glissèrent vers la droite. Les tendons de son cou semblaient sur le point de se rompre.

— Kate m'a demandé de l'accompagner à la soirée du Radley avant que je sache que tu voulais une relation exclusive. Je ne peux pas la désinviter.

— Bien sûr que si, gronda Hanna. C'est très facile.

— J'ai une idée, haleta Mike. Laisse-moi poser ce truc, et je t'explique.

Hanna fit un pas sur le côté et le laissa reposer sa barre. Le jeune homme poussa un soupir de soulagement, se redressa et s'étira. Hanna fut surprise de voir combien ses bras étaient musclés. Elle avait eu raison l'autre jour en supposant qu'il était mieux foutu que l'agent Wilden.

Étendant une serviette sur un banc libre près de Mike, elle s'assit et dit :

— Je t'écoute.

Mike saisit une serviette posée par terre à côté de son banc et s'essuya le visage.

— Tu peux toujours m'acheter. Si tu acceptes de faire quelque chose pour moi, en échange, je désinviterai Kate.

— Que veux-tu ?

— Ton morceau de drapeau.

Hanna secoua la tête.

— Pas question.

— D'accord. Alors, emmène-moi à ton bal de promo, exigea Mike.

Stupéfaite, Hanna en resta bouche bée.

— C'est dans quatre mois !

— Oui, mais mieux vaut être prévoyant. (Mike haussa les épaules.) Ça me laissera le temps de trouver les chaussures idéales.

Il battit coquettement des cils.

Hanna se passa une main sur la nuque tout en faisant

des efforts pour ignorer les remarques des autres joueurs de lacrosse à son intention. Si Mike voulait l'accompagner à son bal de promo, ça signifiait que c'était elle qu'il préférait, non? Donc, qu'elle avait gagné. Un sourire se dessina sur ses lèvres. *Prends ça, salope.* Elle avait hâte de voir la tête de Kate quand elle le lui annoncerait.

— D'accord, dit-elle. Je t'emmènerai à mon bal de promo.

— Super. (Mike baissa les yeux vers son T-shirt trempé de sueur.) Je te peloterais bien un peu pour fêter ça, mais je ne veux pas te salir.

— *Gracias*, maugréa Hanna en levant les yeux au ciel. (Elle s'éloigna en roulant exagérément des hanches.) Je passe te chercher ce soir à 20 heures, jeta-t-elle par-dessus son épaule. Seule.

La fille à tête d'Elmo l'attendait près du distributeur de friandises. Un type chauve avec des biceps tatoués et une moustache se tenait derrière elle, l'air menaçant.

— Mademoiselle, si vous voulez vous entraîner, vous devez payer le tarif invité, dit la fille avec froideur. (Ses joues étaient aussi rouges que le bandeau qui lui ceignait le front.) Et si vous ne voulez pas vous entraîner...

— J'ai fini, coupa Hanna en évitant les deux employés.

La fille et le videur pivotèrent pour la regarder sortir. Mais aucun d'eux ne fit le moindre geste. Aucun ne s'avança pour l'arrêter. Parce que, bien entendu, elle était l'incroyable Hanna Marin, et qu'on n'arrêtait pas les filles aussi fabuleuses qu'elle.

23

*D*ES SOUVENIRS QUI DURERONT TOUTE UNE VIE

Cet après-midi-là, un camion d'UPS s'arrêta devant la nouvelle maison d'Aria. Le livreur, qui portait un maillot de corps bleu à manches longues sous sa chemise d'uniforme brune à manches courtes, tendit un paquet à la jeune fille. Aria le remercia et regarda l'adresse de l'expéditeur. *Au Bébé Bio*, une firme basée à Santa Fe, au Nouveau-Mexique. Comme quoi, un vêtement taille 3 mois pouvait laisser une empreinte carbone taille adulte.

Le Treo d'Aria bipa. La jeune fille fouilla dans la poche de son gros pull pour s'en saisir. Elle avait reçu un texto d'Ella. *Tu viens au Radley ce soir ?* Il fut suivi presque aussitôt d'un deuxième message. *J'espère que tu pourras te libérer… Tu me manques !* Puis par un troisième. *Ça me ferait tellement plaisir !*

Aria soupira. Toute la matinée, sa mère l'avait bombardée de textos. Mais si elle lui répondait qu'elle n'avait pas envie d'y aller, Ella voudrait savoir pourquoi. Quelles options se présenteraient à elle ? Lui dire qu'elle ne voulait pas approcher son petit ami aux mains baladeuses à moins de deux mètres ? Lui mentir, au risque de lui laisser croire qu'elle ne soutenait pas sa carrière de peintre ? Elle culpabilisait déjà suffisamment de ne pas être passée chez sa mère une seule fois de toute la semaine. Non, elle n'y couperait pas – elle devrait prendre sur elle et faire de son mieux pour supporter Xavier. Si seulement Jason l'avait accompagnée...

Son téléphone bipa de nouveau. Aria appuya sur le bouton « lecture » en s'attendant à découvrir un nouveau message d'Ella. Mais c'était un e-mail. Expéditeur : Jason DiLaurentis.

Le cœur d'Aria fit un bond dans sa poitrine.

Écoute, j'ai bien réfléchi. Je n'aurais pas dû réagir comme ça au Rocks & Ropes hier. Je voudrais m'expliquer. Tu peux passer chez moi dans une heure ?

Dessous, le jeune homme indiquait son adresse à Yarmouth. *Ne passe pas par l'entrée de devant. J'habite dans l'appart au-dessus du garage.*

J'arrive, répondit Aria. Le soulagement lui faisait tourner la tête. Ainsi, il y avait bel et bien une explication à l'étrange comportement de Jason. Peut-être ne la détestait-il pas, en fin de compte.

Son Treo sonna encore une fois. Aria jeta un coup d'œil agacé à l'écran. C'était Emily. Après quelques secondes d'hésitation, elle décrocha.

— Il faut que je te parle, dit son amie sur un ton pressant. C'est à propos de Jason.

Aria grogna.

— Tu tires des conclusions beaucoup trop hâtives. Ali a menti à Jenna à son sujet.

— N'en sois pas si sûre.

Emily allait ajouter quelque chose, mais Aria l'interrompit.

— Je regrette de t'avoir parlé de cette conversation avec Jenna. Ça n'a causé que des ennuis.

— Mais... c'était la vérité ! protesta Emily.

Aria se frappa le front.

— Emily, tu as mis Ali sur un piédestal, et elle ne le méritait pas. C'était une menteuse et une garce. Elle nous a tous manipulés : moi, Jason, et toi aussi. Accepte-le une bonne fois pour toutes.

Puis elle coupa la communication, laissa tomber son téléphone dans son sac et rentra dans la maison prendre les clés de la Subaru. Le manque d'objectivité d'Emily la rendait folle. Si son amie pouvait seulement envisager qu'Ali ait menti à Jenna au sujet de son frère pour pousser Jenna à lui révéler ses secrets, Ali cesserait d'être la fille parfaite qu'elle adulait. Donc, elle préférait croire que c'était Jason le méchant, même si elle n'en avait aucune preuve.

C'est bizarre comme l'amour peut rendre les gens crédules, songea Aria.

La nouvelle maison des DiLaurentis était située dans une jolie rue paisible, loin de la gare ferroviaire décrépite de Yarmouth. La première chose qu'Aria remarqua fut le carillon en forme de feuilles pendu sous le porche – et qui décorait déjà le porche de leur ancienne maison. Quand Aria attendait sur le pas de la porte qu'Ali descende la rejoindre, elle faisait toujours tinter les feuilles ensemble, essayant de composer une mélodie.

L'allée était vide, et la maison semblait plongée dans le noir, rideaux tirés et lumières éteintes. La bâtisse qui abritait le garage à trois places et l'appartement de Jason était séparée de cette dernière par un mur de brique, de l'autre côté duquel se dressait une haute grille de fer forgé. Curieusement, il n'y avait pas d'autel à la mémoire d'Ali dans le jardin ni sur le trottoir – mais peut-être les DiLaurentis avaient-ils demandé aux médias de ne pas révéler leur nouvelle adresse. Et plus curieusement encore, les médias avaient peut-être respecté leur souhait.

Aria s'engagea dans l'allée qui conduisait au garage, mue par une véritable excitation. Puis elle entendit un bruit métallique et un aboiement. Un rottweiler jaillit de l'étroit espace entre le garage et la grille, traînant derrière lui une longue chaîne métallique attachée à son cou.

Aria bondit en arrière. La gueule du molosse écumait. Son corps épais et trapu était tout en muscles.

« Gentil », voulut-elle dire, mais seul un murmure inaudible sortit de sa bouche. Le chien grognait vicieusement ; sans doute avait-il senti la peur qui la paralysait. Elle jeta un coup d'œil désespéré aux fenêtres de l'appartement. Jason allait bien descendre pour l'aider, non ? Mais au-dessus du garage, régnait la même obscurité que dans la maison.

Aria tendit les mains devant elle en s'efforçant de paraître calme, mais cela ne fit qu'exciter davantage le chien, qui gronda et découvrit ses longs crocs acérés. Aria poussa un gémissement de détresse et recula encore d'un pas. Sa hanche heurta quelque chose de dur, et elle poussa un glapissement. Mais ce n'était que la rambarde de l'escalier qui montait vers l'appartement.

Horrifiée, la jeune fille prit conscience que le rottweiler l'avait acculée : le mur qui séparait le garage de la maison était trop haut pour qu'elle l'escalade, et le chien bloquait l'étroite allée qui conduisait au jardin de derrière et à la rue. L'escalier en bois constituait sa seule échappatoire.

Aria déglutit avec difficulté et monta les marches en courant, le cœur battant la chamade. Le chien s'élança à sa suite, ses pattes glissant sur le bois mouillé. Aria tambourina à la porte.

— Jason ! hurla-t-elle.

Pas de réponse. Elle saisit la poignée et la secoua frénétiquement. La porte était verrouillée.

— C'est quoi ce bordel ? s'écria-t-elle en se plaquant dos au battant.

Quelques marches à peine la séparaient du molosse écumant. Ce fut alors qu'elle aperçut une fenêtre entrouverte à droite de la porte. Elle tendit la main et la poussa. Puis, prenant une grande inspiration, elle plongea à l'intérieur.

Son dos heurta quelque chose de mou. Un matelas. Elle referma très vite la fenêtre. Le chien aboya et gratta à la porte. Haletante, Aria écouta les battements de son cœur se calmer peu à peu. Puis elle regarda autour d'elle. La pièce était vide et plongée dans le noir. Il y avait un portemanteau près de la porte, mais aucun manteau dessus.

Sortant son téléphone, Aria composa le numéro de Jason. Son appel bascula directement sur messagerie. Elle raccrocha, posa son Treo sur le lit et se leva. Le chien continuait à s'époumoner ; elle n'osait pas ressortir.

L'appartement était un grand studio avec un coin chambre, un coin repas et un petit coin où regarder la télé. Il y avait une salle de bains dans le fond et plusieurs bibliothèques sur la droite. Aria inspecta les livres d'Hemingway, de Burroughs et de Bukowski entassés sur les étagères. Elle admira une petite lithographie d'un dessin d'Egon Schiele, un de ses artistes préférés. Elle s'accroupit et fit courir son index le long de la tranche des DVD de Jason, parmi lesquels elle remarqua de nombreux films étrangers.

Dans le minuscule coin cuisine étaient disposées quelques photos dont la plupart semblaient avoir été prises à Yale. Certaines montraient une petite brune souriante, qui portait des lunettes à monture sombre. Sur l'un des clichés, Jason et elle arboraient le même T-shirt de leur université. Sur un autre, ils étaient assis dans les gradins d'un stade bondé, des gobelets de bière à la main. Sur un troisième, la fille embrassait Jason sur la joue, son nez écrasé contre la pommette du jeune homme.

La bouche d'Aria se remplit de bile. Peut-être était-ce le secret auquel « A » avait fait allusion. Mais pourquoi Jason lui avait-il demandé de venir ? Pour qu'elle se rende compte par elle-même qu'il ne la voyait que comme une simple amie ? Déçue, la jeune fille ferma les yeux.

En revenant vers les bibliothèques, elle remarqua plusieurs « livres de l'année » de l'Externat de Rosewood, classés par ordre chronologique. L'un d'eux dépassait de la rangée, comme si on l'avait consulté récemment. Aria le sortit et examina la couverture. Il datait de l'année où Jason avait obtenu son diplôme de fin d'études secondaires. L'année où Ali avait disparu.

Aria l'ouvrit lentement. Le livre sentait la poussière et l'encre vieillie. Elle examina les portraits des terminales en quête de celui de Jason. Vêtu d'un costume noir, le jeune homme fixait un point au-dessus de la tête du photographe. Le pli de ses lèvres était droit et pensif ; ses cheveux blonds effleuraient ses épaules. Aria caressa son visage du bout des doigts. Il semblait si jeune, si innocent ! Difficile de croire qu'il avait traversé tant d'épreuves depuis.

Quelques pages plus loin, Aria trouva le portrait de Melissa Hastings, la sœur de Spencer, qui n'avait pas beaucoup changé depuis. Quelqu'un avait écrit quelque chose sur sa photo, puis l'avait barré si soigneusement qu'Aria ne distinguait rien.

Le portrait de Ian Thomas figurait parmi les derniers. Lui aussi portait ses cheveux ondulés un peu plus longs que maintenant, et son visage semblait plus fin. Il décochait ce sourire éclatant qui faisait plisser le coin de ses yeux, celui qui assurait à tout Rosewood qu'il était le plus beau, le plus intelligent, le plus chanceux des garçons de la ville. À l'époque où cette photo avait été prise, il sortait déjà avec Ali en douce. Aria ferma les yeux et frissonna de les imaginer ensemble.

Au bas de la page se trouvait une deuxième photo de Ian, prise alors qu'il était assis en classe avec la bouche légèrement ouverte et la main levée. Quelqu'un avait dessiné un pénis près de sa bouche et des cornes de diable sur sa tête. Dessous, dans une petite écriture penchée, un message griffonné à l'encre noire disait :

Salut mon pote ! En souvenir des bangs à la bière chez les Kahn, de la fois où on a failli envoyer la bagnole de Trevor dans le décor, de nos cascades en 4×4 le week-end derrière la propriété, et de cette fois dans le sous-sol d'Yvonne... Tu vois ce que je veux dire. Une flèche pointait vers la tête de Ian. *Je n'arrive pas à croire ce qu'a fait ce connard. Mon offre tient toujours. A +, Darren.*

Aria écarquilla les yeux. *Darren ? Darren Wilden ?* Léchant son index, elle tourna la page et tomba sur son portrait. Ses cheveux étaient hérissés à grand renfort de gel, et il arborait le même sourire en coin que le jour où Aria l'avait surpris en train de voler vingt dollars dans le casier d'une fille.

Wilden et Jason étaient-ils amis ? Aria ne les avait jamais vus ensemble à l'Externat. Et qu'avait voulu dire Wilden par : « Je n'arrive pas à croire ce qu'a fait ce connard. Mon offre tient toujours » ?

— Qu'est-ce que tu fous là ?

Le livre échappa des mains d'Aria et fit un bruit sourd en heurtant le sol. Jason se tenait sur le seuil de l'appartement. Il portait une écharpe rouge vif et un blouson de cuir noir. Le chien n'était nulle part en vue. Absorbée par le livre de l'année, Aria n'avait pas entendu le jeune homme gravir les marches.

— Oh, souffla-t-elle.

Jason s'avança vers elle, les narines frémissantes.

— Comment es-tu entrée ?

— T-tu n'étais pas là, balbutia Aria en se mettant à trembler. Ton chien s'est détaché, et il m'a foncé dessus. Je ne pouvais pas atteindre ma voiture. Le seul moyen de lui échapper, c'était de monter l'escalier et de me glisser par la fenêtre.

Jason ouvrit la bouche.

— Quel chien ?

Aria tendit un doigt vers la fenêtre.

— Le... le rottweiller.

— Nous n'avons pas de rottweiller.

Elle fixa Jason. Le chien qu'elle avait vu traînait une lourde chaîne. Elle avait supposé qu'il l'avait arrachée à un piquet planté dans le jardin des DiLaurentis... mais quelqu'un l'avait peut-être coupée pour le libérer. À bien y réfléchir, il n'avait pas aboyé une seule fois depuis qu'elle était entrée. Un affreux soupçon se fit jour dans l'esprit d'Aria.

— Tu ne m'as pas envoyé de mail ce matin ? demanda-t-elle, la gorge serrée. Tu ne m'as pas demandé de venir te voir ?

Jason plissa les yeux.

— Jamais je ne t'aurais demandé de venir ici.

Les lattes du plancher craquèrent comme Aria reculait d'un pas. Comment avait-elle pu être aussi stupide ? Évidemment que le message ne provenait pas de Jason ! Elle avait été tellement soulagée de recevoir de ses nouvelles qu'elle avait complètement oublié le fait qu'elle ne lui avait jamais donné son adresse e-mail. Donc, le message venait... de quelqu'un d'autre. Quelqu'un qui savait que Jason ne serait pas chez lui à cette heure-là. Quelqu'un qui s'était peut-être débrouillé pour que l'étrange chien la rabatte vers l'appartement.

Aria fixa Jason, le cœur battant la chamade.

— Tu n'es entrée qu'ici, ou bien tu as été dans la maison avant? demanda le jeune homme.

— J-juste ici, bredouilla Aria.

Jason la toisa, les dents serrées.

— C'est vrai?

Aria se mordit la lèvre. Quelle importance?

— Évidemment.

— Fous le camp, aboya Jason.

Il fit un pas sur le côté et lui désigna la porte.

Aria ne bougea pas.

— Jason..., commença-t-elle. Je suis désolée d'être entrée. C'était un malentendu. Il faut qu'on parle.

— Fous. Le. Camp.

Jason fit un grand geste sur le côté, renversant une pile de livres sur une étagère. Une plaque de verre tomba sur le sol et se brisa en mille morceaux coupants.

— Fous le camp! rugit Jason.

Aria rentra la tête dans les épaules et poussa un gémissement étranglé. Le visage de Jason s'était métamorphosé. Il avait les yeux écarquillés, les lèvres retroussées en un rictus grimaçant. Même sa voix sonnait différemment : elle était plus grave, plus terrible. Aria ne le reconnaissait plus.

Elle se rua vers la porte et descendit l'escalier en trombe, glissant deux ou trois fois sur les marches mouillées. Ses joues étaient striées de larmes, et des sanglots lui brûlaient les poumons. Elle ouvrit maladroitement sa voiture et se jeta sur le siège conducteur comme si elle était pourchassée.

Quand elle regarda dans son rétroviseur, son souffle s'étrangla dans sa gorge. Au loin, deux personnes et un chien – un rottweiler? – se faufilaient dans les bois.

24

$\mathscr{S}$PENCER LA NEW-YORKAISE

Spencer s'installa confortablement dans son siège capitonné à bord du train à destination de New York et regarda le contrôleur passer dans les rangs pour poinçonner les billets. Même si c'était samedi, et même si Michael Hutchins, l'agent immobilier, avait dit que le propriétaire profitait du week-end pour faire nettoyer son nouvel appartement de Perry Street, la jeune fille n'avait pas pu attendre le lundi pour le voir.

Elle ne parviendrait peut-être pas à le visiter le jour même, mais cela n'avait aucune importance. Le simple fait de s'asseoir sur le pas de la porte, de passer en revue les boutiques du quartier et de boire un cappuccino dans ce qui serait bientôt « son » Starbucks suffirait à son bonheur. Elle voulait aussi faire un tour dans les magasins de décoration de Chelsea et de la 5e Avenue pour y réserver quelques bricoles. Elle avait hâte de s'installer dans un café pour lire le *New Yorker*, puisqu'elle serait new-yorkaise dans deux jours.

Peut-être était-ce ce que Ian avait ressenti en s'échappant. Peut-être s'était-il senti, lui aussi, libéré d'un poids et libre de recommencer à zéro ailleurs. Où se trouvait-il à présent? Toujours à Rosewood? Ou avait-il eu le bon sens de partir le plus loin possible?

Spencer repensa à la personne qu'elle avait vue dans les bois derrière la grange la veille au soir. On aurait vraiment dit Melissa... mais sa sœur était censée avoir regagné Philadelphie. Après avoir feint d'être mort, Ian avait pu laisser derrière lui quelque chose qu'il avait chargé Melissa de récupérer. Est-ce que cela signifiait que la jeune fille savait où il était et ce qu'il faisait? Peut-être connaissait-elle également l'identité de A.

Si seulement Melissa se décidait à la rappeler! Elle voulait lui parler des photos reçues par Emily et lui demander si elle voyait un lien entre elles. Quel rapport pouvait-il bien exister entre Ali, Naomi et Jenna d'une part, et Wilden sortant d'un confessionnal d'autre part? Et pourquoi ni Aria ni Hanna n'avaient-elles reçu de nouveaux messages de « A »? Leur mystérieux correspondant préférait-il se concentrer sur Spencer et Emily? Étaient-elles plus en danger que les autres? Et si Spencer s'installait à New York, laisserait-elle enfin ce cauchemar derrière elle? En tout cas, c'était son vœu le plus cher.

Le train entra dans un tunnel, et les passagers commencèrent à se lever. « Prochain arrêt : Penn Station », claironna la voix du conducteur par les haut-parleurs. Spencer attrapa son cabas en toile et fit la queue avec les autres. En émergeant dans l'immense hall de gare, elle regarda autour d'elle. Les panneaux indiquant le métro, les bus et les différentes sorties lui semblaient incompréhensibles. Serrant son sac contre son flanc, elle suivit la foule vers un Escalator qui montait jusqu'à la rue. Des taxis bouchaient la large avenue. Partout, des bâtiments gris s'élançaient vers le ciel et des lumières crues éblouissaient Spencer.

La jeune fille héla un taxi.

— 223 Perry Street, lança-t-elle au chauffeur en montant à l'arrière.

L'homme acquiesça et redémarra en montant le son de la radio qui diffusait une émission sportive. Tout excitée, Spencer s'agita sur son siège. Elle aurait voulu lui dire qu'elle habitait ici, qu'elle se rendait dans son nouvel appartement qui se trouvait juste à côté de celui de sa mère.

Le taxi descendit la 7e Avenue et s'engagea dans le labyrinthe de West Village. Quand il tourna dans Perry Street, Spencer se redressa. C'était une rue magnifique, bordée de vieilles bâtisses en pierre brune soigneusement entretenues. Une fille de son âge, qui portait un superbe manteau en laine blanche et une élégante toque en fourrure, promenait son labradoodle. Le taxi dépassa la boutique d'un fromager, un magasin d'instruments de musique et une école dont la cour minuscule était abritée par une grille en fer forgé.

Spencer étudia les photos que Michael Hutchins lui avait envoyées et qu'elle s'était dépêchée d'imprimer. Sa future maison se trouvait peut-être dans le pâté de maisons suivant. Elle scruta la rue en ouvrant grands les yeux.

— Mademoiselle ? (Le chauffeur tourna la tête vers elle. Spencer sursauta.) Vous avez bien dit 223 Perry Street ?

— C'est ça, oui, confirma la jeune fille.

Le chauffeur regarda par la vitre. Il portait des lunettes à verres épais et avait un stylo coincé derrière l'oreille.

— Il n'y a pas de numéro 223. Sinon, il serait au fond de l'Hudson.

De fait, ils se trouvaient à l'extrémité ouest de Manhattan. De l'autre côté de l'autoroute s'étendait une promenade grouillante de promeneurs et de cyclistes. Après ça, c'était l'Hudson – et de l'autre côté du fleuve, le New Jersey.

— Oh !

Spencer fronça les sourcils et passa ses notes en revue.

Michael n'avait pas indiqué l'adresse dans son e-mail, et elle ne la retrouvait pas dans ses propres gribouillages.

— Je me suis peut-être trompée d'adresse, finit-elle par admettre. Vous pouvez me laisser là.

Elle donna deux billets au chauffeur et descendit. Le taxi prit à droite au feu tandis que Spencer tournait sur elle-même, perplexe. Elle se mit à marcher en direction de l'est, traversant d'abord Washington Street, puis Greenwich Street. Michael lui avait dit que l'appartement se trouvait non loin de la boutique Marc Jacobs, située à l'angle de Perry et de Bleecker. Les numéros des immeubles du bloc allaient du 84 au 92.

Spencer continua à remonter Perry Street, et les numéros, de leur côté, continuèrent à diminuer. Elle scrutait chaque bâtiment en le comparant à la photo, mais aucun d'eux ne correspondait. Elle finit par arriver au croisement de Perry Street et de Greenwich Avenue. La rue se terminait par un carrefour en T. De l'autre côté de la chaussée se trouvait un restaurant du nom de Fiddlesticks Pub & Grill.

Le cœur de Spencer accéléra. Il lui semblait avoir été projetée dans un rêve récurrent qu'elle faisait depuis le CE1, celui où un professeur annonçait un contrôle-surprise et où elle ne parvenait même pas à déchiffrer les questions tandis que les autres élèves remplissaient des copies.

Tentant de garder son calme, elle sortit son téléphone et composa le numéro de Michael. Il devait forcément y avoir une explication.

La voix d'une opératrice l'informa qu'il n'y avait plus d'abonné au numéro qu'elle avait composé. Spencer fouilla dans son sac et y trouva la carte de visite de Michael. Elle refit son numéro en énonçant les chiffres à voix basse pour être sûre de ne pas en inverser deux par mégarde – et tomba sur le même message. Elle tendit son Sidekick à bout de bras, les tempes martelées par un début de migraine.

Il a peut-être changé de numéro, se raisonna-t-elle.

Alors, elle fit le numéro d'Olivia. Mais le téléphone sonna dans le vide. Spencer attendit longtemps avant de presser la touche « fin d'appel ». Ça non plus, ça ne voulait rien dire. Olivia avait peut-être oublié d'activer l'option « appels internationaux » de son abonnement.

Une femme poussant un landau fit un écart pour éviter Spencer. Quand Spencer leva les yeux, elle aperçut la nouvelle résidence d'Olivia qui scintillait dans le lointain. Ravigotée, elle se mit à marcher dans cette direction. Olivia connaissait peut-être un autre moyen de joindre Michael. Avec un peu de chance, le concierge laisserait monter Spencer pour jeter un coup d'œil dans l'appartement de sa mère.

Une femme en manteau de laine bleu vif sortit par la porte à tambour. Deux autres personnes entrèrent, un sac de sport à l'épaule. Spencer les suivit et pénétra dans un hall tout en marbre, au bout duquel s'alignaient trois ascenseurs. Au-dessus de chacun d'eux, un compteur à l'ancienne indiquait à quel étage se trouvait la cabine. La pièce embaumait les fleurs fraîches, et un haut-parleur caché diffusait de la musique classique en sourdine.

Le concierge posté à la réception portait un costume gris impeccable et des lunettes sans monture. Voyant approcher Spencer, il lui adressa un sourire forcé.

— Euh, bonjour, dit la jeune fille en espérant n'avoir pas l'air trop jeune et trop naïve. Je cherche une dame qui a emménagé ici récemment. Elle s'appelle Olivia. Elle est à Paris pour le moment, mais je me demandais si je pouvais monter chercher quelque chose chez elle.

— Désolé, dit sèchement le concierge en retournant à sa

paperasse. Je ne peux pas vous laisser monter sans la permission de l'occupante.

Spencer fronça les sourcils.

— Mais c'est ma mère. Olivia Caldwell.

Le concierge secoua la tête.

— Il n'y a personne de ce nom ici.

Spencer tenta d'ignorer la brusque douleur que déclencha cette réplique.

— Elle ne porte peut-être plus son nom de jeune fille. Elle se fait peut-être appeler Olivia Frick, comme son mari.

Le concierge la toisa d'un air glacial.

— Il n'y a pas d'Olivia Quoi-Que-Ce-Soit ici. Je connais tous les habitants de cette résidence.

Spencer recula, jetant un coup d'œil à une rangée de boîtes aux lettres dorées sur le mur du fond. Il devait y avoir deux cents appartements dans l'immeuble. Comment ce type pouvait-il prétendre les connaître tous ?

— Elle vient juste d'emménager, insista-t-elle. Vous pouvez vérifier ?

Le concierge soupira et saisit un registre noir à la reliure en spirale.

— C'est la liste des occupants, expliqua-t-il. Rappelez-moi son nom de famille ?

— Caldwell. Ou Frick.

Il parcourut rapidement la page des C, puis celle des F.

— Non. Il n'y a personne de ce nom-là. Regardez vous-même.

Il poussa le registre sur le comptoir. Spencer se pencha pour mieux voir. Il y avait un Caldecott et un Caleb, mais pas de Caldwell. Il y avait un Frank et un Friel, mais pas de Frick. La jeune fille eut soudain très chaud, puis très froid.

— C'est impossible.

Le concierge renifla et remit le registre sur son étagère. Un téléphone noir sonna.

— Excusez-moi.

Il décrocha et parla dans le combiné d'une voix basse et déférente.

Spencer se détourna en pressant une paume sur son front. Deux femmes portant des sacs de Barneys firent irruption par la porte à tambour en riant bruyamment. Un homme qui promenait un gros chien poilu entra et les rejoignit devant les ascenseurs. Spencer mourait d'envie de se glisser dans la cabine avec eux, de monter jusqu'au dernier étage et... et quoi ? Entrer par effraction dans le penthouse d'Olivia pour prouver qu'elle vivait bien ici ?

La voix d'Andrew résonna dans sa tête. « Tu ne crois pas que c'est un peu prématuré ? Je ne veux pas qu'il t'arrive quoi que ce soit, c'est tout. »

Non. Le registre n'avait pas dû être mis à jour récemment – Olivia et Morgan venaient juste d'emménager. Et le téléphone d'Olivia sonnait dans le vide parce qu'elle était à l'étranger. Et il n'y avait plus d'abonné au numéro de Michael Hutchins parce que celui-ci avait dû changer précipitamment de numéro. L'appartement de Spencer existait. Elle allait vraiment s'installer dans Perry Street, dans le quartier le plus huppé du Village, pour y vivre heureuse à jamais tout près de sa mère biologique. Ce n'était pas trop beau pour être vrai.

À moins que...

Spencer se sentait fébrile. « Laisse tomber ta mère perdue et retrouvée et continue à chercher ce qui s'est réellement passé... ou paies-en le prix. » Mais après avoir raconté cet épisode aux autres, Spencer n'avait rien cherché du tout.

Et si c'était cela, le prix à payer ? « A » savait qu'elle cherchait sa mère biologique. Peut-être disposait-il d'une équipe : une femme appelée Olivia, un homme qui se faisait passer pour un agent immobilier sans prendre la peine de consulter un plan de New York pour vérifier l'existence du 223 Perry Street... « A » se rendait compte que le désir le plus cher de Spencer était d'avoir une famille qui l'aimait, et que pour ça, elle était prête à tout risquer – y compris sa formation universitaire.

Spencer farfouilla dans son cabas en quête de son Sidekick. Quelques clics lui suffirent pour se connecter au compte trouvé sur le bureau de l'ordinateur de son père. Elle n'arrivait plus à respirer.

— Pitié, souffla-t-elle tout bas. Dites-moi que ce n'est pas vrai.

Un relevé de compte apparut sur l'écran de son Sidekick. En haut figurait le nom de la jeune fille, son adresse et le numéro du compte. La somme que contenait celui-ci figurait inscrite tout en bas, en rouge. Spencer eut un haut-le-cœur. Sa vision s'étrécit et se concentra sur ce chiffre – non plus une rangée de zéros précédée d'un 2, mais un zéro solitaire.

Son compte avait été vidé jusqu'au dernier penny.

25

ℰt la gagnante est...

Le samedi soir, Hanna s'assit devant sa coiffeuse, estompant une dernière touche de poudre bronzante sur ses joues. Le fourreau noir bordé de dentelle Rachel Roy qu'elle avait acheté pour l'occasion lui allait parfaitement – il moulait sa taille et ses hanches juste ce qu'il fallait. Cette semaine, la jeune fille avait été si occupée à se battre pour Mike qu'elle n'avait pas mangé un seul Cheez-It. Si seulement ce régime-là était vendu en bouteille...

Quelqu'un toqua à la porte de sa chambre, et Hanna sursauta. Son père se tenait sur le seuil, vêtu d'un jean et d'un pull noir à col en V.

— Tu vas quelque part ? lui demanda-t-il.

Hanna déglutit avec difficulté, jetant un coup d'œil à son reflet parfait dans le miroir. Elle doutait que son père la croie si elle prétendait s'être habillée ainsi pour un marathon DVD.

— Il y a une soirée d'inauguration pour le nouvel hôtel qui ouvre à l'extérieur de la ville, avoua-t-elle.

— C'est pour ça que la porte de la chambre de Kate est fermée ? Vous y allez toutes les deux ?

Hanna posa son pinceau à poudre en réprimant un sourire. Non, elles n'y allaient pas ensemble parce que Hanna avait gagné et que Mike sortait désormais avec elle seule. *Ah ah.*

— Pas exactement, se contenta-t-elle de dire, sans faire étalage de son triomphe.

M. Marin s'assit sur le bord de son lit. Dot voulut lui sauter sur les genoux, mais il le repoussa.

— Hanna...

La jeune fille le fixa d'un regard implorant. Il n'allait pas ressortir cette histoire de punition ?

— J'ai un cavalier. Ce serait bizarre que Kate nous accompagne. J'ai bien retenu la leçon, je te jure.

M. Marin fit craquer ses articulations, une habitude qu'Hanna avait toujours détestée.

— Ton cavalier, c'est qui ?

— Juste... (Hanna soupira.) C'est le frère cadet d'Aria.

— Aria Montgomery ?

M. Marin plissa les yeux et réfléchit. La seule fois où il avait rencontré Mike, se souvint Hanna, c'était quand il avait conduit Hanna, Aria et les autres à un festival de musique à Penn's Landing. Aria avait dû emmener son frère parce que ses parents étaient absents. Pendant le concert d'un des groupes, Mike avait disparu. Elles l'avaient cherché partout, et avaient fini par le retrouver au bar, en train de brancher une des serveuses.

— Est-ce que Kate a un cavalier, elle aussi ? demanda M. Marin.

Hanna haussa les épaules. Elle avait demandé à Mike de désinviter Kate en prétextant qu'il avait promis d'aller à la soirée en Hummer de location avec le reste de l'équipe de lacrosse. S'il avait mentionné Hanna, Kate l'aurait immédiatement rapporté à M. Marin et gâché le plan de sa quasi-demi-sœur.

M. Marin soupira et se leva.

— D'accord, tu peux y aller seule.

— Merci !

Hanna poussa un soupir de soulagement.

M. Marin lui tapota le dos.

— Je veux juste que Kate se sente bien ici. Elle a du mal à s'intégrer à l'Externat. Si mes souvenirs sont exacts, tu n'as pas toujours eu la vie facile là-bas, toi non plus.

Hanna sentit ses joues s'empourprer. En CM2 et en 6e, à l'époque où elle était proche de son père, elle se plaignait toujours à lui de sa difficulté à se faire des amis. « J'ai l'impression d'être une moins que rien », gémissait-elle. M. Marin lui assurait que la chance finirait par tourner. Elle ne le croyait pas, et pourtant, le temps avait fini par lui donner raison. Entrer dans le cercle d'Ali avait tout changé pour elle.

Hanna jeta un coup d'œil soupçonneux à son père.

— Kate est très bien intégrée, au contraire. C'est la meilleure amie de Naomi et de Riley.

M. Marin se leva.

— Si tu lui parlais, tu découvrirais que ce qu'elle désire vraiment, c'est devenir ton amie, Hanna. Mais tu sembles faire tout ce qui est en ton pouvoir pour lui rendre la vie impossible.

Puis il sortit de la pièce et s'éloigna dans le couloir sans faire de bruit. Hanna resta assise, à la fois perplexe et agacée. Comme si Kate avait envie de devenir son amie ! De toute évidence, elle avait raconté ce gros mensonge à M. Marin pour se le mettre dans la poche – encore un peu plus qu'il n'y était déjà.

Hanna serra les poings. Ce n'était pas comme si les candidates au poste de meilleure amie s'étaient bousculées au portillon. En fait, deux personnes seulement lui venaient à l'esprit : Ali – évidemment – et Mona, qui s'était assise près d'elle pendant les auditions pour l'équipe des pom pom girls en 4e, avait engagé la conversation et invité Hanna à dormir chez elle.

À l'époque, Hanna avait pensé que les deux filles l'avaient choisie pour des raisons spécifiques : Mona parce qu'elle avait été l'amie d'Ali et jouissait donc d'un certain statut, et Ali parce qu'elle avait décelé chez Hanna un potentiel que personne d'autre n'avait su voir. À présent, Hanna réalisait combien elle s'était trompée. Mona complotait probablement contre elle depuis le début. Et Ali devait avoir des raisons peu avouables de l'inclure dans son cercle. Peut-être se rendait-elle compte à quel point Hanna manquait d'assurance et serait facile à manipuler.

Au fond d'elle, pourtant, une partie d'Hanna voulait croire que son père disait vrai : que malgré tout ce qui s'était passé, Kate voulait sincèrement devenir son amie. Mais après avoir tant souffert à cause d'elle, Hanna avait beaucoup de mal à croire en la sincérité de ses intentions.

Comme elle sortait de sa chambre, elle entendit de l'eau couler dans la salle de bains de l'étage. Kate beuglait une chanson d'*American Idol* en utilisant toute l'eau chaude. Mal à l'aise, Hanna s'arrêta devant la porte. Puis un camion passa en grondant devant la maison. Elle se détourna et descendit l'escalier.

Le Radley grouillait d'invités, de photographes et de personnel. Hanna et Mike s'arrêtèrent dans l'allée et tendirent leurs clés au voiturier. En descendant de sa Prius, Hanna avisa les charmantes allées de brique, le lac gelé de l'autre côté de la bâtisse et les grandes marches de pierre qui menaient à une majestueuse porte en bois.

Lorsque Mike et elle pénétrèrent dans la salle de bal, la mâchoire de la jeune fille lui en tomba. Le thème de la soirée était le palais de Versailles; toute la pièce avait été décorée de tentures de soie, de lustres en cristal, de tableaux au cadre doré et de chaises ouvragées. Une fresque représentant une quelconque scène mythologique occupait tout le mur du fond, et Hanna apercevait même une galerie de miroirs, comme dans le vrai palais de Versailles. Sur sa droite, une salle du trône abritait un siège à haut dossier et coussin de velours rouge. Des invités se massaient devant le bar ou se tenaient près des tables en petits groupes. Un orchestre complet s'était installé dans le fond de la pièce. Sur la gauche, la réception, les ascenseurs et le panneau indiquant le chemin du spa et des toilettes tentaient de se faire discrets.

— Wouah.

Hanna soupira. C'était tout à fait son genre d'hôtel.

— Ouais, c'est pas mal, dit Mike en étouffant un bâillement.

Il portait un smoking noir très chic. Il avait lissé ses cheveux noirs en arrière, ce qui mettait en valeur ses pommettes saillantes. Chaque fois qu'Hanna le regardait, ses bras et ses jambes mollissaient. Plus étrangement encore, elle éprouvait de vagues élans de tristesse. Ce n'était pas ainsi qu'une gagnante était censée se sentir.

Un serveur en tenue blanche passa près d'eux.

— Je vais me chercher un verre, lança Hanna sur un ton désinvolte pour proscrire ses pensées mélancoliques.

Elle se dirigea vers le bar et se plaça au bout de la file, derrière M. et Mme Kahn qui discutaient avec animation des œuvres exposées dont ils voulaient se porter acquéreurs.

Puis un éclair blond de l'autre côté de la pièce attira son

attention. C'était Mme DiLaurentis, en grande conversation avec un homme aux cheveux argentés. Celui-ci écarta les bras, désigna le balcon, les colonnes sculptées, les lustres et le couloir conduisant au spa et aux chambres des clients. Mme DiLaurentis hocha la tête en souriant, mais son expression semblait forcée, figée. Hanna frissonna. Elle avait l'impression de voir un fantôme.

Le barman se racla la gorge. Hanna se tourna vers lui et commanda un double Martini-Ketel One. Tandis qu'il le lui préparait, la jeune fille pivota et se dressa sur la pointe des pieds, cherchant Mike du regard. Elle finit par le trouver près d'une gigantesque toile abstraite en compagnie de Noel, de Mason et de quelques filles.

À la vue de la jolie brunette qui lui chuchotait quelque chose à l'oreille, Hanna plissa les yeux. *Kate.*

Sa quasi-demi-sœur portait une robe de bal bleu marine et des talons de dix centimètres. Naomi et Riley, vêtues de robes noires ultra courtes, se tenaient à ses côtés. Hanna saisit son Martini et fonça vers elle, l'alcool giclant par-dessus le bord du verre. Elle tapa sur l'épaule de Mike.

— Coucou, dit celui-ci, sur la défensive, avec une expression qui signifiait : « Je ne faisais rien de mal. »

Kate, Naomi et Riley détaillèrent Hanna en ricanant.

La jeune fille ressentit un brusque accès de colère. Attrapant la main de Mike, elle fit face aux autres.

— Vous êtes au courant ? Mike et moi, on va ensemble au bal de promo, annonça-t-elle.

Naomi et Riley froncèrent les sourcils. Le sourire de Kate s'estompa.

— Au bal de promo ?

— C'est ça, acquiesça Hanna en passant les mains sur son morceau de drapeau de la Capsule temporelle, qu'elle avait noué autour de la chaîne dorée de son sac Chanel.

Noel Kahn donna une grande claque dans le dos de Mike.

— Bien joué !

Mike haussa les épaules comme s'il savait depuis le début qu'il en serait ainsi.

— Il me faut un autre verre, déclara-t-il.

Noel, Mason et lui se dirigèrent vers le bar, en se donnant des bourrades tous les deux ou trois pas.

L'orchestre attaqua une valse, et quelques-uns des invités, visiblement nés à une autre époque, se mirent à danser. Hanna posa les mains sur ses hanches et décocha un sourire rogue à Kate.

— Alors, qui a gagné ?

Kate éclata de rire.

— Mon Dieu, Hanna ! Je n'arrive pas à y croire. Tu l'as vraiment invité au bal de promo ?

Hanna leva les yeux au ciel.

— Pauvre bébé. Tu n'as pas l'habitude de perdre. Mais avec moi, il va falloir t'y habituer.

Kate secoua vigoureusement la tête.

— Tu ne comprends pas. Mike ne m'a jamais plu.

Hanna gonfla les joues et émit un bruit grossier.

— Il te plaît autant qu'à moi.

Kate baissa le menton.

— Tu crois ça ? (Elle croisa les bras sur sa poitrine.) Je voulais voir si tu t'attaquerais vraiment à n'importe qui du moment que j'avais l'air de m'y intéresser. C'est toi qui t'es fait avoir, Hanna. Nous étions toutes au courant.

Naomi gloussa. Riley fit la moue comme si elle se retenait d'exploser de rire. Désarçonnée, Hanna cligna des yeux. Se pouvait-il que Kate soit sérieuse ? Était-elle tombée dans le panneau ?

L'expression de Kate s'adoucit.

— Relax. Considère ça comme la monnaie de ta pièce pour le coup de l'herpès. Maintenant, on est quittes. Pourquoi tu ne viens pas faire la fête avec nous ? Il y a un tas de beaux gosses de l'école de Brentmont dans la galerie des miroirs.

Elle passa son bras sous celui d'Hanna, mais celle-ci se dégagea. Comment Kate pouvait-elle se montrer aussi désinvolte ? « Monnaie de ta pièce », mon œil ! Hanna avait été *obligée* de raconter à tout le monde que Kate avait de l'herpès. Sinon, Kate aurait révélé qu'elle avait des crises de boulimie et qu'elle se faisait vomir.

Mais soudain, Hanna se rappela combien Kate avait eu l'air abasourdi quand elle avait lâché sa bombe. Elle l'avait regardée avec une impuissance totale, comme si elle n'avait absolument pas vu venir cette trahison. Était-il possible qu'elle n'ait jamais eu l'intention de divulguer le secret d'Hanna ce soir-là ? Son père avait-il raison en affirmant qu'elle voulait juste être son amie ?

Non. *Non.*

Hanna fit face à Kate.

— Tu voulais Mike, mais c'est moi qui l'ai eu.

Sa voix résonna plus fort qu'elle n'en avait eu l'intention. Quelques personnes se tournèrent vers elle et la fixèrent. Un malabar en smoking – sans doute un videur – lui jeta un regard d'avertissement.

Kate posa une main sur sa hanche.

— Tu veux vraiment le prendre comme ça ?

Hanna secoua la tête.

— J'ai gagné ! cria-t-elle. Tu as perdu !

Kate jeta un coup d'œil par-dessus l'épaule d'Hanna, et son expression se modifia. Hanna tourna la tête. Mike se tenait derrière elle, deux Martini dans les mains : un pour lui et un pour elle. Ses yeux semblaient plus bleus que jamais. D'après la façon dont il fixait Hanna, il comprenait exactement ce qui venait de se passer. Avant que la jeune fille puisse dire un mot, il posa doucement son verre près de celui qu'elle n'avait pas encore fini et tourna les talons. Le dos très droit, il se fondit dans la foule.

— Mike! appela Hanna, empoignant le bas de sa robe pour lui courir après.

Mike imaginait qu'elle avait fait semblant de s'intéresser à lui. Mais peut-être était-ce faux, en fin de compte. Mike était drôle et sincère – sans doute davantage fait pour elle que tous les autres garçons avec lesquels elle était sortie. Ça expliquerait pourquoi son estomac papillonnait chaque fois qu'il était là, pourquoi elle souriait bêtement quand il lui envoyait des textos, et pourquoi son cœur avait battu si fort quand ils avaient failli s'embrasser devant chez lui. Ça expliquerait aussi pourquoi Hanna s'était sentie un peu déprimée en début de soirée : elle ne voulait pas que ce petit jeu avec lui se termine.

Elle s'arrêta à l'autre bout de la salle de bal et promena un regard désespéré à la ronde. Mike avait disparu.

26

𝒬uelqu'un a un secret

Emily se tenait sous le grand porche de pierre devant l'entrée du Radley, observant les limousines et les voitures de maître qui remontaient l'allée circulaire. Un mélange de parfums coûteux planait dans l'air, et un photographe mondain naviguait parmi les invités pour immortaliser le moment. Chaque fois que son flash se déclenchait, Emily pensait aux photos que lui avait envoyées « A » : Ali, Jenna et Naomi dans le jardin des DiLaurentis ; Darren Wilden émergeant du confessionnal. Et aussi à Jason DiLaurentis se disputant avec Jenna dans le salon des Cavanaugh.

À ton avis, pourquoi est-il aussi furieux ?

Qu'est-ce que cela signifiait ? Qu'essayait donc de lui dire « A » ?

Emily sortit son Nokia de son sac et vérifia l'heure une fois de plus. Il était 20 h 15 ; Aria était censée la retrouver devant l'entrée un quart d'heure plus tôt. Une heure environ après leur conversation téléphonique abrégée du matin, Aria avait rappelé Emily pour lui proposer de l'accompagner à la soirée d'inauguration du Radley. Emily avait pensé que c'était sa façon de s'excuser pour lui avoir crié dessus, et même si elle n'avait plus guère envie d'y aller à présent qu'Isaac l'avait larguée, elle avait accepté à contrecœur. Aria et elle avaient appelé Spencer pour voir si elle voulait venir, mais leur amie avait répondu qu'elle passerait la soirée à faire ses devoirs dans la grange.

D'autres invités arrivaient et présentaient leurs invitations à une fille munie d'une oreillette et d'une liste sur laquelle elle cochait les noms au fur et à mesure. Emily composa le numéro d'Aria, mais cette dernière ne répondit pas. Elle poussa un soupir. Peut-être était-elle entrée sans l'attendre.

À l'intérieur de l'hôtel, il faisait bon et ça sentait la menthe poivrée. Emily se tortilla pour ôter son manteau qu'elle tendit à la fille du vestiaire avant de lisser sa robe bustier bordeaux. Le jour où Isaac l'avait invitée à l'inauguration, elle s'était précipitée au centre commercial, avait essayé cette robe puis s'était imaginé l'éblouissement de son petit ami quand il la verrait avec. Pour une fois dans sa vie, elle était passée à la caisse sans même regarder l'étiquette. Et tout ça pour quoi ?

À deux heures du matin la veille, elle avait attrapé son téléphone sur sa table de chevet en espérant qu'Isaac lui avait envoyé un texto d'excuse. Mais rien. Emily se tordit le cou, cherchant le jeune homme du regard. Il était forcément quelque part – tout comme M. et Mme Colbert.

La peau de la jeune fille se mit à la picoter. Elle n'aurait peut-être pas dû venir. C'était une chose d'accompagner Aria – son amie aurait pu lui servir de garde du corps –, mais elle ne se sentait pas capable d'affronter ça toute seule. Elle voulut rebrousser chemin vers la sortie, mais des tas de gens étaient arrivés en même temps et bloquaient la grande porte. Emily attendit que la foule se dissipe en priant pour ne tomber sur aucun des Colbert. Elle ne supporterait pas de voir la haine dans leurs yeux.

Près d'elle, une grosse plaque en bronze fixée au mur décrivait l'histoire du Radley. « Fondé en 1897, l'Institut d'aide à l'enfance G.C. Radley fut d'abord un orphelinat, puis finit par devenir un refuge pour enfants à problèmes. Cette plaque est dédiée à tous les jeunes pensionnaires qui ont bénéficié de l'environnement et des traitements uniques du Radley, ainsi qu'aux médecins et employés qui ont consacré des années de leur vie à cette cause. »

Suivait une liste des différents directeurs de l'établissement. Emily la parcourut du regard, mais ne connaissait aucun nom.

— Il paraît que certains des gamins qu'on enfermait ici étaient complètement cinglés.

Emily pivota et poussa un hoquet de surprise. Maya se tenait près d'elle, vêtue d'une robe à volants couleur noisette. Elle avait relevé ses cheveux et portait de l'ombre à paupières dorée scintillante. Un petit sourire flottait sur ses lèvres, assez semblable à l'expression d'Ali quand elle cherchait à mettre Emily mal à l'aise.

— S-salut, bredouilla Emily.

Elle revit Maya debout à la fenêtre de sa chambre la veille quand elle était arrivée dans l'impasse, comme si la jeune fille avait anticipé sa venue. Était-ce une simple coïncidence ? Et l'autre jour au lycée, Emily avait vu Maya parler avec Jenna. Elles vivaient l'une en face de l'autre : étaient-elles devenues amies ?

— Tu vois ce balcon ? lança Maya en désignant la mezzanine de l'hôtel. (Appuyés à la rambarde en fer forgée, des tas d'invités observaient la foule en contrebas.) J'ai entendu dire que plusieurs jeunes s'étaient suicidés en sautant de là.

Ils se sont écrasés juste à l'emplacement du bar. Et il paraît qu'une fois, un patient a assassiné une infirmière.

Maya toucha la main d'Emily. Ses doigts étaient raides et glacés. Puis elle se pencha vers la jeune fille. Son haleine sentait toujours le chewing-gum à la banane.

— Alors, où est ton petit ami? chantonna-t-elle. Ne me dis pas que vous vous êtes disputés...

Emily retira sa main, son cœur cognant à tout rompre dans sa poitrine. Maya était-elle au courant, ou avait-elle juste deviné?

— Il... il faut que j'y aille, balbutia-t-elle.

Elle se tourna de nouveau vers la sortie, mais la foule demeurait toujours aussi dense. Elle regarda désespérément autour d'elle. Dans le fond de la salle de bal, un escalier montait vers l'étage supérieur. Emily saisit la jupe de sa robe et s'élança sans se soucier de l'endroit où il la mènerait.

Au sommet des marches s'étendait un long couloir obscur bordé de portes des deux côtés. Emily essaya d'en ouvrir quelques-unes, pensant qu'il s'agissait peut-être de toilettes, mais les poignées froides et glissantes refusèrent de tourner. Tout au fond du couloir, enfin, un battant pivota silencieusement sur ses gonds. Emily se faufila de l'autre côté, soulagée de trouver un peu de calme et d'intimité.

Ses narines frémirent. La pièce sentait la poussière et l'humidité. Devant elle, la jeune fille aperçut deux formes trapues qui devaient être un bureau et un canapé. Elle tâtonna en quête d'un interrupteur et finit par allumer un plafonnier. Le bureau était couvert de papiers et de livres, tout comme la bergère en cuir usé. Des dossiers s'entassaient sur des étagères le long du mur du fond. Le sol était jonché de feuilles volantes parmi lesquelles gisait un pot à crayons renversé.

On aurait presque dit que quelqu'un avait délibérément

mis la pièce à sac. Emily se souvint de ce qu'avait dit M. Colbert : la rénovation n'était pas tout à fait terminée. Cette pièce était peut-être le bureau du directeur du temps où le Radley était encore une école... ou un asile, selon Maya.

Une latte du plancher craqua. Emily fit volte-face et fixa la porte ouverte. Personne. Une ombre passa sur le mur. La jeune fille leva les yeux vers le plafond fissuré. Une araignée était tapie au milieu d'une énorme toile. Une petite masse noire était prise dans la soie gluante – probablement une mouche.

Cet endroit fichait la frousse à Emily. La jeune fille se dirigea vers la porte en prenant garde à ne pas marcher sur les papiers épars. Puis quelque chose attira son attention. Un livre gisait ouvert à ses pieds. On aurait dit un registre. Un tableau se détachait sur la page de droite à l'encre bleu. Ses colonnes portaient les libellés « nom », « date », « entrée », « sortie ». Et l'un des noms de la liste était...

Emily s'agenouilla en se disant – ou plutôt en espérant – qu'elle avait mal lu. Sa vision se brouilla.

— Oh, mon Dieu ! chuchota-t-elle.

L'un des noms de la liste était Jason DiLaurentis.

Il apparaissait trois fois : d'abord à la date du 6 mars, puis à celle du 13 mars et à celle du 20 mars. Une semaine d'écart à chaque fois. Emily tourna la page. Il figurait encore à la date du 27 mars, puis du 3 avril et du 10 avril. Jason signalait son arrivée le matin et son départ le soir.

Emily continua à tourner les pages. Le jeune homme était venu le 24 avril – la date de son anniversaire – huit ans plus tôt. Emily fit le calcul : ce jour-là, elle fêtait ses neuf ans. C'était un samedi. Ses parents l'avaient emmenée dîner avec ses copines de l'équipe de natation au All That Jazz!, son restaurant préféré de l'époque au centre commercial

King James. Elle était en CE2. Ali fréquentait l'Externat de Rosewood depuis la rentrée, après le déménagement des DiLaurentis – qui avaient quitté le Connecticut pour venir s'installer à Rosewood.

Emily saisit le registre suivant. Le nom de Jason continuait à apparaître régulièrement jusqu'à l'été avant son entrée en 6e. Le jeune homme était venu au Radley le week-end après la rentrée d'Emily, d'Ali et des autres au collège. Quelques jours plus tard, l'administration de l'Externat avait annoncé le début du jeu de la Capsule temporelle. Emily consulta la page du week-end suivant, celui où Aria, Hanna, Spencer et elle s'étaient introduites dans le jardin des DiLaurentis pour voler le morceau de drapeau d'Ali. Le nom de Jason n'y figurait pas.

Elle passa au week-end suivant, celui de la vente de charité pendant laquelle Ali avait approché les quatre filles pour faire d'elles ses nouvelles meilleures amies. Toujours pas de Jason. Par la suite, son nom ne réapparaissait plus.

Emily posa le registre sur ses cuisses. La tête lui tournait. Que diable faisait le nom de Jason DiLaurentis dans les archives du Radley ? Elle repensa à la boutade lancée par Ali des années auparavant : « On devrait l'enfermer dans un asile, avec les autres fous de son espèce. » Et si ça n'avait pas été une boutade, en fin de compte ? Si Jason, sans être pensionnaire du Radley, suivait un traitement ici ?

Peut-être était-ce à cela qu'Ali avait fait allusion en parlant de ses problèmes de famille à Jenna : il se peut qu'elle ait confié à l'adolescente que son frère souffrait de troubles mentaux pour lesquels il devait être suivi par un médecin. Et peut-être était-ce de cela que Jason était venu parler avec Jenna la veille : il voulait s'assurer que la jeune fille n'ébruiterait pas l'histoire. Emily revit le visage du jeune homme, rougi et déformé par la colère quand il avait cru qu'elle avait embouti sa voiture. Il l'avait toisée d'une façon si menaçante, exsudant la rage par chacun de ses pores... De quoi était-il réellement capable? Que dissimulait-il?

Des pas résonnèrent dans le couloir. Emily se figea. Elle entendit quelqu'un respirer; puis une ombre apparut sur le seuil du bureau. La jeune fille se mit à trembler.

— B-bonsoir, balbutia-t-elle.

Isaac s'avança dans la lumière. Il portait une tenue de serveur blanche et des chaussures noires – Emily supposa que son père l'avait embauché pour la soirée, à présent qu'il n'avait plus de cavalière. Elle se recroquevilla sur elle-même, le cœur battant la chamade.

— Il me semblait bien t'avoir vue monter, dit Isaac.

Emily jeta un coup d'œil au registre. Difficile de passer si brusquement de Jason à Isaac. Incapable de soutenir le regard du jeune homme, elle baissa les yeux. Leur conversation de la veille défilait en boucle dans sa tête.

— Je crois que tu n'es pas censée être ici. D'après mon père, l'étage est réservé aux employés.

— De toute façon, je m'en allais, marmonna Emily.

— Attends.

Isaac se percha sur l'accoudoir poussiéreux du canapé. Quelques secondes passèrent en silence. Puis le jeune homme soupira.

— La photo dont tu m'as parlé... Tu sais, celle où on avait découpé ta tête? Je l'ai trouvée hier soir, dans un des tiroirs de la cuisine. Et... j'en ai parlé à ma mère. Elle a pété les plombs.

Emily en resta bouche bée. Elle n'arrivait pas à en croire ses oreilles. Isaac se leva d'un bond et vint s'agenouiller près d'elle.

— Je suis désolé, chuchota-t-il. Je me suis conduit comme

un imbécile – et je t'ai probablement perdue. Pourras-tu me pardonner ?

Emily se mordit l'intérieur de la joue. Elle aurait dû se sentir rassérénée, voire triomphante, mais c'était tout le contraire. Ç'aurait été facile de dire à Isaac que tout était oublié, qu'ils pouvaient reprendre là où ils s'étaient arrêtés. Mais le jeune homme l'avait blessée. Pas une seule seconde il n'avait envisagé qu'elle disait vrai. Il avait tiré des conclusions hâtives, certain qu'elle mentait.

Emily s'écarta de lui, ramassa le registre et se leva en le serrant contre elle. La couverture de cuir était maculée de poussière et de suie.

— Je te pardonnerai peut-être un jour, dit-elle. Mais pas aujourd'hui.

— Qu-quoi ? protesta Isaac.

Emily fourra le registre sous son bras en ravalant ses larmes. Elle ne voulait pas faire de mal à Isaac, mais elle ne pouvait pas passer l'éponge aussi facilement.

— Il faut que j'y aille, lâcha-t-elle.

Elle descendit l'escalier en courant. Arrivée en bas, elle entendit un gloussement familier. Elle prit une inspiration sifflante et regarda autour d'elle. La foule s'écarta ; le gloussement se tut. La seule personne que reconnut Emily fut Maya. La jeune fille se tenait contre un mur, un Martini à la main. Elle la fixait, l'ombre d'un sourire sur ses lèvres glossées.

27

Cette fameuse impression de déjà-vu...

Hanna fit une embardée sur le sol de marbre glissant et s'arrêta. Cet hôtel était un vrai labyrinthe. Sans s'en rendre compte, la jeune fille était revenue sur ses pas, et se retrouvait une fois de plus face à la tapisserie de Napoléon qui couvrait l'un des murs. Elle regarda à droite et à gauche en quête de Mike. La foule des invités était si dense qu'elle ne le voyait nulle part.

En passant devant la salle du trône, elle entendit une voix familière. À l'intérieur, Noel Kahn était vautré sur le grand fauteuil capitonné, les épaules secouées par un accès de fou rire. Il portait sur la tête un seau à champagne renversé en guise de couronne.

Hanna grogna. Elle n'arrivait pas à concevoir le sans-gêne de Noel, tout cela parce que ses parents étaient les banquiers de la ville. Marchant droit vers lui, elle lui enfonça un index dans le bras. Noel tourna la tête, et son visage s'éclaira.

— Hanna !

Son haleine empestait comme s'il avait vidé une baignoire entière de tequila.

— Où est Mike ?

Noel passa ses jambes par-dessus un des accoudoirs. Son pantalon remonta légèrement, révélant des chaussettes à losanges rouges et bleus.

— Aucune idée. Mais je devrais t'embrasser.

Beurk.

— Pourquoi ?

— Parce que tu viens de me faire gagner cinq cents billets, dit le jeune homme d'une voix pâteuse.

Hanna fit un pas en arrière.

— Pardon ?

Noel porta à ses lèvres un verre à cocktail rempli d'un liquide rose qui ressemblait fort à un mélange de vodka et de Red Bull. Un peu d'alcool coula le long de son menton et sur l'assise capitonnée du trône. Les filles du lycée quaker qui étaient assises à ses pieds sur des tabourets à motifs cachemire se poussèrent du coude en gloussant. Comment pouvaient-elles le trouver intéressant ? S'ils s'étaient vraiment trouvés à Versailles, Noel n'aurait pas été Louis XIV, mais plutôt l'idiot du village.

— Toute l'équipe de lacrosse avait parié sur le nom de la fille que Mike réussirait à convaincre de l'emmener au bal de promo, expliqua Noel. Toi ou ta demi-frangine canon. L'idée nous est venue quand vous avez commencé à vous jeter à sa tête toutes les deux. J'ai l'intention de lui refiler la moitié de mes gains pour avoir si bien joué le jeu.

Hanna passa les mains le long de son morceau de drapeau, qu'elle avait noué à la chaîne de son sac Chanel. Elle se sentit blêmir.

Du menton, Noel désigna la porte.

— Si tu ne me crois pas, tu n'as qu'à lui demander toi-même.

Hanna pivota. Adossé à une des colonnes de style grec, Mike souriait à une fille de l'école préparatoire Tate. Hanna poussa un grondement sourd et lui fonça dessus. Quand Mike la vit approcher, il eut un sourire contrit.

— Tes copains ont parié sur nous ? s'enquit Hanna.

La fille de Tate s'esquiva sans demander son reste.

Non loin, Mike sirotait une gorgée de Martini, il haussa les épaules.

— Vous avez fait la même chose. Sauf que les gars jouaient pour de l'argent. Et vous, vous aviez parié quoi ? Des tampons ?

Hanna porta une main à son front. Cela ne devait pas du tout se passer ainsi. Mike était censé être faible et vulnérable – une victime. Mais depuis le début, il avait vu clair dans leur jeu. Et il les avait manipulées en retour.

Elle poussa un soupir las.

— Je suppose que notre rencard pour le bal de promo ne tient plus ?

Mike eut l'air surpris.

— Moi, j'ai toujours envie d'y aller avec toi.

Hanna scruta son visage.

— Vraiment ? (Mike hocha la tête.) Donc... ça ne te dérange pas qu'on se soit servies de toi ?

Le jeune homme lui jeta un regard penaud et détourna les yeux.

— Si ça ne te dérange pas non plus.

Hanna s'efforça de dissimuler son sourire – et son soulagement. Elle lui donna un coup de coude dans les côtes.

— Tu as intérêt à partager tes gains avec moi.

— Et toi, tu as intérêt à partager... (Mike s'interrompit et grimaça.) Laisse tomber. Je ne vois pas ce que je ferais avec la moitié de tes tampons. Qu'est-ce que tu dis de ça ? On va utiliser nos gains pour se payer une bouteille de champagne cuvée Cristal au bal de promo... (Son visage s'éclaira.) Et une chambre de motel.

— Une chambre de *motel* ? (Hanna le foudroya du regard.) Pour quel genre de fille me prends-tu ?

— Chérie, avec moi, l'endroit sera le cadet de tes soucis, répliqua Mike de la voix la plus lubrique qu'elle ait jamais entendue.

Réprimant un grognement, Hanna se pressa contre lui. Il pencha la tête vers elle jusqu'à ce que leurs fronts se touchent.

— Honnêtement ? chuchota-t-il d'une voix plus douce, presque tendre. C'est toujours toi que j'ai préférée.

L'estomac d'Hanna fit un saut périlleux, et des frissons délicieux lui parcoururent tout le dos. Son visage frôlait celui de Mike. Puis le jeune homme leva une main pour écarter une mèche de cheveux qui pendait devant ses yeux. Hanna gloussa nerveusement. Leurs lèvres se rencontrèrent. Celles de Mike étaient tièdes et avaient un goût de Martini. Hanna en éprouva des picotements depuis le sommet du crâne jusqu'au bout des orteils.

— Bien joué, mon pote ! rugit Noel Kahn de l'autre côté de la pièce, manquant dégringoler de son trône.

Hanna et Mike s'écartèrent d'un bond. Mike leva le poing en l'air ; la manche de sa veste glissa le long de son bras, révélant son bracelet en caoutchouc jaune de l'équipe de lacrosse. Hanna poussa un soupir résigné. Elle allait devoir s'habituer à tout un tas de trucs bizarres maintenant qu'elle sortait avec lui.

Il y eut un fort crépitement, puis les haut-parleurs se mirent à diffuser un morceau rapide et rythmé. Hanna jeta un coup d'œil dans la salle de bal. L'orchestre avait disparu, et une cabine de DJ se dressait désormais à sa place. Le DJ portait une longue perruque bouclée de style Louis XIV, une redingote et des culottes bouffantes.

— Tu viens ? dit Mike en offrant sa main à Hanna.

La jeune fille la prit et le suivit. De l'autre côté de la salle de bal, Naomi, Riley et Kate étaient alignées sur un sofa. Elles les regardaient. Naomi paraissait agacée, mais Riley et Kate souriaient, comme si elles se réjouissaient pour Hanna. Au bout d'un moment, celle-ci leur rendit un sourire forcé. Qui sait ? Kate voulait peut-être réellement devenir son amie. Auquel cas, ça valait le coup de considérer qu'elles étaient quittes.

Mike se mit à onduler autour d'elle en se frottant contre sa jambe à la manière d'un chien. Hanna le repoussa en riant. À la fin du morceau, le DJ se pencha vers le micro et dit d'une voix chaude :

— Et maintenant, une petite dédicace.

Tout le monde se figea en attendant. Quelques mesures résonnèrent. Le rythme était beaucoup plus calme, plus lent. Mike eut un geste agacé.

— Qui est le ringard qui a réclamé ça ? aboya-t-il en se dirigeant vers la cabine du DJ.

Quand le chanteur attaqua le premier couplet, Hanna pencha la tête sur le côté. Sa voix lui disait quelque chose, mais elle ne savait pas pourquoi.

Mike revint.

— C'est un certain Elvis Costello, annonça-t-il en levant les yeux au ciel. Franchement, qui connaît ce type ?

Elvis Costello... Au même moment, le refrain démarra. *Alison, I know this world is killing you*[1]...

Hanna en resta bouche bée. Elle savait pourquoi cette

---

1. Alison, je sais que ce monde te tue...

chanson lui était familière. Quelques mois plus tôt, quelqu'un l'avait chantée dans sa douche.

Alison, my aim is true[1]...

Quand Hanna était sortie dans le couloir ce matin-là, elle était tombée sur Wilden enveloppé dans sa serviette Pottery Barn préférée. Le jeune homme avait paru surpris de la voir. Quand Hanna lui avait demandé pourquoi il chantait ça – il fallait être fou pour faire une chose pareille dans un rayon de cent kilomètres autour de Rosewood ces jours-ci –, Wilden avait rougi et répondu :

— Parfois, je chante sans m'en rendre compte.

Soudain, cela fit tilt dans l'esprit d'Hanna. « Parfois, je chante sans m'en rendre compte », c'était exactement les propos d'Ali dans son rêve. Puis elle avait ajouté : « Si tu le trouves, je te raconterai tout. La vérité sur eux deux. » Essayait-elle de lui faire comprendre que Wilden était impliqué dans son meurtre ?

Puis l'impression de déjà-vu qu'avait ressentie Hanna en apercevant Wilden faire marche arrière dans l'allée de chez elle s'éclaircit brusquement. Le jeune homme conduisait son véhicule personnel parce que sa voiture de patrouille était au garage. Et Hanna avait déjà vu cette voiture, bien des années auparavant. Elle était garée devant chez les DiLaurentis le jour où Hanna et les autres avaient tenté de voler le morceau de drapeau d'Ali.

— Hanna ? appela Mike en la dévisageant avec curiosité. Ça va ?

La jeune fille secoua faiblement la tête. Son rêve tournait en boucle dans son esprit. « La pêche », avait répété Ali encore et encore quand Hanna lui avait demandé de quoi

---

[1]. Alison, je vise juste...

elle parlait. Ces paroles avaient un rapport avec Wilden… et soudain, Hanna comprit.

L'autocollant qu'elle avait trouvé sur le tapis de sol, celui qui représentait un poisson. Elle l'avait déjà vu quelque part, et à présent, elle se souvenait où : les DiLaurentis avaient le même. C'était le passe qui leur permettait d'accéder à leur propriété privée dans les Poconos.

Et alors? songea-t-elle. Des tas de gens allaient passer leurs week-ends là-bas. Peut-être était-ce également le cas de la famille de Wilden. Mais dans ce cas, pourquoi le jeune homme avait-il tenté de dissimuler l'autocollant? Pourquoi avait-il fait tant de mystères? Sans doute ne voulait-il pas que l'on sache qu'il était allé là-bas…

D'un pas titubant, Hanna se dirigea vers la chaise la plus proche et s'y laissa tomber.

— Qu'est-ce que tu as? insista Mike.

Incapable de répondre, Hanna secoua la tête. Wilden devait avoir un secret, en fin de compte. Il se comportait d'une façon assez louche depuis quelque temps. Il fouinait partout. Il parlait à voix basse au téléphone. Il ne faisait pas ce qu'il disait. Il s'empressait de blâmer les filles pour la disparition de Ian. Il traînait dans l'ancien jardin des DiLaurentis. Il conduisait comme un fou et manquait tuer Hanna en la ramenant chez elle. Il portait un sweat à capuche identique à celui de la silhouette qui avait toisé la jeune fille dans les bois la nuit où ses amies et elle avaient découvert le corps de Ian. *Si ça se trouve, c'était lui…*

« Et si je t'apprenais quelque chose que tu ignores? avait dit Ian à Spencer sous le porche des Hastings. Quelque chose d'énorme. Je crois que les flics sont au courant, mais qu'ils font exprès de ne pas en tenir compte. Ils essaient de me faire porter le chapeau. » Et puis il y avait eu ce message : *Ils ont découvert que je savais. C'est pour ça que j'ai dû m'enfuir.*

Les invités tourbillonnaient dans la salle de bal. Des vigiles étaient postés à chaque issue, ainsi que plusieurs policiers, mais Wilden ne se trouvait pas parmi eux. Puis un reflet dans les grands miroirs qui couvraient les murs du sol au plafond attira l'attention d'Hanna. Un visage familier, aux cheveux blonds et aux yeux bleus... La jeune fille se raidit. C'était l'Ali de son rêve. Mais quand elle regarda de nouveau, le visage s'était transformé en celui de Kirsten Cullen.

Mike continuait à fixer Hanna, les yeux écarquillés et l'air effrayé.

— Il faut que j'aille trouver ta sœur, dit-elle en lui touchant le bras. Mais je te promets de revenir.

Puis elle s'élança à travers la salle de bal. Quelqu'un leur cachait quelque chose, il n'y avait aucun doute possible. Et cette fois, elles ne pouvaient pas s'adresser à la police pour les aider.

28

DE PLUS EN PLUS FLIPPANT

Le temps qu'Aria réussisse à remonter la longue file de voitures pour se garer devant l'entrée du Radley, elle avait plus d'une heure de retard. Elle jeta ses clés au voiturier et scruta la foule – des videurs, des invités sur leur trente et un et des photographes mondains en quête d'Emily –, mais ne vit son amie nulle part.

Après son entrevue avec Jason, Aria n'avait pas su quoi faire. Finalement, elle s'était rendue au cimetière St. Basil et avait gravi la colline jusqu'à la tombe d'Ali. La dernière fois qu'elle était venue, le cercueil de l'adolescente n'y était pas encore enseveli : M. et Mme DiLaurentis avaient retardé l'enterrement au maximum, refusant d'admettre que leur fille était morte. Et même si les analyses ADN n'avaient pas encore prouvé qu'il s'agissait bien du corps d'Ali retrouvé au fond d'un trou dans leur ancien jardin, ils avaient dû se décider à affronter la réalité en face, parce que Aria avait entendu dire qu'Ali avait été inhumée le mois précédent dans la plus stricte intimité.

« Alison Lauren DiLaurentis », pouvait-on lire sur la

pierre tombale. L'herbe fraîchement plantée autour était déjà raide et gelée à cause du froid. Aria fixa la dalle de marbre comme si elle pouvait la transpercer du regard. Elle aurait tellement voulu qu'Ali puisse communiquer avec elle ! Elle lui aurait parlé du livre de l'année découvert dans l'appartement de Jason. Elle l'aurait interrogée au sujet du mot que Wilden avait écrit sur la photo de Ian. *Qu'est-ce que Ian avait bien pu faire de si terrible ? Et que t'est-il arrivé ? Quels éléments nous manque-t-il pour élucider le mystère ?*

Une fille en robe-tube noire moulante arrêta Aria devant la double porte d'entrée du Radley.

— Vous avez une invitation ? demanda-t-elle d'une voix nasillarde et condescendante.

Aria lui montra le carton envoyé par Ella, et la fille hocha la tête. Serrant son manteau autour d'elle, Aria franchit l'arche de pierre et pénétra dans l'hôtel. Quelques élèves de l'Externat de Rosewood, parmi lesquels Noel Kahn, Mason Byers, Sean Ackard et Naomi Zeigler, se trémoussaient sur la piste de danse au son d'un remix de Seal.

Après s'être emparée d'une flûte de champagne et l'avoir vidée d'un trait, Aria se mit à circuler parmi la foule en quête d'Emily. Il fallait qu'elle lui parle du livre de l'année.

Quand elle sentit quelqu'un lui taper sur l'épaule, elle se retourna brusquement.

— Tu es venue ! s'écria Ella en la serrant dans ses bras.
— S-salut.

Aria se força à sourire. Sa mère portait un châle en dentelle vert d'eau par-dessus une robe fourreau en soie noire Xavier se tenait à côté d'elle, vêtu d'un costume à fines rayures et d'une chemise de soirée bleue.

— Ravi de te revoir, Aria, dit-il en la détaillant sans vergogne. (Son regard s'attarda sur la poitrine de la jeune fille avant de descendre jusqu'à ses hanches. Aria sentit ses intestins se recroqueviller.) Comment ça se passe chez ton père ?

— Bien, merci, répondit Aria avec froideur.

Elle voulut jeter un regard implorant à sa mère, mais Ella avait les yeux légèrement vitreux. Sans doute avait-elle bu deux ou trois verres avant de venir. Elle faisait souvent ça avant les expositions.

Le père de Noel Kahn lui donna une tape sur l'épaule, et Ella pivota pour parler avec lui. Xavier se rapprocha d'Aria et posa une main sur sa hanche.

— Tu m'as manqué, souffla-t-il. (Son haleine était chaude et parfumée au whisky.) Et moi, je t'ai manqué ?

— Il faut que j'y aille, dit Aria d'une voix forte, sentant le rouge lui monter aux joues.

Elle détala précipitamment, contournant une dame qui portait une étole en vison. Derrière elle, elle entendit sa mère l'appeler sur un ton déçu et blessé. Mais elle ne se retourna pas.

Elle s'arrêta devant une fenêtre en vitrail représentant un ménestrel jouant du luth. Quand elle sentit quelqu'un lui toucher le bras, elle frémit, craignant que Xavier ne l'ait suivie. Mais ce n'était qu'Emily. Quelques mèches de cheveux blond-roux s'étaient échappées de son chignon banane, et elle avait les joues rouges.

— Je t'ai cherchée partout ! s'exclama-t-elle.

— Je viens juste d'arriver. Il y avait un embouteillage, expliqua Aria.

Emily sortit le gros ouvrage vert poussiéreux qu'elle portait sous le bras. Avec sa reliure en cuir vert et ses pages dorées sur la tranche, il ressemblait à un volume d'encyclopédie, songea Aria.

— Regarde ça.

Emily ouvrit le livre et, de l'index, désigna un nom écrit

en cursive : « Jason DiLaurentis ». L'inscription était datée de sept ans auparavant.

— Je l'ai trouvé en haut, expliqua Emily. Ça doit être un registre datant de l'époque où le Radley était un hôpital psychiatrique.

Aria cligna des yeux, incrédule. Elle leva la tête et regarda autour d'elle. Un homme séduisant aux cheveux argentés – sans doute le propriétaire des lieux – se frayait un chemin parmi la foule d'un air éminemment satisfait. Partout dans la salle de bal, des panneaux décrivaient le gymnase à plusieurs millions de dollars qui avait été installé au premier étage, ainsi que le spa dernier cri et tous les soins proposés. Aria avait entendu dire que le Radley était un hôpital psychiatrique autrefois, mais ça semblait difficile à croire à présent.

— Regarde, dit Emily en feuilletant le registre. Son nom revient toutes les semaines pendant des années. Et il disparaît juste avant le week-end où nous avons essayé de voler le morceau de drapeau d'Ali. (La jeune fille baissa le livre et dévisagea Aria, l'air désolée.) Je sais que tu en pinces pour Jason, mais c'est bizarre, non ? Tu crois qu'il était... soigné ici ?

Aria passa les mains dans ses cheveux. « C'est une plaisanterie ? » avait demandé Jason quand elle lui avait montré l'invitation à la soirée d'inauguration. Son cœur se serra. Si le jeune homme avait été soigné ici autrefois, il avait pu croire qu'elle le provoquait – qu'elle en savait beaucoup plus qu'il ne le croyait et qu'elle avait décidé de le torturer.

— Oh, mon Dieu ! bafouilla Aria. « A » m'a envoyé un texto il y a deux jours pour me dire que Jason me cachait quelque chose. Je l'ai... plus ou moins ignoré. (Elle baissa les yeux.) Je pensais qu'il essayait encore de me manipuler. Mais je... je suis sortie avec Jason à deux reprises. La dernière fois, il a mal réagi quand j'ai voulu l'inviter à cette soirée. Et il m'a confié qu'il voyait le psy de l'Externat dans le temps. C'était peut-être en plus du médecin qu'il consultait ici.

Elle scruta le registre. Le nom de Jason était malheureusement écrit de façon très nette, chaque lettre parfaitement formée d'une main qui ne tremblait pas.

Emily acquiesça.

— Et j'ai essayé de te prévenir toute la journée que « A » m'avait envoyé un message hier soir pour me dire d'aller traîner du côté de l'ancienne maison d'Ali. J'ai vu Jason chez les Cavanaugh. En train de crier après Jenna.

Aria se laissa tomber dans le sofa en velours près de la fenêtre, en proie à une angoisse grandissante.

— Qu'est-ce qu'ils se disaient ?

Emily secoua la tête.

— Je n'en sais rien. Mais ils semblaient perturbés tous les deux. Et si Jason avait vraiment fait quelque chose de terrible à Ali ? Si c'était pour ça qu'il voyait un psy ?

Aria baissa les yeux vers le sol en marbre poli, dans les dalles duquel elle apercevait le reflet de sa robe bleue comme les plumes d'un paon. Toute la semaine, elle en avait voulu à Emily, convaincue que son amie avait une vision faussée des rapports d'Ali et de son frère. À présent, elle se demandait si elle n'avait pas manqué d'objectivité, elle aussi.

Emily soupira.

— Il faudrait probablement en parler à Wilden.

— Surtout pas, coupa une voix familière.

Les deux filles pivotèrent. Hanna se tenait derrière elles, l'air hébétée.

— Wilden est la dernière personne à qui nous devons nous confier.

Emily s'adossa à la fenêtre en vitrail.

— Pourquoi ?

Hanna s'assit sur le sofa à côté d'Aria.

— Vous vous souvenez de la fois où nous nous sommes retrouvées dans le jardin d'Ali pour voler son drapeau ? Une fois qu'elle est rentrée chez elle, j'ai remarqué une voiture garée devant sa maison. La personne qui se trouvait à l'intérieur semblait surveiller la propriété. Et l'autre jour, en allant courir, j'ai vu Wilden fouiner près de chez les DiLaurentis, alors que la police a cessé les recherches dans ce coin. Il m'a ramenée chez moi... mais il ne conduisait pas son véhicule de police. Sa voiture était celle que j'avais vue des années auparavant devant la maison d'Ali. Et s'il l'espionnait ?

Emily lui jeta un regard sceptique.

— Tu es sûre que c'était la même voiture ?

Hanna acquiesça.

— Un vieux modèle vintage des années 1970. Je n'arrive pas à croire qu'il m'ait fallu si longtemps pour faire le rapprochement. Mais ce n'est pas tout. À l'intérieur, j'ai trouvé un autocollant avec un poisson dessus et une inscription « Permis à la journée ». Et vous savez où j'avais vu un autocollant identique ? Sur le SUV du père d'Ali, quand on montait avec eux dans les Poconos. Vous vous souvenez ?

Aria se frotta la mâchoire en essayant de suivre. Ali emmenait souvent ses amies en week-end dans la résidence secondaire de ses parents. Une fois, Aria les avait aidés à charger les bagages dans la voiture. Après avoir casé toutes les valises dans le coffre, la mère d'Ali s'était accroupie près du pare-chocs arrière et avait collé un permis saisonnier par-dessus celui de l'année précédente.

Aria acquiesça lentement.

— Mais qu'est-ce que ça signifie ?

La tête d'Hanna clignotait frénétiquement. Le DJ avait allumé une lumière stroboscopique qui faisait disparaître puis réapparaître très vite le visage de la jeune fille.

— Et si Wilden s'était procuré ce passe il y a très longtemps ? S'il s'en était servi pour monter dans les Poconos espionner Ali ? Et si... s'il en pinçait pour elle, d'une façon encore plus malsaine que Ian ? Vous ne trouvez pas qu'il se comporte bizarrement ces derniers temps ? Dès que Spencer lui a fourni des preuves – douteuses, soyons honnêtes –, il s'est empressé d'arrêter Ian. Et si c'était lui qui cachait quelque chose ? Si c'était lui le coupable ?

Aria agita les mains pour interrompre Hanna.

— Mais Wilden aurait très bien pu se faire donner ce passe par Jason. Vous saviez qu'ils étaient amis, tous les deux ?

Les coins de la bouche d'Hanna s'abaissèrent. Emily pressa une main sur sa clavicule nue.

— Je sais que ça semble fou, admit Aria. Mais aujourd'hui, j'ai reçu un e-mail de Jason me demandant de le retrouver chez ses parents à Yarmouth. J'y suis allée, mais il n'était pas là. Et il ne m'avait rien envoyé du tout – l'e-mail venait de quelqu'un d'autre. Sans doute « A ». Bref, pendant que j'attendais dans son appartement; j'ai trouvé un vieux livre de l'année datant de sa terminale. Wilden avait signé par-dessus la photo de Ian. Il avait dessiné une flèche vers sa tête et écrit : « Je n'arrive pas à croire ce qu'a fait ce connard. Mon offre tient toujours. »

Emily se plaqua une main sur la bouche, les yeux écarquillés.

Hanna se leva d'un bond en posant ses deux mains sur sa tête.

— Mais oui, tu as raison ! s'exclama-t-elle. Ils étaient amis ! La voiture noire dont je vous parlais tout à l'heure – le vieux tacot que conduisait Wilden quand il m'a raccompagnée ? Je l'avais déjà vue une autre fois ! Vous vous souvenez du jour de l'annonce de la Capsule temporelle ?

On était dans la cour, et Ian a dit qu'il était prêt à tuer Ali pour lui prendre son morceau de drapeau. Sur ce, Jason est arrivé, et ils ont commencé à se disputer. Puis Jason...

— ... A couru vers une voiture noire, chuchota Aria, qui s'en rappelait parfaitement.

— Et il a dit : « Démarre », ajouta Emily d'une voix douce. (Elle sortit son téléphone et fit défiler ses messages.) Ça colle.

Elle montra aux deux autres la photo qu'elles connaissaient déjà, celle où l'on voyait Wilden sortir d'un confessionnal. *Je suppose qu'on a tous des raisons de se sentir coupables, pas vrai?*

— C'est tellement bizarre que « A » nous envoie de véritables indices, murmura Aria.

— Oui, ça ne lui ressemble pas, acquiesça Hanna.

— Et si « A » n'était pas malveillant ? suggéra Emily. S'il essayait de nous aider ?

Hanna ricana.

— Ben voyons. On lui file un coup de main... ou il nous empoisonne l'existence.

Le DJ éteignit la lumière stroboscopique et lança un autre morceau de *dance*. Les jeunes invités envahirent la piste de danse tandis que leurs parents trinquaient à l'avenir du nouvel hôtel de luxe où ils viendraient se relaxer le week-end. De l'autre côté de la salle de bal, Aria remarqua M. et Mme DiLaurentis parlant joyeusement avec les Byers, comme si tout allait bien.

Elle jeta un coup d'œil au registre dans les mains d'Emily. Les DiLaurentis auraient pu faire suivre leur fils par un psy pendant des années sans en parler à personne. Peut-être dissimulaient-ils d'autres choses au sujet de Jason. Le jeune homme s'était mis dans une telle fureur quand il avait découvert Aria chez lui... Se pouvait-il qu'il soit mentalement instable – en apparence doux comme un agneau, mais capable d'exploser à la moindre contrariété? Et si Wilden était comme ça, lui aussi?

— Et si Jason avait découvert qu'Ali et Ian se voyaient en cachette? lança Aria. Le jour où il les a rejoints dans la cour, il était très protecteur envers Ali, comme s'il savait que Ian fricotait avec elle. Ça pourrait expliquer ce que Wilden voulait dire par : « Je n'arrive pas à croire ce qu'a fait ce connard. » Je suppose que c'est normal qu'un grand frère ait envie de tuer le type qui profite de sa petite sœur de treize ans.

Hanna croisa les jambes, le visage chiffonné par une intense réflexion.

— Dans ses messages instantanés, Ian disait qu'« ils » le détestaient. Et si « ils », c'était Wilden et Jason?

— Mais il insinuait aussi que les gens qu'il fuyait étaient les véritables coupables, fit remarquer Emily. Ce qui signifierait...

— Que Jason et Wilden sont impliqués dans la mort d'Ali, chuchota Hanna. Peut-être que c'était un accident. Peut-être qu'ils n'avaient pas du tout prévu de la tuer mais que les choses ont mal tourné.

Aria fut prise de nausée. Était-ce possible? Elle dévisagea ses amies.

— La seule personne qui connaît la vérité, c'est Ian. Vous croyez qu'on pourrait lui parler sur messagerie instantanée? Peut-être qu'il accepterait de se confier.

Les trois filles échangèrent des regards hésitants. Des basses résonnaient en fond sonore. Une odeur de filet mignon et de gambas grillées planait dans l'air, retournant l'estomac d'Aria la végétarienne. Elle se força à respirer profondément pour se calmer.

Son regard se posa sur le morceau de drapeau qu'Hanna avait noué autour de la chaîne de son sac. Se souvenant de la conversation d'Hanna et de Kate pendant la soirée donnée en l'honneur de Meredith, elle désigna une tache noire dans un coin du tissu.

— Pourquoi as-tu dessiné une grenouille de manga ?

Hanna cligna des yeux, comme désarçonnée par ce brusque changement de sujet. Puis elle dénoua le morceau de drapeau et l'étala sur ses genoux pour le montrer aux autres. Il y avait également le logo de Chanel, une joueuse de hockey sur gazon et les initiales de Louis Vuitton.

— C'était pour rendre hommage à Ali. J'ai dessiné les mêmes choses qu'elle sur le morceau qu'on lui a volé.

Aria se mordit le pouce.

— Ali n'a jamais dessiné de grenouille de manga sur son drapeau.

Hanna fronça les sourcils.

— Bien sûr que si. En rentrant chez moi ce jour-là, j'ai immédiatement noté tout ce qu'elle nous avait dit.

Un frisson parcourut la colonne vertébrale d'Aria.

— Elle n'a pas dessiné de grenouille de manga, insista-t-elle. Ni aucun autre animal.

Une ombre passa sur le visage d'Hanna. Emily repoussa une mèche de cheveux derrière son oreille, l'air inquiet.

— Comment le sais-tu ?

L'estomac d'Aria bouillonnait. Elle avait la même sensation que la fois où, âgée de six ans, elle avait voulu monter dans un grand huit pour adultes. Son père avait attaché son harnais et baissé la barre métallique devant sa poitrine, mais alors que le petit train allait démarrer, la fillette avait été saisie de panique. Elle avait hurlé si fort que le technicien du parc d'attractions avait arrêté le manège pour qu'elle puisse descendre.

Ses amies la dévisageaient, perplexes. Aria n'avait pas

envie de leur raconter, mais il le fallait. Elle prit une grande inspiration.

— Le jour où nous avons essayé de voler le drapeau d'Ali, j'ai coupé à travers les bois pour rentrer chez moi. Quelqu'un arrivait dans l'autre sens. C'était Jason. Et il... il avait le drapeau d'Ali. Avant que je comprenne ce qui se passait, il me l'a fourré dans les mains. Il ne m'a pas expliqué pourquoi. Je sais que j'aurais dû le rendre à Ali, mais j'ai pensé que Jason ne voulait peut-être pas que je le fasse. Qu'il trouvait injuste que sa sœur ait récupéré ce morceau si facilement. Ou qu'il avait pris les paroles de Ian au sérieux, et qu'il craignait que Ian tue Ali pour le lui prendre. (Aria rougit.) Ou qu'il m'aimait bien et qu'il avait voulu me faire un cadeau...

Emily ricana.

— Ou qu'il était juste cinglé.

— Sur le coup, je ne pouvais pas m'en douter, se défendit Aria.

— Alors, tu as menti à Ali?

Aria grogna. Elle s'était doutée qu'Emily réagirait ainsi.

— Ali nous a menti aussi! Nous avions toutes des secrets les unes pour les autres! En quoi cette histoire de drapeau est-elle différente?

Emily haussa les épaules et se détourna.

— Je voulais le rendre à Ali, je voulais vraiment, ajouta Aria sur un ton las. Puis on est devenues amies avec elle. Et plus je laissais passer de temps sans rien dire, plus ça devenait difficile de tout avouer. Je ne savais pas quoi faire. (Elle désigna de nouveau le drapeau d'Hanna.) Je n'ai pas regardé le morceau d'Ali depuis le jour où Jason me l'a donné, mais je te jure qu'il n'y a pas de grenouille dessus.

Hanna releva la tête.

— Attends un peu. Tu as toujours son drapeau?

Aria acquiesça.

— Il moisit au fond d'une vieille boîte à chaussures depuis des années. Quand j'ai déménagé mes affaires chez mon père, je suis retombée sur la boîte. Mais je ne l'ai pas ouverte.

Hanna blêmit.

— Ce matin, j'ai rêvé du jour où nous avons essayé de voler ce drapeau. Il faut que je le voie.

Aria s'apprêtait à protester quand elle sentit une vibration contre sa hanche. Son Treo sonnait.

— Une seconde, marmonna-t-elle en consultant l'écran. J'ai reçu un texto.

La petite pochette de soirée d'Emily se mit à bourdonner.

— Moi aussi, chuchota-t-elle.

Les filles se regardèrent. L'iPhone d'Hanna resta silencieux, mais la jeune fille se pencha pour lire sur l'écran du Nokia d'Emily. Aria reporta son attention sur son Treo et appuya sur le bouton « lecture ».

Vous ne trouvez pas ça détestable quand vos Manolo commencent à vous filer des ampoules ? Moi, j'aime me tremper les pieds dans le Jacuzzi derrière ma maison. Ou me pelotonner sous une couverture dans ma grange douillette. Tout est si calme maintenant que les vaillants gardiens de la loi sont partis...

— A

Perplexe, Aria regarda les autres.

— On dirait que « A » parle de Spencer, chuchota Emily. Je lui ai téléphoné tout à l'heure. Elle passe la soirée dans sa grange... seule. (Elle désigna la fin du message.) Et si elle était en danger ? Si « A » nous prévenait qu'il va lui arriver quelque chose ?

Hanna appuya sur la touche haut-parleur de son iPhone et composa le numéro de Spencer. Mais après quelques sonneries, l'appel bascula sur répondeur.

Le cœur d'Aria cognait douloureusement dans sa poitrine.

— On devrait aller vérifier qu'elle va bien, chuchota-t-elle.

Puis elle sentit un regard posé sur elle. Balayant des yeux les alentours, elle avisa un homme brun en uniforme du département de police de Rosewood près de la porte. *Wilden.* Il toisait les filles d'un air furieux, ses yeux verts plissés, la bouche grimaçante. On aurait dit qu'il avait tout entendu... et qu'elles avaient deviné juste.

Aria agrippa la main d'Hanna et l'entraîna vers la sortie.

— Il faut ficher le camp d'ici, les filles ! s'exclama-t-elle. Tout de suite !

29

Plantées sur toute la ligne

Il était 21 heures, et Spencer relisait le même paragraphe de *Chez les heureux du monde* depuis une heure et demie. Lily Bart, New-Yorkaise écervelée, tentait de se faire une place dans la haute société au début du XXe siècle. Comme Spencer, elle désirait ardemment trouver un moyen d'échapper à une existence morne et précaire – et comme Spencer, elle ne cessait de se heurter à un mur. Spencer guettait le moment où Lily découvrirait qu'elle avait été adoptée, se ferait arnaquer par une femme riche qui prétendrait être sa vraie mère et y laisserait tout l'argent de sa dot.

Posant le livre, la jeune fille promena un regard abattu autour d'elle. Dès son retour de New York, elle s'était retranchée dans la grange de Melissa. Les coussins fuchsia éparpillés sur le canapé couleur amande lui paraissaient délavés. Le reste de fromage Asiago qu'elle avait trouvé dans le frigo et mangé au-dessus de l'évier en guise de dîner avait un goût de poussière. Dans la douche, l'eau ne lui avait paru ni chaude ni froide : juste tiédasse. Toutes ses perceptions étaient engourdies. Le monde n'était plus qu'un endroit terne et sans joie.

Comment avait-elle pu se montrer aussi stupide ? Andrew l'avait prévenue. Tous les signes qu'Olivia la menait en bateau étaient pourtant bien visibles. Sa soi-disant mère biologique ne l'avait pas laissée monter dans son nouvel appartement. Et elle avait fait exprès de se débattre avec ce gros dossier pour que Spencer propose de le lui porter – puis elle l'avait oublié comme par hasard en montant dans son hélicoptère. Dès le décollage, elle avait probablement jubilé en imaginant ce que ferait la jeune fille dans les prochains jours.

Et dire que Spencer trouvait qu'elles avaient les mêmes yeux ! Dire qu'elle avait serré Olivia très fort dans ses bras avant de la quitter, persuadée d'avoir enfin une vraie famille ! Cette femme ne s'appelait sans doute même pas Olivia. Quant à son mari, le fameux « Morgan Frick »... Comment Spencer avait-elle pu ne pas réaliser que c'était le nom de deux musées new-yorkais accolés à la hâte ?

La grange craquait et soupirait. Spencer alluma la télé. Sa sœur avait enregistré des tas d'émissions qu'elle n'avait pas encore regardées. Plus tôt dans la soirée, Spencer avait entendu une femme de l'institut de beauté Fermata laisser un message sur le répondeur de Melissa, disant qu'elle avait manqué son rendez-vous pour un soin visage à l'oxygène et lui demandant si elle voulait le reporter. Pourquoi sa sœur était-elle partie si précipitamment ? Était-ce bien elle que Spencer avait aperçue dans les bois la veille, à la recherche de quelque chose ?

Spencer éteignit la télé. Aucun programme ne l'intéressait. Son regard se posa sur la bibliothèque de Melissa. Les étagères étaient bourrées de vieux livres scolaires datant du lycée, parmi lesquels un manuel d'économie. À côté,

Spencer aperçut une boîte à chaussures vert vif Kate Spade marquée « Notes lycée ». Elle eut un petit ricanement. Des notes ? Comme les petits mots que les élèves dissipés se faisaient passer en douce pendant les cours ? Melissa semblait trop coincée pour ça.

Spencer saisit la boîte en carton et souleva le couvercle. Un carnet à spirales bleu marqué « Algèbre » reposait sur le dessus. Il devait donc s'agir de notes prises en cours. Melissa avait dessiné des smileys sur la couverture, et écrit partout son nom entrelacé avec celui de Ian. Spencer ouvrit le carnet à la première page. Il était rempli de problèmes de maths, de diagrammes et de démonstrations. Rien d'intéressant.

Sur la page suivante, des inscriptions à l'encre vert vif attirèrent son attention. Il y avait dans la marge des notes rédigées dans deux couleurs et deux écritures différentes. On aurait dit une conversation entre des élèves qui se seraient fait passer le carnet d'un bureau à l'autre. En noir, Spencer reconnut les pattes de mouche de Melissa. Les lettres vertes très arrondies, en revanche, ne lui disaient rien.

« Devine qui j'ai embrassé à la soirée le week-end dernier ? » disait le premier message de Melissa. Dessous, il y avait un point d'interrogation vert pareil à une bulle. Réponse de Melissa : « JD ». Puis un point d'exclamation vert suivi de : « Vilaine ! Tu sais qu'il est dingue de toi... »

Spencer approcha le carnet à quelques centimètres de son visage comme si le voir de plus près pouvait lui permettre de comprendre. *JD ?* Son esprit cherchait désespérément une explication logique. Pouvait-il s'agir de Jason DiLaurentis ? Le jour où les filles avaient tenté de voler le morceau de drapeau d'Ali et où Jason était sorti de la maison en trombe, il avait foudroyé du regard Melissa et Ian dans le jardin des Hastings. Plus tard, Melissa avait dit à Ian : « Il s'en remettra. » Jason était-il jaloux que Melissa sorte avec Ian ? Était-il secrètement amoureux d'elle ?

Spencer pressa le bout de ses doigts sur ses tempes. Ça semblait impossible.

Quelqu'un frappa vigoureusement à la porte de la grange. Spencer laissa échapper le carnet de notes, qui tomba sur le tapis. Il y eut de nouveaux coups.

— Spencer ! appela quelqu'un.

La jeune fille alla ouvrir. Emily et Hanna se tenaient sous le porche, la première vêtue d'une longue robe bustier rouge, la deuxième d'une courte robe en dentelle noire.

— Tu vas bien ?

Hanna se rua à l'intérieur, regarda autour d'elle et agrippa fiévreusement les bras de Spencer. Emily fit irruption à son tour, tenant un gros volume relié de cuir vert poussiéreux contre sa poitrine.

— Euh, oui, répondit Spencer, surprise. Que se passe-t-il ?

Emily posa son livre sur le comptoir de la cuisine américaine.

— On vient de recevoir un message de « A ». On avait peur qu'il ne te soit arrivé quelque chose. Tu n'as pas entendu de bruits bizarres dehors ?

Spencer cligna des yeux.

— Non.

Ses amies échangèrent un regard et poussèrent un soupir de soulagement. Spencer fixa le livre qu'Emily avait apporté.

— Qu'est-ce que c'est ?

Emily se mordit la lèvre. Elle jeta un coup d'œil à Hanna, puis entreprit d'expliquer à Spencer leurs dernières découvertes. Elle lui dit également qu'Aria était repassée chez elle chercher le morceau de drapeau d'Ali, qui portait peut-être un indice capital, et qu'elle les rejoindrait ici le plus vite possible. Quand elle eut terminé, Spencer la dévisagea, bouche bée.

— Jason et Wilden savent quelque chose, conclut Hanna à voix basse. Quelque chose qu'ils dissimulent aux autorités. Il faut recontacter Ian, pour qu'il nous dise de quoi il parlait exactement la dernière fois dans ses messages instantanés. Il doit nous révéler ce qu'il sait.

Mal à l'aise, Spencer saisit un coussin et se mit à le comprimer entre ses mains.

— Et si c'était dangereux? Ian a dû s'enfuir parce qu'il se sentait menacé. Il pourrait nous arriver la même chose s'il nous met dans la confidence.

Hanna secoua la tête.

— « A » nous pousse à le faire. Il nous gâchera la vie si nous refusons d'obéir.

Spencer ferma les yeux, pensant au gros zéro rouge sur la ligne de solde du compte en banque destiné à financer ses études supérieures. « A » l'avait déjà ruinée.

Mais parce qu'elle ne savait pas quoi faire d'autre, la jeune fille haussa les épaules et se dirigea vers l'ordinateur portable de Melissa. Elle agita la souris, et l'écran se ralluma. Il était toujours connecté au compte de messagerie instantanée de sa sœur, et une fenêtre ouverte listait les contacts de Melissa qui se trouvaient actuellement en ligne. Quand Spencer aperçut « MilieudeterrainUSCroxx », son cœur fit un bond dans sa poitrine.

— Je n'y crois pas! Il est là, dit-elle en désignant le pseudo familier. C'est la première fois que je le vois connecté depuis une semaine.

— Parle-lui, lança Hanna.

Spencer cliqua sur le pseudo de Ian et se mit à taper.

Ian, c'est Spencer. Ne coupe pas. Je suis avec Hanna et

Emily. On te croit. On sait que tu es innocent. On veut t'aider à t'en sortir. Mais tu dois nous parler des preuves auxquelles tu as fait allusion quand tu es venu me voir la semaine dernière. Que s'est-il passé la nuit où Ali a été tuée?

Le curseur clignota. Les mains de Spencer se mirent à trembler.

Puis une réponse apparut. Les filles se penchèrent en avant.

Spencer?

Elles se tordirent les mains. Un autre message apparut dans la foulée.

On ne devrait pas discuter de ça. Si vous saviez, vous seriez en danger.

Spencer blêmit et regarda Emily et Hanna.

— Vous voyez? Il a sûrement raison.

Hanna la poussa sur le côté et tapa :

Il FAUT qu'on sache.

La réponse mit un petit moment à leur parvenir.

Ali et moi, on avait rendez-vous ce soir-là. J'étais nerveux à l'idée de la voir, alors, j'ai un peu bu. Je suis allé l'attendre, mais elle n'est pas venue. Quand j'ai regardé vers les bois, je vous jure que j'ai vu deux personnes avec de longs cheveux blonds. Je pense que l'une d'elles était Ali.

Spencer hoqueta. Ian lui avait déjà dit ça la semaine précédente, sous son porche. Ali et elle s'étaient bagarrées ce soir-là, mais Ian pensait que la deuxième personne blonde qu'il avait vue avec l'adolescente disparue n'était pas forcément Spencer. La jeune fille ferma les yeux, essayant d'imaginer un quatrième protagoniste... quelqu'un à qui elles n'avaient pas pensé jusque-là. Elle commença à avoir mal au ventre.

Pendant ce temps, Ian continuait à écrire.

On aurait dit qu'elles se disputaient, mais j'étais trop loin pour entendre. J'ai pensé qu'Ali ne viendrait pas, ce qui m'arrangeait dans le fond parce que j'étais pas mal bourré. Après sa disparition, je n'ai pas réalisé tout de suite que la personne avec qui elle se trouvait avait pu lui faire du mal. C'est pour ça que je n'ai rien dit. Quand on était ensemble, elle parlait souvent de fuguer, et j'ai cru qu'elle avait fini par mettre ses projets à exécution.

Spencer jeta un regard étonné aux deux autres.

— Ali ne parlait jamais de fuguer! Si?

— Mes parents étaient tellement sévères que j'avais parfois envie de m'enfuir de chez moi, chuchota Emily. Ali disait toujours qu'elle m'accompagnerait. Je pensais qu'elle voulait juste me faire plaisir, mais… peut-être pas.

Un autre message apparut à l'écran.

Mais après mon arrestation, j'ai compris beaucoup de choses. J'ai découvert qui se trouvait vraiment dans les bois, et pourquoi. C'est après moi qu'ils en avaient, pas après elle. Ils avaient découvert ce qui se passait, et ils voulaient me le faire payer. Mais ils sont d'abord tombés sur Ali. Je ne sais pas ce qui s'est passé. J'ignore si c'était un accident, mais je suis à peu près certain que c'est eux qui l'ont tuée. Et qui font tout pour le cacher depuis.

La vision de Spencer s'étrécit. Elle pensa à la silhouette dans les bois la veille, celle qui cherchait quelque chose dans la terre. Peut-être y avait-il bel et bien un indice dans le coin.

De qui parles-tu? tapa Spencer. *Qui sont les assassins?* Elle devinait la réponse de Ian, mais elle avait besoin que le jeune homme confirme ses soupçons.

Vous n'avez jamais trouvé ça bizarre qu'il entre dans la police? poursuivit Ian, ignorant sa question. *Ce n'était vraiment pas son genre. Mais la culpabilité vous fait faire des choses bizarres. Il voulait probablement se racheter de n'importe quelle façon. Et ils avaient tous les deux un alibi en béton pour cette nuit-là : ils étaient censés être dans la maison des Poconos. Personne ne savait qu'en réalité, ils étaient restés à Rosewood. C'est pour ça qu'on ne les a jamais interrogés : officiellement, ils ne se trouvaient pas là.*

Hanna plaqua les mains sur ses joues.

— La maison des Poconos. L'autocollant de Wilden.

— Et Jason avait le droit d'y aller tout seul, chuchota Spencer.

Elle reporta son attention sur le clavier.

Dis-nous qui c'est. Écris leurs noms.

Ça vous mettrait en danger, répondit Ian. *Je vous en ai déjà trop dit. Ils sauront que vous êtes au courant. Ils le savent sans doute déjà. Ils ne reculeront devant rien pour protéger ce secret.*

ÉCRIS-LE! exigea Spencer.

Le curseur clignota. Puis le message suivant arriva avec un « bip ».

Jason DiLaurentis. Et Darren Wilden.

Spencer pressa ses mains sur ses joues moites et glacées à la fois tandis qu'un gouffre s'ouvrait dans sa tête. Elle se souvint de la photo sur l'économiseur d'écran de son père, celle qui les montrait tous dans le lac près de la résidence secondaire des DiLaurentis dans les Poconos. Mouillés, les cheveux blonds de Jason descendaient plus bas que ses épaules – ils étaient aussi longs que ceux d'une fille.

Les yeux écarquillés, Spencer dévisagea ses amies.

— À l'époque, Jason avait les cheveux longs, vous vous souvenez? Donc, les deux personnes que Ian a vues dans les bois...

— ... pouvaient très bien être lui et Ali, poursuivit Emily.

Spencer ferma les yeux. Ça collait avec son propre souvenir de cette nuit-là. Après sa dispute avec Ali, lorsqu'elle l'avait fait tomber, son amie avait couru vers les bois. Spencer l'avait vue parler à quelqu'un. Évidemment, elle avait supposé que c'était Ian – tant d'éléments le désignaient!

Mais comme elle se concentrait, l'image de la scène se modifia dans son esprit. La deuxième personne n'avait plus la mâchoire carrée de Ian et ses courts cheveux bouclés : elle avait des traits plus délicats bien que masculins, des cheveux plus longs et plus clairs. Elle se penchait vers Ali d'une façon intime et protectrice à la fois – comme un frère plutôt que comme un petit ami.

Comment cela avait-il pu se produire? S'agissait-il d'un accident? Jason s'était-il laissé submerger par la rage que lui inspirait la relation de sa sœur et de Ian? S'était-il battu avec elle, et l'avait-il poussée involontairement dans le trou? Jason et Wilden s'étaient-ils enfuis dans les bois, terrifiés par ce qu'ils venaient de faire?

Ian n'avait pas dit à la police qu'il avait vu quelqu'un dans les bois avec Ali, parce qu'il aurait été obligé d'expliquer sa présence sur la scène de crime – et donc de révéler qu'il sortait en cachette avec Ali. Mais quand il avait tout raconté après son arrestation, c'était probablement Wilden qui avait recueilli sa déclaration... et de toute évidence, il ne l'avait pas transmise à ses supérieurs.

Puis Ian avait pris un avocat et clamé qu'il était innocent, que la vérité était ailleurs. Alors, Wilden avait commencé à le menacer, et Ian avait dû s'enfuir. Oui, ça tenait debout, songea Spencer.

Les filles gardèrent le silence un long moment. Au loin, un cheval hennit dans l'écurie des parents de Spencer. Une rafale agita les branches des arbres. Puis Emily leva le menton et renifla. Une expression perturbée s'inscrivit sur son visage.

— Quoi? demanda Hanna, inquiète.
— Je... je sens quelque chose, chuchota Emily.

Elles inspirèrent profondément. De fait, une odeur étrange flottait dans l'air – une odeur que Spencer ne parvint pas à identifier tout de suite. Comme elle s'intensifiait, la tête de la jeune fille se mit à tourner. Son regard se posa sur l'un des derniers messages instantanés de Ian.

Ça vous mettrait en danger. Ils sauront que vous êtes au courant. Ils le savent sans doute déjà.

Le cœur de Spencer lui bondit dans la gorge.

— Oh, mon Dieu ! C'est de l'essence !

Puis elles entendirent craquer une allumette.

30

*L'*ENFER SUR TERRE

Aria descendit pesamment l'escalier en colimaçon depuis sa chambre dans le grenier de la nouvelle maison de son père. Par deux fois, elle trébucha et dut se rattraper à la rambarde de fer forgé. Elle sortit en trombe par la porte de devant, fonça vers sa Subaru et mit le contact. Rien ne se produisit. Elle serra les dents et réessaya. Le moteur refusait de démarrer.

— Ne me fais pas ça, implora la jeune fille en se tapant le front sur le volant.

Le klaxon couina faiblement.

Vaincue, Aria descendit de voiture et regarda autour d'elle. Elle avait laissé son vélo chez Ella, ce qui signifiait qu'elle devrait marcher jusque chez les Hastings. Le chemin le plus rapide passait par les bois épais et noirs comme l'intérieur d'un cercueil. Aria ne les avait jamais traversés de nuit.

Un croissant de lune se découpait dans le ciel. La nuit était calme et tranquille, sans le moindre souffle de vent. Aria apercevait la lumière dorée de la grange de Spencer entre les arbres.

Avant de s'engager dans les bois, elle sortit le drapeau d'Ali de la poche de son blouson. Elle l'avait bien retrouvé au fond de la boîte à chaussures où elle l'avait rangé des années plus tôt. Impatiente de rejoindre Spencer et les autres, elle s'en était saisie sans l'examiner.

Le tissu était encore épais et brillant, parfaitement conservé. Il gardait même l'odeur du savon à la vanille d'Ali. À l'aide de la lampe torche qu'elle avait prise dans la cuisine au passage, Aria détailla les motifs dessinés par son amie. Il y avait bien le logo de Chanel et les initiales de Louis Vuitton, comme sur le drapeau d'Hanna. Il y avait aussi un amas d'étoiles et de comètes, et ce qui ressemblait à un puits à vœux. Mais pas de grenouille de manga, ni de fille en train de jouer au hockey sur gazon. La mémoire d'Hanna lui jouait-elle des tours ? À moins que ce ne soit celle d'Ali...

Aria saisit le morceau de tissu par deux coins pour le déployer complètement. Sur la gauche, Ali avait tracé un étrange symbole qu'elle n'avait pas remarqué auparavant. On aurait dit un panneau « Parking interdit », le P majuscule barré par une grosse ligne rouge. Excepté qu'au lieu d'un P, Ali avait utilisé une autre initiale. Aria rapprocha le drapeau de sa figure. Au premier abord, la lettre ressemblait à un I. Mais à mieux y regarder, la jeune fille réalisa que c'était plutôt un J.

J comme... Jason ?

Le cœur battant à tout rompre, Aria remit le drapeau dans sa poche et s'élança à travers les bois. La neige avait fondu, et le sol était glissant. La jeune fille courait sur des feuilles mouillées et dans des flaques de boue qui lui éclaboussaient les mollets. En arrivant au fond d'un ravin, ses bottes dérapèrent. Elle heurta le sol avec un bruit mat et atterrit rudement sur sa hanche. La douleur brûlante lui arracha un cri.

Quelques secondes s'écoulèrent en silence. Aria n'entendait pas d'autre son que sa propre respiration haletante. Lentement, elle se leva, essuya la boue qui maculait un côté de son visage et regarda autour d'elle.

De l'autre côté de la clairière se dressait un arbre dont la silhouette tordue lui semblait familière. Aria fronça les sourcils et réalisa soudain : c'était là que ses amies et elle avaient trouvé le corps de Ian la semaine précédente ; elle en était sûre. Quelque chose brillait sous un tas de brindilles et de feuilles mortes. Aria s'en approcha prudemment et s'accroupit pour ramasser l'objet.

C'était une chevalière en platine à moitié couverte de boue. La jeune fille tira sa manche sur sa main pour l'essuyer et mit à jour une pierre bleue, autour de laquelle étaient gravés les mots « Externat de Rosewood ». Elle ferma les yeux, conjurant l'image du corps de Ian. Elle se souvenait que son regard avait été immédiatement attiré par la chevalière autour de son doigt boursouflé – une chevalière ornée d'une pierre bleue.

Elle braqua sa lampe sur le nom gravé à l'intérieur de l'anneau. *Ian Thomas*. Le jeune homme l'avait-il perdue en s'enfuyant ? Quelqu'un la lui avait-il arrachée ? Aria scruta de nouveau le tas de feuilles mortes. La chevalière était à peine dissimulée. Comment les flics avaient-ils pu ne pas la trouver ?

Une brindille craqua. Aria leva brusquement la tête. Le bruit venait de tout près. Il se répéta plusieurs fois comme si quelqu'un ou quelque chose marchait entre les arbres. Puis une silhouette apparut au détour d'un tronc. Aria se recroquevilla sur elle-même.

La silhouette fit quelques pas et s'arrêta. Il faisait trop sombre pour que la jeune fille puisse l'identifier. Il y eut un clapotis pareil à celui d'un bidon rempli de liquide. Aria sentit les larmes lui monter aux yeux, et une odeur étrange lui chatouilla les narines. Une des odeurs qu'elle détestait le plus au monde : celle des stations-service.

Quand elle vit la silhouette se baisser et entendit le liquide couler du bidon avec un gargouillis, puis éclabousser le sol, Aria comprit ce qui se passait. Elle se détendit comme un ressort, un cri figé dans la gorge. Lentement, la silhouette mit la main dans sa poche et en sortit un objet. Aria entendit le léger cliquetis d'un briquet.

— Non, chuchota-t-elle.

Le temps ralentit. L'air semblait épais et immobile.

Puis la forêt vira à l'orange. Les arbres s'illuminèrent d'un coup. Aria hurla, fit volte-face et remonta en courant la pente du ravin. Elle fonça à l'aveuglette entre les troncs et se tordit la cheville dans un encaissement.

Pendant les premières secondes, elle n'entendit que le hideux crépitement des flammes qui grandissaient et se propageaient en dévorant tout sur leur passage. Mais au détour d'un fourré, elle distingua un autre son, faible et pitoyable – un gémissement.

Aria s'arrêta net. Le feu avait atteint le ravin dans lequel elle s'était trouvée quelques instants plus tôt. À sa droite, la jeune fille aperçut une silhouette recroquevillée sur elle-même, plus petite et plus frêle que celle de l'incendiaire. Sa jambe était coincée sous une grosse branche d'arbre qui venait de tomber, et de minuscules flammèches rampaient sur le bois en direction de son pied.

— À l'aide! s'égosillait l'individu. Au secours!

Aria courut l'aider. Son visage était dissimulé par une énorme capuche. Aria détailla la branche. Celle-ci semblait très grosse et très lourde. La jeune fille espéra qu'elle pourrait la déplacer.

— Ça va aller, cria-t-elle tandis que les flammes commençaient à lui chauffer les joues.

Elle poussa la branche de toutes ses forces vers le bas de la pente. Elle atterrit dans une flaque d'essence et explosa. La silhouette poussa un cri aigu et s'affaissa contre l'arbre.

Derrière elles, il y eut un craquement assourdissant. Aria pivota et hurla. Les bois n'étaient plus qu'un mur flamboyant. À présent, les flammes escaladaient les troncs, faisant tomber d'autres branches. Dans quelques secondes, elles seraient cernées.

La personne qu'Aria venait de secourir était toujours plaquée contre l'arbre. Le visage maculé de suie, elle fixait la jeune fille d'un air choqué.

— Viens, dit Aria en lui prenant la main et en l'entraînant. Il faut sortir d'ici avant de mourir asphyxiés !

31

Tel le phénix qui renaît de ses cendres

Emily, Spencer et Hanna jaillirent hors de la grange, courant le plus vite possible pour échapper aux flammes qui venaient de surgir autour d'elles. L'air sentait la fumée et le bois brûlé. Emily ne tarda pas à avoir les poumons en feu.

Ses amies et elle traversèrent d'épais buissons en ignorant les épines qui les égratignaient et se prenaient dans leurs vêtements ou leurs cheveux. Soudain, Hanna s'arrêta et plaqua ses mains sur sa tête.

— Oh, mon Dieu! gémit-elle. Wilden. Je l'ai vu l'autre jour chez Home Depot, en train de charger des bouteilles de propane dans sa voiture.

La tête d'Emily lui tourna, et la jeune fille fut prise de nausée. Elle songea à la façon dont Jason l'avait regardée l'autre nuit, en sortant de chez les Cavanaugh. Et à la façon dont Wilden les avait fixées dans la salle de bal du Radley. Ils *savaient*.

— Venez, dit Spencer sur un ton pressant.

Elle tendit un doigt. Entre les arbres, Emily distingua

la silhouette du moulin des Hastings. Le salut était tout proche.

Le vent se leva, leur soufflant des cendres à la figure. Emily vit passer quelque chose de plat et de rectangulaire qui atterrit au pied d'un petit arbre rabougri. C'était la photo de l'autel, celle où Ali portait un T-shirt Von Dutch et où ses amies l'entouraient en riant. Les coins étaient noircis, et la moitié de la tête de Spencer avait brûlé. Les yeux bleus d'Ali pétillaient de gaieté et de vie. À présent, Spencer, Hanna et Emily fuyaient à travers les bois où l'adolescente avait trouvé la mort, probablement poursuivies par les gens mêmes qui l'avaient assassinée.

Elles firent irruption dans le jardin des Hastings, toussant pour chasser la fumée toxique de leurs poumons. Le moulin aussi avait pris feu. Une par une, ses vieilles pales de bois se détachèrent et s'écrasèrent sur le sol. La partie du bas, sur laquelle quelqu'un avait écrit MENTEUSE à la peinture rouge sang, gisait à plat dans l'herbe, brûlant plus vivement encore que les autres débris.

Un cri étranglé émergea des bois. Emily crut d'abord que c'était le hurlement d'une sirène – les pompiers étaient sûrement en route. Puis le cri se répéta, aigu et terrifié. Emily agrippa la main de Spencer.

— Et si c'était Aria ? Sa nouvelle maison se trouve juste de l'autre côté des bois. Elle aurait pu couper par là pour venir.

Avant que Spencer puisse répondre, deux silhouettes titubantes sortirent d'entre les arbres en feu. Aria, et une autre personne vêtue d'un jean et d'un sweat à capuche.

Les filles entourèrent leur amie.

— Je vais bien, lança aussitôt Aria.

La personne qui l'accompagnait se laissa tomber par terre et se roula en position fœtale.

— Je ne sais pas qui c'est. Il était coincé sous une grosse branche, expliqua Aria. J'ai dû le dégager.

— Tu es blessé ? demanda Emily à l'inconnu.

Celui-ci secoua la tête en gémissant. Au loin résonna enfin une sirène de pompiers. Avec un peu de chance, ils seraient accompagnés d'une ambulance.

— Qu'est-ce que tu faisais dans les bois ? demanda Spencer.

Le rescapé fut saisi d'une violente quinte de toux.

— J'ai reçu un message, chuchota-t-il.

Emily se raidit. On aurait dit une voix de fille.

— Un message ? répéta-t-elle.

L'inconnue se couvrit le visage de ses mains et se mit à sangloter.

— On m'a dit de venir dans ces bois, que c'était très important. Mais je crois qu'ils voulaient me tuer.

— Ils ? répéta Spencer.

Hagarde, elle jeta un coup d'œil à ses amies. Le reflet des flammes dansait sur son visage.

La fille se remit à tousser.

— J'étais sûre que j'allais mourir.

Emily frissonna. Sa voix était toujours rauque et étouffée, mais elle avait une tonalité familière, bien qu'Emily ne l'ait pas entendue depuis très longtemps. *J'ai avalé trop de fumée*, se raisonna la jeune fille. *J'entends ce que je veux entendre.* Mais ses amies semblaient tout aussi troublées qu'elle.

— Ça va aller. Tu es en sécurité maintenant, murmura Spencer.

La fille tenta d'opiner. Elle baissa ses mains couvertes de suie et releva la tête. Ses larmes avaient creusé des sillons dans la crasse qui maculait son visage, révélant une peau rose et fraîche. Quand elle leur adressa un sourire plein de gratitude, le cœur d'Emily faillit s'arrêter. La fille avait des yeux bleu vif, un nez légèrement retroussé, des lèvres pleines et un visage aux pommettes hautes, en forme de cœur.

Elle les fixait sans les reconnaître. Mais Spencer, Hanna, Aria et Emily la reconnaissaient. Hanna poussa un cri de surprise. Spencer se figea. La tête d'Emily lui tourna, et elle dut s'asseoir dans l'herbe pour ne pas tomber.

C'était la fille qui faisait la une des journaux depuis des mois, la fille qu'on voyait en fond d'écran du Nokia d'Emily, la fille dont le vent avait soufflé la photo dans les bois quelques minutes plus tôt. Celle qui portait le T-shirt Von Dutch en riant comme si rien ne pouvait lui arriver.

C'est impossible, songea Emily. *Je dois rêver.*

C'était Ali.

À venir...

Ha! Celle-là, vous ne l'aviez pas vue venir, pas vrai? Mais vous savez comment ça fonctionne à Rosewood : vous avez un truc sous les yeux, et la seconde d'après, pouf! Il a disparu. Du coup, c'est quasiment impossible de comprendre ce qui se passe vraiment. Frustrant, hein?

Les questions qui doivent vous torturer : Ian est-il réellement mort, ou en train de siroter des *mojitos* à Mexico en préparant sa vengeance? La pseudo-mère biologique de Spencer l'a-t-elle arnaquée, ou était-ce le prix à payer pour avoir ignoré mes avertissements? Le chouchou d'Aria est-il un tueur psychopathe, ou est-ce seulement ce que je tente de lui faire croire? Emily a-t-elle découvert le noir secret de la famille DiLaurentis, ou ai-je juste placé le registre là à son intention? Le flic préféré d'Hanna a-t-il tenté de la réduire en cendres, ou quelqu'un d'autre en a-t-il après ces jolies petites garces? Et moi : à votre avis, j'essaie de les aider, ou je les manipule depuis le début?

Mais la question à un million de dollars, c'est la suivante : qui les filles viennent-elles de voir renaître de ses cendres? Se peut-il qu'Ali soit toujours en vie? Ou tout cela n'est-il qu'illusions et chimères?

Il y a de quoi vous rendre cinglés, pas vrai? Le Radley

est peut-être devenu un hôtel, mais il existe des tas d'autres asiles dans le coin. Le temps que j'en aie fini avec Hanna, Aria, Spencer et Emily, ils recevront peut-être quatre nouvelles patientes.

Dormez bien, les filles... pendant que vous le pouvez encore.

Bisous,

—*A*

REMERCIEMENTS

Les mots ne suffisent à exprimer ma reconnaissance d'avoir derrière moi une équipe éditoriale aussi compétente, motivée et créative, qui m'a aidée à rendre *Dangers* aussi tordu, haletant et cohérent que possible. Un énorme merci à Josh Bank et Les Morgenstein qui savent exactement ce qui fait une bonne intrigue ; à Kristin Marang, pour l'aide qu'elle nous a apportée sur le merveilleux site Internet des Menteuses ; à Sara Shandler, génie créatif et grand amateur de chiens ; et tout spécialement à Lanie Davies, parce que c'est un plaisir de travailler avec elle, parce qu'elle a enduré de nombreux et interminables coups de fil pour peaufiner la mécanique de ce roman, et parce que ses idées m'ont vraiment permis de passer à la vitesse supérieure. Un non moins énorme merci à Farrin Jacobs, Gretchen Hirsch et Elise Howard de Harper Collins pour leur précieuse collaboration, leur infaillible attention et leur soutien sans relâche. J'ai une dette éternelle envers vous.

Merci aussi aux lecteurs de cette série ; j'ai eu le plaisir de rencontrer et de parler avec beaucoup d'entre vous. Merci à mon mari Joel, à ma sœur Alison, à mes parents Shep et Mindy, et à mes beaux-parents Fran et Doug qui m'ont permis d'écrire ce roman dans leur salon. Enfin, ce livre est dédié à Riley, un merveilleux nounours de chien. Tu vas beaucoup nous manquer.

Cet ouvrage a été imprimé en France par

à Saint-Amand-Montrond (Cher)
en juin 2011

FLEUVE NOIR
12, avenue d'Italie
75627 Paris Cedex 13

N° d'impression : 111823/1
Dépôt légal : novembre 2009
Suite du premier tirage : juin 2011
R 08855/02